rowohlt

Jan Böttcher

# Das Lied vom Tun und Lassen

Roman

Rowohlt

Der Autor dankt dem Berliner Senat
und dem Land Niedersachsen für die Förderung
seiner Arbeit an diesem Roman.

1. Auflage September 2011
Copyright © 2011 by Rowohlt Verlag GmbH,
Reinbek bei Hamburg
Satz aus der Janson Text
bei hanseatenSatz-bremen, Bremen
Druck und Bindung CPI – Clausen & Bosse, Leck
Printed in Germany
ISBN 978 3 498 00658 7

Für Frank und für Meike

# I

## Immanuel Mauss

# I

Sie war früher zurückgekehrt als die anderen. Am dritten Tag der Sommerferien stand Clarissa Winterhof in meiner Küche, ich versuchte gerade ein Marmeladenglas zu öffnen, Kirsche aus dem letzten Jahr, der Deckel hatte sich festgefressen. Als ich zu ihr aufblickte, senkte sich bereits die Hand, mit der sie mich gegrüßt hatte. Ihr Gesicht war von der Fahrt erhitzt, darunter gebräunt, gesund. Ob ich Hilfe bräuchte, fragte sie.

Das Mädchen war durch die Bauerndiele ins Haus gekommen, jeder konnte dort hinein, ich schloss nie ab. In einer fernen Zeit hatten Pferde ihre Köpfe aus der großen Tür gestreckt, und der vollbeladene Transporter, den ich vor etwa einer Stunde in der Diele geparkt hatte, erinnerte daran, dass hier früher die Ernte eingefahren worden war.

Clarissas Fahrrad lehnte im Licht, vorn am Gartenzaun. Sie bestieg die Ladefläche des Transporters, konnte die Werkbänke nicht anheben, kein Stück, natürlich nicht. Sie sprang ab, ihre Sandalensohlen klatschten auf den Steinboden.

– Du hättest Laberdidi sehen sollen, sagte ich.

Der Hausmeister hatte die Werkbänke auf seine Rollhunde gehievt, vom Fahrstuhl bis hinaus auf den Parkplatz schoben wir sie gemeinsam. Ich wusste, Diederichs konnte nur mit einem Arm heben, hatte sich in diesem aber zwei unfassbar dicke Muskeln antrainiert. Sosehr er mir auch auf die Nerven fiel mit seinem Dauergerede über die großen

Schulplagen – Maulwürfe, Graffiti, Raucherhof –, ihn diese Last einarmig stemmen zu sehen flößte mir Respekt ein.

Alle anderen Utensilien hatte ich bereits zuvor aus der Werkstatt geräumt, an diesem Morgen waren nur die drei Werkbänke übrig. Auf dem Parkplatz verabschiedete ich mich, indem ich dem Hausmeister einen weiteren unnützen Schlüssel meines Lebens in die Hand drückte, einen Schlüssel, der seit Jahren nicht mehr in Gebrauch gewesen war. Wie die Dielentür hatte ich den Werkraum nie abgeschlossen.

– Mach dir einen Tee, und ich hole Verstärkung. Das hatte ich sowieso vor, sagte ich.

Ohne mir zuzustimmen, ging Clarissa durch die Diele zurück ins Haus.

Am Morgen, als ich die Dorfstraße in Richtung Bahnhof gegangen war, um den Transporter vom Tischlermeister zu leihen, also abzuholen, hatte noch leichter Dunst über den Wiesen gelegen. Jetzt spürte ich, dass es heiß werden würde. Vom Anblick der üppig grünen Vorgärten wurde mir unwohl; es bekam mir auch nicht, dass ich mich vom Frühstücken hatte abhalten lassen.

In den Häusern am Straßenrand wohnten Menschen, die ich weitaus länger kannte als Ingo Singer. Doch zu ihm ging ich. Er wohnte auf der anderen Seite des Dorfes, hatte im Oktober den verfallenen Milchhof gekauft, den er nun Ziegel für Ziegel wieder zusammensetzte. Haupthaus, Nebenhaus, Stallungen und Scheune – ein Projekt, das viele Jahre in Anspruch nehmen würde. Singer war Sänger, ausgerechnet, und er hatte sich dem Dorf vorgestellt, indem er an einem der Weihnachtstage in seiner Ruine die *Winterreise* sang. Viele waren aus Neugier hingegangen, aber die einen fanden die Aktion zu zugig, die anderen eitel. Ein befremdeter Nachbar hatte Singer am nächsten Morgen ein Kirchengesangbuch vor die Tür gelegt, natürlich anonym.

Der schwere Stand des Neuankömmlings. Auch meine Frau und ich hatten dieses Bad im Misstrauen der anderen nehmen müssen, ein Fixierbad. Geradezu sträflich lange hatte ich keinen Kontakt zu Singer aufgenommen, nun aber, vier Tage zuvor, auf dem Bahnsteig zu ihm gesagt, ich könnte seine Hilfe brauchen, irgendwann, an einem dieser Julitage, vielleicht sehr bald schon, denn ich wartete auf eine Anweisung, eventuell käme sie schon morgen, wenn die Ferien anfingen, und Singer hatte geantwortet, auf jeden Fall, und nein, in die Diele stelle er die Werkbänke nicht mit mir, wennschon, dennschon, auf den Dachboden würde er sie tragen, wenn sie da hinaufsollten, und notfalls allein.

Herausgehört hatte ich neben der Bedürftigkeit nach gemeinsamer Arbeit auch die Hoffnung, dass ich mich umgekehrt einmal von ihm für Dienste verpflichten ließe, denn von denen gab es genügend, sehr viele, im Grunde unzählige. Ich stand jetzt vor seinem zweigeschossigen Haus und rief nach ihm. Klingel gab es keine. Wohl war das Dach inzwischen gedeckt, aber überall hatte Singer begonnen, Putz von den Wänden zu klopfen, dann jedoch aufgegeben, als hätte er nur Proben vom Mauerwerk nehmen wollen. Vieles hatte er angefangen, wenig zu Ende geführt, er wandte sich den Türen, dann den Fenstern, dann doch lieber den Stromleitungen zu und schließlich dem Wasseranschluss, bevor er wieder von vorn begann. Singer hatte sich in ein Hamsterrad der körperlichen Arbeit begeben, und nichts sprach dafür, dass er wieder heraussteigen würde.

Die aktuelle Baustelle lag im Saal; dort war er offenbar dabei, einen Schornstein abzureißen und neu zu mauern, im

Ruß auf den Dielen machte ich frische Fußabdrücke aus. Ich ging ihnen nicht nach, rief noch einmal seinen Namen, rief Singer, er rief meinen zurück, Mauss. Es kam von draußen. Ich trat durch die billige Holztür in den Garten und fand ihn in einem Liegestuhl, ein Buch in der Hand.
 Aha, man entspannt, dachte ich.
 – Grüß dich, sagte Singer. Wird endlich Sommer, oder.

Es war widersinnig schwer, die Werkbänke auf meinen Dachboden hinaufzutragen, zumal die Absätze auf der dreiteiligen Treppe kaum zwei Treppenstufen breit waren: Man konnte die Last nicht abstellen, musste sie auf der Kante halten, dabei ständig den Kopf einziehen, und wenn Singer nicht die untere Position und somit den schwereren Part übernommen hätte, der Transport wäre sicher missglückt. Wie der Hausmeister war er wesentlich stärker als ich, allerdings auch über zehn Jahre jünger.
 Als wir die dritte Werkbank anhoben, begannen meine Muskeln, die bis dahin nur geschmerzt hatten, regelrecht zu flattern. Ich spürte plötzlich, wie enttäuscht ich war über den Verlust der Schulwerkstatt und dass mir damit nicht bloß ein Raum, sondern ein Rückzugsort genommen worden war. Zuerst entziehen sie dir das Vertrauen und dann die Kräfte. Auf dem zweiten Treppenabsatz wurde mir schwarz vor Augen, ein Schatten huschte am Geländer vorbei. Clarissa tauchte so unerwartet auf wie vorher in der Küche, sie wollte mir oben helfen, das Gewicht emporzuziehen. Zu schwach, es ihr zu verbieten, konnte ich neben ihr doch letzte Energien mobilisieren:
 – Hältst du durch?
 Ihr Gesicht verzerrte sich vor Anstrengung. Kaum hoben wir die Werkbank, aber wir zogen sie doch dieses letzte

Stück über die Kanten der Treppenstufen. Singer atmete laut. Ich hatte auch ihn an seine Grenzen geführt.

– Drecksdinger, sagte ich und: Den Rest machen wir nachher.

Clarissa krabbelte über die Bank zurück. Ich brauchte eine Weile, bis ich ihr folgen konnte.

– Dann bist du eine Schülerin von ihm, hörte ich Singer sagen, als ich in die Küche trat.

– Sie hat grad ihr Abi gemacht. Aber es ist schlechter als nötig.

Clarissa boxte mir kraftlos gegen den Oberarm. Ich hatte sie unter ihrem schwarzen Haarschopf nie so gebräunt gesehen.

– Was wirst du dort oben machen, Mauss.

– Dies und das. Meine Fahrräder vor allem.

– Er baut auch Instrumente, sagte Clarissa hämisch.

– Wenn du den Hof mal sehen willst, du kannst mich gern besuchen kommen, sagte Singer zu Clarissa.

– Vielleicht später. Ich will erst rüber ins Backhaus.

– Jetzt am Mittag nur mit Kopfhörern, rief ich ihr hinterher.

Clarissa ging durch die Mückennetztür auf die Veranda, die Holztreppen hinab, sie verschwand im Garten. Sie muss zeitig losgefahren sein, dachte ich, denn es waren mehr als zwanzig Kilometer aus der Stadt bis zu mir heraus: durch den Wald, über die Teufelsbrücke, dann immer am nördlichen Ufer des Kanals entlang. Nicht täglich, aber immer noch häufig legte ich diesen Weg selbst mit dem Rad zurück.

Singer stand am Tisch, die Arme verschränkt, Spuren von Ruß und Sägespäne auf seinen Shorts.

– Ist sie eine von denen, die im Winter hier bei dir waren, fragte er.

Ich nickte.

– Aber du siehst ja, die Musik ist wichtiger als der alte Mann.

– Na, hör mal. Ich meine, dass sie immer noch zu dir hier rauskommen. Gibt's ein schöneres Kompliment für einen Lehrer?

– Verrückst du die Werkbänke oben noch kurz mit mir.

Singer bejahte, wir gingen hinauf.

– Clarissa könnte bei mir jobben. Also, keine Ahnung, nur wenn sie nichts zu tun hat.

– Ich denke, sie hat nicht mehr zu tun, als der Sommer ihr vorgibt.

Es war weniger mühsam, die Möbel auf der geraden Ebene zu tragen. Am Ende postierten wir sie dort, wo sie das meiste Licht aus den beiden Dachgauben einfingen, obgleich ich in der Schulzeit eher abends hier herumpütschern würde, bei elektrischem Licht.

Nach einem festen Händedruck verschwand Singer durch die Diele. Mein leerer Magen zog mich zurück in die Küche. Kaum hatte ich das Marmeladenglas geöffnet, schwirrten drei Fliegen drum herum. Ich schraubte es wieder zu, beobachtete ihre Reaktion. Sie flogen jetzt auch mich an, bevorzugt den Latz meiner blauen Arbeitshose, die ich manchmal im Unterricht getragen hatte, wenn ich direkt aus der Werkstatt kam. Ich blieb noch lange am Tisch sitzen, trank kalten Tee.

Die Sommer ähnelten sich hier draußen, noch immer hatte es ein paar Tage gebraucht, bis ich mich an den Ferienstatus gewöhnte. Vielleicht sah ich deshalb neben mir noch den Stapel Schulhefte liegen, den ich zuletzt abgetragen hatte. Wie sich unter dem kleinen Porzellankännchen ein Milchring gebildet haben konnte, verstand ich auch nicht. Ein Flügel des Fensters, vor dem ich saß, war von rankendem Knöterich bedeckt, durch die andere Hälfte strömte Mittagslicht, floss mir über die Schulter, durch den Honig, hinab auf die Schachbrettfliesen. Ich hatte frei. Selbst wenn ich an diesem Tisch Tests zu korrigieren hatte, war die Küche der schönste Raum des Hauses. Diese Weitläufigkeit, die große, helle, ruhige Mitte des Raumes zog die Menschen an, fast jeder Besucher ließ sich, wenn er ankam, intuitiv hier nieder.

Jetzt im Sommer zog die Stille auch von draußen ein, mit Ferienbeginn waren die Leute fast alle ausgeflogen. Der Juli, das Dorf und ich – wir winkten ihnen hinterher und blieben zurück. Wie passend das war. Schuljahre waren Kreise, die der Juli schloss. Friedlich setzte er den Bleistift ab und gab: Ruhe.

Ich unternahm meine Reisen zumeist an Ostern und im Herbst, in den Sommerferien aber genügten mir die Kornfelder, die Spaziergänge zum Kanal, ich würde den Hund schwimmen lassen, die Hündin Claire, die ich an einem der nächsten Tage von den Beckers in Pflege nähme. Beckers wohnten schräg gegenüber, er war Fliesenleger, keine fünfundvierzig, seit mehr als zwei Jahren berufsunfähig wegen Staphylokokken im Knie, wollte sich aber den Jahresurlaub nicht nehmen lassen. Auch drängte ihn wohl seine Frau zu den gemeinsamen Reisen. Claire jedenfalls liebte meinen Garten, und vielleicht könnte sie mir sogar gegen die Maulwurfsgrillen helfen, die mir in diesem Jahr schon einige Salatköpfe zerfressen hatten.

Kein Ton kam aus dem Backhaus, Clarissa hatte Folge geleistet und die Kopfhörer aufgesetzt. Ich spürte schon jetzt den Muskelkater kommen, antizipierte ihn, schloss die Augen. Um die Mittagszeit verstummte auch der letzte Rasenmäher. Nur die Fliegen setzten unentwegt zur Landung an, hoben wieder ab.

Schlafen wollte ich nicht, es wäre mir sowieso nicht gelungen. Ich zog das Buch aus meiner Ledertasche, das ich am Morgen noch der Schulbibliothek entnommen hatte. Vor zwei Jahren hatte ein früherer Klassenkamerad es mir geschickt und sogar gewidmet, er musste mich entweder für einen Multiplikator oder für einen Deutschlehrer halten, beides irrtümlich.

Immer wieder rangierte ich alte Bücher in die Schulbibliothek aus, verschob sie, und dieses schien mir dafür prädestiniert zu sein. Seltsamerweise hatte ich das Buch vor sechs Wochen bei einem meiner Abiturienten auf dem Tisch entdeckt, und dieser hatte nach dem Unterricht davon zu erzählen begonnen. Eine Promotionsschrift: *Die Unmöglichkeit, Wir zu sagen, ohne zu trauern*, im Untertitel *Konstrukte kollektiven Erzählens*. Auf dem Vorsatzpapier prangte mittlerweile der Stempel des Fachbereichs Deutsch.

Es handelte sich um eine Untersuchung schöngeistiger Literatur, und zwar solcher, die ganz oder in Teilstücken in der ersten Person Plural verfasst war. Der Autor suchte Spuren – beim Chor im antiken Drama, in der Ideenlehre, vom präherderschen *Menschen* ging die Rede, von objektivierenden Gesetzessprachen. Ja gut, dachte ich, jedes *Man* war gleichsam ein *Wir*, und wenn man die Welt so allgemein betrachtete, schäumte sie natürlich zu allen Zeiten über vom Operator *Wir*, dem *Wir*-Faktor, der Staaten, Nationen, Systeme, Diskursgruppen, Familien, Fanmeilen oder Paare vertrat.

Immer noch flackerte in meiner Abneigung gegen die Wissenschaftssprache das schlechte Gewissen auf. Während meines Studiums vor fünfunddreißig Jahren hatte ich selbst in solchen akademischen Sätzen gedacht, geschrieben, gelebt. So verging die Zeit und hinterließ doch ihre Rückstände.

Mir schwirrten Kollektivgesellschaften im Kopf herum, lenkten mich heraus aus der Sprache, aus dem Buch. Wie oft man sich zusammentat im Leben und auseinanderging – eine Begegnung auf der Straße, im Konzertsaal, am Strand, diese Flüchtigkeit. Ich dachte an unsere Hausgemeinschaft, an die Hausbesetzeruntergruppen, an die diversen Bands und Orchester, in denen ich zu Studienzeiten gespielt hatte. Keine Freundschaft, kein Mitmusiker, keine einzige Telefonnummer war geblieben, nur Namen: Claas, der lange Gräfe, Knalli, Alistair.

Ich hatte das Buch zugeklappt, aus den Händen gelegt, auf die Küchenbank. Aber nun starrte ich in die Gemeinschaft der Espressobohnen, wie sie da in der kleinen elektrischen Mühle lagen und Kaffeepulver werden sollten. Ich schob sie mit dem Zeigefinger hin und her. Ihr Bohnen. Wir Gruppen. Wir Knallis. Wir Gepaarten, Befruchteten, Bestäubten. Ein Leben lang kämpfend, weil uns zwei andere ausgedacht hatten.

Während ich den Kaffee mahlte, Wasser in den Sockel der Edelstahlkanne füllte, das Pulver in den Filtereinsatz häufte, die Kanne auf den Fuß schraubte, während all dieser Handgriffe, die darauf hinführten, dass das Wasser erhitzt wurde und zu kochen begann, stieg auch in mir Hitze auf.

Clarissa stand wieder in der Küche, ich hatte sie nicht hereinkommen hören. Ihr zu sagen, sie solle sich nicht so anschleichen, hatte ich mir abgewöhnt, so wie ich im Grunde alle Vorschriften, die nicht fruchteten, gegenüber meinen Schülern fallengelassen hatte.

Sie fläzte sich in einen der beiden Korbstühle, schlug die Beine übereinander, ihre staubige Sandale tanzte vor mir in der Luft.

– Nimmst du eigentlich wieder den Hund, fragte sie.
– Ja, morgen wahrscheinlich. Du hast geweint.

Sie sah mich kurz an.

– Da war wieder so eine krasse Platte.
– Kaffee?
– Weiß nicht.
– Dann erzähl mal, wie's war in Frankreich.
– Großartig. Ich hab doch alles geschrieben.
– Viel Unsinn hast du geschrieben.

Sie lächelte über das Wort. Clarissa hatte nicht etwa eine Postkarte geschickt, sondern auf einer Internetseite eine Art Tourtagebuch geführt, jeden Tag ihrer Reise für die Allgemeinheit dokumentiert. Sie ahnte, dass ich alles gelesen hatte, verkniff sich wohl Fragen, die mir Kritik an ihrem Blog gestattet hätten.

– Und du hast den Werkstattschlüssel abgegeben, ja?
– Heute Morgen.
– Dass du hier so locker sitzen kannst. Ist doch Schikane, das alles, und du lässt dir das auch noch gefallen. Das versteh ich nicht, Manuel.
– Komm, lass mal sein.

Weiter kam ich nicht, denn ich hätte ihr widersprechen müssen und hatte keine Lust dazu. Eigentlich waren Clarissas Eltern jetzt dran, sich mit ihr zu beschäftigen. Ich wusste nicht einmal, ob dem Mädchen damit geholfen war, dass ich sie noch in dieses Haus einließ. Ich stand auf, um nach Keksen zu suchen. In den Tiefen des Bodenschranks fand sich

ein eingeschweißter Fertigkuchen, an dessen Kauf ich mich nicht erinnerte. Manchmal ließ Frau Wittkowski etwas zurück, meine Haushälterin, die ich mir nur noch einmal in der Woche leistete. Ich mochte solchen Kuchen nicht. Als die Kanne zu stottern und zu meckern begann, nahm ich sie vom Feuer und goss uns Kaffee ein.
– Trink. Tut gut.

Lächeln konnte sie wieder. Ich staunte, wie viel Gewicht Clarissa innerhalb des letzten Jahres verloren hatte. Ihr dickes, dunkles Haar, das sie nicht kämmte, nur mit der Hand zum Seitenscheitel formte, hatte mehr Gesicht verdient, dachte ich, weniger Wangenknochen.

Ich fragte, ob sie mit dem Rad zurückfahren wolle. Sie könne es ja auch mit in den Zug nehmen. Als keine Antwort kam, bot ich an, sie zum Bahnhof zu bringen. Da sprang sie auf und stapfte auf die Toilette, um sich die verlaufene Wimperntusche aus dem Gesicht zu wischen.

Es war nichts Neues, dass Clarissa kam und ging und jedes Gespräch verweigerte. Ich hatte ihr einmal aufgezeigt, dass sie ihrem Gegenüber dadurch immer eine Antwort schuldig blieb. Aber was hatte ich da gesagt! *Schuldig* – sie war ausgeflippt. Wenn sie jemandem aus dem Weg gehe, sei das allein ihre Sache, sie wolle überhaupt nicht auf andere wirken, wie also könne sie schuldig sein.

So ging das manchmal. Erst unterbrach sie ein Gespräch und lief davon, dann verhinderte sie, dass man wieder anknüpfte. Es wirkte wie ein pubertärer Reflex, den andere Schüler längst abgelegt hatten.

Wir gingen mittlerweile auf der Dorfstraße in Richtung Bahnhof, sie hatte trotz der Wärme ihre pinkfarbene Strickjacke übergezogen, ein schreckliches Ding. Der Boden ihres Rucksacks war übersät von dunklen Tintenflecken, und ich dachte daran, dass Clarissas Nicht-auf-andere-wirken-Wollen noch einen zweiten Aspekt hatte, der auch ihre Freundinnen und Freunde betraf. Sie waren alle keine Poser, sie fanden sich nicht allzu toll, spiegelten sich nicht im See und nicht in der Bahnfensterscheibe. Selbstdistanz als Tugend – damit hatten sie mich beeindruckt und für sich eingenommen. Ich fand immer schon, dass jeder Witz ebenso vom Timing wie von der Zurücknahme des Erzählenden lebte. Insofern, das blieb bestehen, hatte ich eine Menge Spaß mit ihnen gehabt.

Nur wie befremdlich war es gewesen, dass manche Schüler nicht damit aufhören konnten, witzig zu sein. Als dieses schöne Jahr schrecklich wurde, wie beschämend wurde da ihre Ironie. Vor den Momenten, in denen die bekannten Gesichter ihr wie verzerrte Masken erschienen, war Clarissa geflohen. Sie hatte Fehler gemacht, mehr noch, sie scheute sich nicht, diese Fehler zu suchen, und dabei hatte ihr die gute Laune der Freunde im Weg gestanden. So viel wusste ich. Womöglich war sie deshalb früher von der gemeinsamen Reise zurückgekehrt.

Sie in Gedanken, ich in Gedanken, zwischen uns ihr klappriges Fahrrad. Die Lichtkabel waren mit Hautpflastern am Rahmen befestigt. Wir überschritten die einzige Kreuzung, der man die hundertzwanzig Jahre alten Katzenkopfsteine gelassen hatte. Aus der Beethovenstraße kam uns die Tochter der alten Frau Nenning entgegen, sie trug zwei Sechserpacks großer Wasserflaschen, die unter der Plastikfolie quietschten. Unser Garagenkrämer hatte zweimal in der Woche geöffnet, er verkaufte nur Einzelflaschen, aber alles, was man ihm zur Bestellung aufgab, besorgte er aus dem Supermarkt. Wir grüßten einander, Frau Nenning hatte früher mit Marianne im Dorfchor gesungen. Zu fast jedem hier führte ein Lebensfaden, manche davon waren sehr dünn, derjenige zu den Nennings war im Grunde so dünn, dass man ihn als abgerissen bezeichnen konnte.

– Ich weiß nicht mal mehr ihren Vornamen, sagte ich zu Clarissa. Aber aus dem Flaschenquietschen müsste man mal was basteln.

Sie sah mich an.

– Findest du nicht? Wär doch was als Grundrhythmus.

Sie band sich ihre Strickjacke mit dem Stoffgürtel zu, ging zum Automaten und zog sich eine Fahrkarte. Ich erinnerte mich daran, dass Clarissa einmal von Geldsorgen gesprochen hatte. Ich sagte, dass ich bei Ingo Singer nachfragen könne, ob er Arbeit für sie habe.

– Meinst du, ich komm jetzt jeden Tag hier raus?
– Das könntest du.
– Warum hast du das vorhin gesagt, Manuel.
– Was.
– Dass mein Abi schlechter ist als nötig.
– Ist es das nicht?
– Wenn du so was sagst, denk ich immer, du hast überhaupt nichts kapiert.

Ich wollte sie zum Abschied in den Arm nehmen, ließ es aber lieber bleiben, fragte stattdessen noch einmal:

– Hältst du durch?

Clarissa zog die Schultern hoch, sie sprach nicht mit mir, wir verabredeten kein Treffen, bis der Zug eingefahren war. Als er wieder anrollte, antwortete sie doch, nickte durch die Scheibe. Sie würde durchhalten.

Das Dorf hatte eigentlich keinen Bahnhof verdient, es lag nur zufällig an einer Trasse zwischen zwei Oberzentren. Ich ging hinüber auf den sandigen Bahndamm jenseits der beiden Gleise, wo Schafgarbe und Wicken wuchsen. Ein Messer fehlte, ich riss an den dicken Stängeln, holte eine Nachtkerze mitsamt Wurzeln aus dem Boden. Blauviolett leuchteten die Glockenblumen, dazu ein wenig Unkraut, als Grün. Ich nahm mir Zeit, den Strauß zu ordnen. Dann ging ich, die Blüten gen Boden gerichtet, zurück ins Dorf, bog in die Beethovenstraße ein, eine Sackgasse, an deren Ende das Sportgelände lag. Der Fußweg zwischen den beiden Fußballplätzen, so kam man zum Abzweiger des Kanals, einem Bewässerungsgraben, aus dem die Kinder von montags bis donnerstags ihre Bälle fischten, wenn ihnen die Torschüsse missglückt waren, aber nicht heute. Das dünne Straußgras fühlte sich hier seidig an, seine rote Blüte wurde noch ausgemalt von der Abendsonne, und ich drang bis zur Südseite des Friedhofs vor, wo das Wasser aus einem Rohr fiel und über zwei Stufen abwärts, nicht rauschend, aber auch nicht nur plätschernd, sich an die Friedhofsmauer schmiegte, um die Ecke und hinabfloss bis ins Auffangbecken, an dem die Gießkannen befüllt wurden.

Der Eingang zum Friedhof lag unten am Waldrand, ich aber stieg über die niedrige Feldsteinmauer, immer betrat ich den Gottesacker an dieser Stelle, von hinten, von Süden, es war der kürzeste Weg zu Mariannes Grab.

– Blumen der Saison, sagte ich und legte die Bahndammgewächse vor den Stein.

Mach dir doch nichts vor, Manuel. Juliruhe! In unserer schönen Küche wird sich in diesen Ferien keine Juliruhe einstellen, und dieser Jahrgang von Schülern beschreibt auch keinen Kreis, der sich schließt wie jeder andere.

Ich wäre gern erst einmal angekommen, Marianne.

Sie schwieg, entschuldigte sich nicht. Ob sich bei mir jemals ein Mensch entschuldigen würde?

Seit dem Winter kam ich zwei- bis dreimal in der Woche hierher, um ihr mein Herz auszuschütten. Und so wusste auch Marianne, dass am 14. Dezember ein junger Mensch gestorben war, zum ersten Mal in meinen dreißig Lehrjahren hatte sich ein Mädchen, das ich unterrichtete, das Leben genommen. Eine frische Wunde, so groß wie unsere leerstehende Küche, du hast ja recht, meine Liebe, größer noch, groß wie unser Garten. Es gab ein frisches Wir, diese Schülergruppe, die letzte, um die es besonders schade war, die mich eingenommen hatte und jetzt ausblieb, sich erholte von dem Leistungsanspruch, den auch ich stellte, stellen musste. Saskia, Max, der Frickler Ying und Clarissa Winterhof. Wie ein spukhaftes Wesen hatte sie dagestanden, mitten in der Küche, als wäre sie selbst dem Totenreich entstiegen und hätte sich materialisiert.

Na ja, spukhaft oder nicht – sie sprach einfach über mich hinweg –, warum denkst du, ist sie hergekommen, deine Clarissa, hast du sie gefragt, ist sie jetzt endgültig zur Büßerin geworden, dafür hat sie ja schon immer ein Faible gehabt. Sie macht doch den Eindruck, als hätte sie eine Strafe anzunehmen für ihre schwachen Noten.

– Hör doch auf, Marianne.

Ich sah mich um, aber kein Mensch hatte mich laut reden hören. Meine Frau schwieg beleidigt, immerhin.

– Tausch dich aus mit mir, aber quassel nicht irgendwas daher.

Das hatte ich geflüstert. Ich drehte mich um die eigene Achse. Um mich herum Grabsteine, eckig und oval, mancher hoch, andere breit, protzig. Im schattigen Abseits die Familiengräber. Weil das Gelände zum Wald hin abfiel, konnte man den Friedhof vom Grab meiner Frau aus gut überblicken. An einer Stelle erodierte der Hang, einige Gräber hatten verlegt werden müssen. Dieser Gemeinschaft widmete die Doktorarbeit, die ich vorhin zur Hand genommen hatte, kein Kapitel. Dabei bewohnten die Toten sogar ihre eigenen Höfe, von Mauern umhegt, sie fassten sich in der Erde an den knochigen Händen, tauschten ihre Schicksale aus. Meret Kugler gehörte jetzt dazu. Das Mädchen lag nicht hier, aber was machte es schon, wo sie sich zum großen Schlaf bettete. Sie waren alle verbunden, unterhielten sich miteinander, sie war eine Freundin von Marianne geworden, jedenfalls dachte ich das manchmal.

Die Vögel sangen. Licht wurde von Südwesten durch die hohen Kiefernstämme gesiebt. So wie ich vorhin in der Küche nur noch mit halber Kraft an mein wissenschaftliches Studium hatte glauben können, kam es mir jetzt vor, als hätte es all die vergangenen Schuljahre nicht gegeben, oder nur als unwesentliches Vorspiel dieses Sommers. Ich sah hinauf in die Baumkronen. Die blaue Farbe darüber verblasste. Würde ich bis zum Schluss in der Uhr unterwegs sein, in Runden, Schuljahren, Wiederholungen, synchron zu den Zeigern? Oder ging es schon bergab, waren das unter mir die Trümmer der Uhren, waren es Geröll und Bergkristall, ein Quarzfeld, auf dem ich mich gehen ließ, bis es mich endgültig hinabführte an die Pforte, durch die ich den Friedhof zum letzten Mal betrat und neben meiner Frau ins Gras fiel.

Dort unten stand sie, die Pforte, schlug verunsichert auf und zu, weil Wind aufgekommen war. Auch knarzte der Stamm einer Kiefer.

Warum denkst du, ist sie hergekommen, deine Clarissa. Hast du sie gefragt, warum sie vor ihren Freunden zurückkehrt.

Nein, das hatte ich nicht. Ich dachte an ihren Vater, Doktor Winterhof, der mich lange vor ihren miserablen Abschlussklausuren kontaktiert hatte. Ich kannte ihn von Elternabenden: ein reicher Mann, Softwareunternehmer, zudem mit zwei Aufsichtsratsposten ausgestattet. Sicher hatte Winterhof sein Kind in den neunzehn vergangenen Jahren weniger gesehen als andere Väter das ihre, bestimmt schlief er höchstens fünf Stunden pro Nacht, weil immer die Arbeit und die im gleichen Käfig befindliche Karriereleiter auf ihn warteten. Jetzt konnte er diese Leiter eigentlich nur noch hinunterfallen. Er hatte sich am Telefon nach Clarissa erkundigt, mit sonorer Stimme, weder dumpf noch fokussiert. Und doch, in einem Punkt ähnelte er ihr, es verwundert mich, Marianne, dass er so aufgeschlossen wirkte gegenüber den eigenen Fehlern. Er wusste, dass seine Tochter unter ihm gelitten hat, einmal sprach er es sogar aus. Gerade dadurch kam er mir zu nah, und ich bleibe dabei, Winterhof ist von seiner Sorge weniger erfüllt als ergriffen. Ich hätte mit ihm geredet, wenn er sich nicht so gern hätte reden hören, aber das bringt wohl seine berufliche Stellung mit sich, er räuspert sich ständig, um danach bestimmter zu klingen, professioneller, Winterhof ist es gewohnt, Fragen, wenn überhaupt, nur einmal zu stellen, und ich habe ihm gesagt, wie sehr ich Clarissas Nachdenklichkeit schätze, ihre Art zu trauern, dass sie dabei absolut integriert ist in ihren Freundeskreis. Einer, der anruft und es ernst meint, hätte doch nachgehakt.

Ach, es ging ihm gar nicht um sein Kind.

Ich hörte meine Frau lachen. Ein Glucksen. So senil war ich nicht, dass ich mit meiner toten Frau sprach. Sie sprach mit mir. Ich konnte es ihr nicht abgewöhnen.

Und dann hast du Herrn Doktor Winterhof noch gesagt, wie sehr du den Entschluss seiner Tochter respektierst, ein freiwilliges soziales Jahr einzulegen. Auch um zur Besinnung zu kommen. Und er: Darüber ist das letzte Wort noch nicht gesprochen.

Was ist daran so lustig, Marianne.

Ich überblickte den Friedhof: die knallroten Plastikgehäuse abgebrannter Lichter, weiße und gelbe Nelken in langstieligen Vasen, akkurat geharkte Beete neben wucherndem Efeu. Eine grasgrüne Plastikkanne mit einem lächerlich großen Gießkopf.

Du kannst das seinlassen, Marianne, du brauchst nicht wieder damit anzufangen.

Aber sie lachte, meine Frau, sie war farbig gewesen unter den Farben, ein Sponti, rote Haare, wallende Umhänge, Armreife, sie wehte vorbei, sie flog auf mich zu, sie begann zu summen, eine Melodie zu singen, ein Volkslied, dessen Verse ihr nicht einfielen, mir nicht einfielen, drang deutlich an mein Ohr. Ein Hippie war sie gewesen, als wir zusammentrafen. Das Leben meiner Frau – und dies wird mich immer schmerzen, wenn ich an sie denke – war geradezu gegensätzlich zu meinem verlaufen, und je öfter ich auf dem Friedhof stand, desto verständlicher wurde mir, dass meine Verwandlung zu spät gekommen war. Als sie noch auf den Gräbern tanzte, über den Doktrinen flog und auf jegliche Konvention spuckte, damals, als sie noch abwinkte, wenn ihr jemand zu viele politische Floskeln aneinanderreihte, hatte ich den in Sachfragen der Revolution gewissenhaften und sprachgenauen Hausbesetzer abgegeben. Marianne nannte mich verknöchert, ich wehrte mich nicht dagegen. Ich wollte in den Achtzigern ein Linker sein um jeden Preis, aber ich war vor allem hart gewesen, zu mir, auch zu den Schülern. Das besetzte Haus mit seinem Plenum und seiner Kreidetafel war unsere einzige gemeinsame Station gewesen, bevor sie das Bauernhaus von ihrem geschiedenen Vater erbte und wir hierher zogen. Ohne das Dorf hätte unsere Liebe, die so sehr auf Gegensätzlichkeit beruhte, nicht gehalten. Das Dorf und sein Binnendruck hatten uns erst zusammengeschweißt.

Marianne flog weiter. Immer bunt und mit Melodien auf den Lippen. Ein Paradiesvogel. Sie hatte mich noch in den gespenstisch kalten Jahren vor der deutschen Einheit, als ich Kohl hasste und an Marx nicht mehr glauben konnte, heiter vorangetrieben. Sie war es, die erkannte, dass die Proteste spielerischer werden mussten und dass es kein Verbrechen war, regionale Produkte zu bevorzugen. Ihr gelang es manches Mal, mir das Verhalten von Schülern zu erklären, und wenn ich Machtmittel anwenden wollte, gab sie mir die nötige Gelassenheit, es nicht zu tun.

Wir waren ein Chiasmus, so viel kann man sagen, Marianne. Als ich dich zu pflegen begann, kreuzten sich unsere Wege. Meiner Verknöcherung entwuchs eine Blüte, die du nicht mehr sehen konntest. Ich wollte dir etwas zurückgeben, ich wollte dir ein Rückhalt sein. Weil ich so vieles von dir gelernt hatte.

Doch du lachtest mich aus. Mit den Schülern kam ich immer besser klar, zu Hause aber machte ich keinen Stich. Marianne zog sich zusammen, verhärtete, verlor in ihrer Krankheit den Respekt vor anderen. Am Ende wurde sie vor Schmerzen bitter. Als mir neue Kräfte erwuchsen, schwand ihre Lebenslust. Es hing zusammen, musste zusammenhängen.

Ich ging nicht direkt nach Hause, nahm den Schlenker durch den Wald zum Kanal. Seine Deiche verströmten nach diesem ersten heißen Tag schon jenen schweren Teergeruch, wie man ihn vom Straßenbau kennt. Auf der südlichen Deichkrone verlief ein Sandweg, der kilometerlang mit kleinen Steinen und dunklem Glaskies bedeckt war. Weder Hundepfoten noch Fahrradreifen litten unter diesem Splitt, der größte Vorteil aber war, dass der Weg auch jetzt im Hochsommer befahrbar blieb, während man auf den Sandwegen ständig zum Absteigen gezwungen war. Vielleicht ließ es sich auch barfuß gehen, ich hatte es nie probiert. Manchmal joggte ich hier. Einmal im Monat. War ich damit ein Jogger? Vierundzwanzig Wochenstunden, dreizehn in Englisch und elf in Musik – damit war ich ohne Zweifel ein Lehrer. Ich setzte mich auf meine angestammte Holzbank, legte die Arme zu den Seiten auf der Rückenlehne ab. Der Kanal war ein langer orange-violetter Spiegel, erstreckte sich auf beiden Seiten bis zum Horizont.

Ein Grab auf dem dörflichen Friedhof. Damit war man Witwer. Ein einziges Lauteninstrument, das immer noch unfertig war nach acht Jahren. Damit war man kein Lautenbauer. Ein Backhaus voller Vinyl. Damit war man Plattensammler gewesen. Ein Laptop mit Leuchtdioden. Damit war man dabei. So drückten es die Schüler aus. Ich ging mit der Zeit, auf einer Höhe mit ihr, ich hielt Schritt, hatte mich fit gemacht. Gut so. Wer schon fit war, musste nicht mehr so oft joggen.

Einzelne Krähen flogen herüber, und ich dachte, wie wenig sich die Vögel darum scherten, ob sie über Gräbern schwebten oder über Feuchtwiesen. *Not caring about the nastiness of how you died and where you fell.* Schön wäre das gewesen, hätte Chandler recht behalten und die Erinnerung erlösche im Moment des Todes. Aber so ist es nicht. Marianne war aktiver als zu Lebzeiten, sie sprach zu mir, sie sprach mir zu, seit Jahren.

Mein Blick aber: schattenlos. Das Wasser fast unbewegt. Ferienwasser. Der Sommer kam, er fing jetzt richtig an. Nirgendwo konnte man sich die Haut verbrennen wie am Kanal. Ich hatte kürzlich eine alte Sonnenmilchflasche gefunden, sie musste aus dem letzten Jahr stammen, als mich die Schüler im Bauernhaus besucht hatten und oft zum Schwimmen hierher gegangen waren. Ich ging nicht mit, weil ich fürchtete, dass sich mindestens eines der Mädchen im Bikini vor mir genieren würde. Und doch, ich hätte gern einmal überprüft, ob wenigstens das stimmte.

## 2

Ich bin noch kein alter Sack und wie stets mit dem Fahrrad zur Schule gekommen. Ich betrete in Klickschuhen und Radfahrerdress das Lehrerzimmer, die Sonnenbrille auf dem Kopf. Der ältere Kollege, ein Physiklehrer namens Grote, kommt auf mich zu, Kaffeetasse auf Untertasse, er fragt mich vor versammelter Belegschaft, ob ich nicht meinen Beruf verfehlt hätte, ob mir die Wege zur Schule und nach Hause wichtiger seien als die Pädagogik selbst. Er zögert einen Augenblick, als wäre ihm die Situation peinlich, und fragt dann, ob ich nicht Radrennprofi werden wolle.

Ein blöder Spruch in drei Teilen, der keinen außer Grote zu amüsieren schien. Aber er wollte sich einfach nicht dafür entschuldigen. Ich baute mich vor ihm auf, jedenfalls im Traum, ich träumte oft von dieser Szene, hörte ihn dann, den Kollegen Grote, der nicht müde wurde zu betonen, dass er für seine Leistungen im Bereich *Jugend forscht* schon lange mit dem Bundesverdienstkreuz ausgezeichnet gehöre. Die Ehrung blieb aus, sein Vater war während der braunen Jahre ein hohes Tier gewesen, wir wussten es alle. Aber das wäre eine ganz andere Geschichte, es gab ja so viele Geschichten. Ich stellte mir sogar einmal im Halbschlaf vor, dass Grote mit seinen Schülern vor allem an der Weiterentwicklung von Sprengstoffen forsche, irgendwo in den Katakomben des Schulgebäudes.

Um ehrlich zu sein, Grote war nur der berühmte Tropfen, satt hatte ich sie alle, satt in ihrer Geballtheit, der man sich –

anders als dem Plenum oder den verschiedenen Hausgruppen früher – niemals durch Aufstehen, Türschließen und Musikhören entziehen konnte. Wenn ich also einen Einschnitt setzen müsste, den Beginn des Tauwetters, wie ich meine zweite Amtszeit manchmal scherzhaft nenne, genau bestimmen, dann wäre es das Jahr 2003, als ich mich dauerhaft aus dem Lehrerzimmer verabschiedete.

Ich saß zunächst in der Cafeteria. Der einzige Nachteil war, dass ich fortan vom Gratiskaffee der Kollegen abgeschnitten war. Ansonsten gab es nichts zu bereuen. Manchmal setzte sich ein Kollege, der Pausenaufsicht hatte, zu mir. Die junge Frau Sandmann, heute Rektorin der Schule, unternahm nach drei Wochen einen halbherzigen Versuch, mich zurückzugewinnen. Seitdem hat mich keiner der Kollegen je wieder auf meinen Rückzug angesprochen. Im Lehrerzimmer fanden für mich nur noch die Fachkonferenzen statt, also die langweiligsten Stunden des Schulalltags, die seit der Privatisierung nur zahlreicher und dabei immer bürokratischer geworden waren.

Damals mochten die Kollegen mich kauzig genannt haben. Ich hatte vielleicht andere pädagogische Vorstellungen als sie, wichtiger war ihnen aber, dass ich bei allem Hang zum gruppendynamischen Arbeiten noch den Ruf eines strengen, fordernden Lehrers besaß. Ich war einer, den man sich so oder so leisten konnte, anwesend oder abwesend, ich stellte keine Gefahr für sie dar und auch nicht für den Ruf der Schule.

Das änderte sich, als mit dem jungen Referendar Freisler aus heiterem Himmel ein Gesprächspartner zu mir herabfiel. Freisler polarisierte, und während er mich sofort anzog, schienen andere Lehrer sich bald an der Wand entlangzuschieben, um ihm nur nicht zu nah zu kommen.

Der Referendar mietete über die Schule eine Diskothek

an und veranstaltete dort die *Talentschmiede*. Wir sahen begeisterten Schülern beim Singen, Tanzen, Rappen und Plattenauflegen zu. Club-der-toten-Dichter-Stimmung. Junge Bleichgesichter begannen zu glühen, noch die schüchternsten gingen aus sich heraus, wobei Freisler die Struktur des Wettbewerbs nur aus Showgründen nutzte. Der Referendar kannte vor den Schülern keine Scham, gab sich auch vor den Erwachsenen aufreizend offen, er schloss niemanden aus. Im zweiten Halbjahr initiierte er ein *interaktives Musicalmärchen*, das erste und letzte seiner Art. Freisler hatte fünfzehn Schüler an von der Firma Winterhof gesponserte Rechner gesetzt, von wo aus sie Animationen in Gang brachten, die auf einem riesigen und einigen kleineren Bildschirmen gezeigt wurden. Abgesehen von den Bildschirmen blieb die Bühne leer. Investor, Direktorium und Elternräte fühlten sich um ein Liveerlebnis betrogen. Vorher hatten sie nur nach Luft geschnappt, jetzt schnappten sie über. Noch vor Ende des Referendariats wurde Freisler abgesägt.

Seine Schüler waren ohne Ausnahme schockiert, ob in Klassenstufe sieben oder elf. Keiner von ihnen konnte begreifen, dass ein solcher Lehrer nicht übernommen wurde. Ich ließ mir noch einmal erklären, was sie so großartig an ihm fanden, es war überhaupt die Phase, in der ich gut zuhörte, und so bekam ich ein bisschen von der Beliebtheit ab, die dem geschassten Referendar galt.

Meinen Pausenort hatte ich zuvor von der Cafeteria in die Halle verlegt, wo wir regelmäßig zusammenstanden. Für unsere Gespräche musste ich Freisler dankbar sein, denn er öffnete mir die Augen für ein Dilemma, das ich allein nicht hatte erfassen können. Es bestand, verkürzt gesagt, darin, deutsche Schüler zu unterrichten, aber ein amerikanisches Menschenbild im Kopf zu haben. Es war kein Geheimnis, dass die angelsächsische Welt weniger innere Zerstörung erfahren hatte, natürlich war dort das freiere Denken entstanden: Rhizome, Netzstrukturen, die fließenden Wechsel zwischen Ernsthaftigkeit und Entertainment. Marianne und ich waren oft in Amerika gewesen, meine Frau liebte den Süden, ich liebte die Filme und Literatur der Ostküste. Jeden Tag zeigte sich aufs Neue, ob nun in der Schule, im Stadtbild, in den Medien oder der Kunst, wie verliebt wir Deutschen in das waren, was wir schon hatten. Was wir suchten, waren vor allem verlässliche Strukturen; das Außerordentliche blieb uns fremd. Wir konnten die Dinge anordnen, wenn sie uns jemand hinschmiss, wir konnten anderen Nationen beibringen, wie man Müll trennte und von den Straßen und Wiesen fernhielt – aber wir konnten nicht jonglieren, nicht vor Publikum improvisieren, nichts auf spielerische Weise entwickeln.

Über das erfolgreiche deutsche Ingenieurswesen ging Freisler hinweg, wenn er so dozierte, er zielte auf den kommunikativen Bereich ab, auf den täglichen Umgang miteinander, auch auf die Künste. Gern und oft zitierte er Zeilen von Robert Frost, das Gleichnis vom Pionier, der im Wald von zwei Wegen den weniger ausgetretenen eingeschlagen hatte. *And that has made all the difference.* Freisler zeigte mir auf, was mich erwartete, wenn ich weiterhin auf dem breiten Weg bliebe: mehr Licht, weniger Gegenverkehr, keinerlei Überraschungen.

Der schmalere Weg aber führte in den Wald, wurde immer nur schmaler; von Zweigen überdacht, würde auch ich irgendwann zwischen den Blättern die neue Sonne am Himmel leuchten sehen. Das ist immer noch Freisler, beinahe O-Ton. Die neue Sonne hieß für ihn Internet.

Das Netz habe uns eine neue Generation gebracht und

mit ihr die Chance, Menschen zu erziehen, die netzartig dachten, freier, ungezähmter. Das Erzählen, sagte der junge Lehrer, stelle Denkstrukturen nach, oder ehrlicher noch, es stelle sie überhaupt dar. Und es entstünden neue Denkstrukturen, da sei er sich ganz sicher. Wir könnten jetzt zu den Amerikanern aufschließen, in kreativer Hinsicht.

In seinen erregten Momenten wurde Freisler manchmal zur Karikatur, wie ja auch der schmale Waldpfad nicht recht zur neuen Sonne passen wollte, aber das sah ich damals nicht, oder ich sah darüber hinweg, und was waren Momente des Zweifels gegen die Mittel und Formate der digitalen Welt, gegen die Chance, die Schüler auf diesem Wege wieder zu erreichen.

Ich war schon lange nicht mehr glücklich gewesen mit meinem Unterricht.

Bald darauf stand ich mit einigen Jungen und Mädchen in der Pausenhalle, es gab ja keinen Grund, dort wegzugehen. Irgendeiner von ihnen brachte mir zu Beginn der großen Pause einen Milchkaffee, oder ich brachte den Schülern welchen mit. Es war ein bizarrer Standort, er lag auf dem untersten Niveau der Halle, so tief, dass er keine Aussicht zuließ, im Gegenteil, er war einsichtig von allen Seiten, eine Angriffsfläche für Blicke, für Hohn und Häme, die in den folgenden Jahren über mir und den zu mir stehenden Schülern ausgeschüttet wurden.

Max, Saskia, Ying, Clarissa und die anderen, die jetzt Abitur gemacht hatten, unterrichtete ich seit ihrem zehnten Schuljahr in Englisch. Ich erinnere mich, dass mir anfangs nicht wohl dabei war, als sie mich umringten. Mit mir dazustehen hieß, sich abzusondern, da machte ich mir nichts vor. Das Gerede des eigenen Jahrgangs zu überhören, ohne arrogant zu werden – das war für die Kinder eine ständige

Prüfung, und meine Verantwortung erhöhte es auch. Ich achtete vor allem darauf, dass unser Kreis offen blieb. Die einzige Regel lautete: Wer hinzukommt, ist dabei. Ein paar Zwölftklässler gehörten auch zur Gruppe, nicht halbherzig, aber doch weniger verbindlich als die Jüngeren. In der elften Klasse wählten Max, Clarissa und Ying meinen Musikkurs, unser Kontakt verfestigte sich.

Ich hatte nie bloß frontal unterrichtet, ich will meine Rolle nicht herunterspielen. Aber wie gesagt, einige Lorbeeren hätten Freisler gebührt. Ein paar Jahre zuvor hatte ich Schüler gepiesackt, die kein Interesse an Fuge oder Kontrapunkt zeigten. Nun kritisierte ich solche, die sich ohne eigene Einbildungskraft ausbilden lassen wollten und allein für Prüfungspunkte paukten. Die Schüler, die Freisler noch gekannt hatten, wussten um dessen Einfluss auf meinen Sinneswandel. Kein Lehrer nahm das Netz so ernst wie ich.

Um meinen Rechner mit Software auszustatten, kamen erstmals zwei Schüler zu mir ins Bauernhaus. Marianne war bereits bettlägerig. Wir sprachen damals oft darüber, dass ich Gesellschaft brauchte, und doch war sie immer über meine Bedürfnisse hinweggegangen. Wenn ihr in der Krankheit überhaupt irgendetwas heilig war, dann ihre Ruhe, die sie *unsere Privatsphäre* nannte. Sie hatte mir vor Jahren die Hälfte des Hauses übertragen, aber es war eben doch ihres geblieben, und so brachten mir zwei Schüler und eine Computerinstallation die schwersten Vorwürfe ein; sie sagte, indem ich gegen ihren Willen Besuch empfinge, behandelte ich sie bereits wie eine Tote.

Ich nahm Kaffee und einen Krug Zitronenwasser mit in den Garten, um die Hundstage zu begrüßen. Der Wetterbericht hatte eine Hitzewelle vorausgesagt. Halb acht, die Sonne stand erstaunlich hoch. Der Rechner zugeklappt auf dem Tisch unter der Weide. Ich wischte über das Gehäuse, es war nicht feucht. Marianne hatte mich oft arglos genannt. Nicht der Tau wäre ihre Sorge gewesen, aber niemals hätte sie etwas Wertvolles über Nacht draußen stehenlassen. Weltvertrauen, meine Frau hatte es einst besessen, aber es war ihr verschüttgegangen. Die Angst war seine Kehrseite. Solange man geistig dazu in der Lage war, musste man sich da nicht wehren gegen die politisch wie medial geschürte Paranoia, diese Wachturmmentalität? Ich war ungerecht. Marianne suchte den Geschwüren in ihrem Körper etwas gegenüberzustellen, sie hatte am Ende unter Todesangst gelitten. Angst vor den Menschen, vor Dieben und Verbrechern. Es stimmte und konnte nicht stimmen, das Leben, das sie gelebt hatte, sprach dagegen, es war widersinnig und schwer mit anzuhören gewesen.

– Weltvertrauen!

Ich rief das Wort hinaus in die Morgenluft unseres Gartens. Die Türen offen, der Rechner draußen. Ich machte ein paar Übungen, die ich in einem Qigong-Kurs erlernt hatte, aber schon lange nicht mehr korrekt ausführte.

Ich lächelte vor mich hin, die Übungen waren lächelnd durchzuführen. Von Vertrauen war leicht reden hier auf dem Dorf, wo die Leute für sich sein wollten. Kaum jemand käme auf die Idee, das Grundstück eines anderen zu betreten, ohne um Erlaubnis gefragt zu haben. Vielleicht hatte mancher sogar ein Gewehr hinter der Haustür stehen, das er abends unters Bett legte. Wir waren so etwas wie der Mittlere Westen von Deutschland. Die Hunde schlugen schnell an. Das war Mariannes Stimme. Oho, feierte sie, ohoooo, du und Weltvertrauen.

Heute würde ich den Hund von Beckers in Pflege nehmen, sonst hatte ich nichts vor. Das Qigong bestärkte mich darin, möglichst wenig geschehen zu lassen. Nachzudenken. Zeuge zu sein, wie etwas sackte, in mich einsackte. Lächelnd. Nicht schon im Kaffeesatz lesen. Vielleicht die Werkstatt auf dem Dachboden herrichten. Mehr nicht für heute, für morgen, für die gesamten Sommerferien. Der Ablauf der kommenden Tage durfte sich gleichen, er glich sich doch zu Schulzeiten auch.

Ich trank meinen Kaffee und zog die Halme, die zwischen den Betonplatten hervorsprossen, mit den nackten Zehen heraus. Ich hätte nicht mehr sagen können, wann ich den Rechner eingeschaltet hatte. Unbedacht, bedenkenlos, so machten es auch die Kinder.

Das Backhaus stand recht weit vom Haupthaus entfernt, man musste sich durch einen Parcours aus Birken und Weiden schlängeln, deren Äste und Zweige fast bis zum Boden reichten. Ich beschnitt die Weiden nicht mehr. Die Haarpracht des letzten Baumes, er stand eigentlich viel zu nah am Gebäude, zerteilte ich zum Mittelscheitel, um den direkten Weg zum Eingang zu nehmen.

Das Backhaus duftete nach Holz und Vinyl und schlafendem Staub. Sein Name stammte aus der Zeit, da hier für das gesamte Dorf gebacken worden war. Das Gebäude hatte eine fast quadratische Grundfläche; um die Fußleisten der vier Wände zog sich die Schallplattenraupe. Später war ein Mittelwall entstanden, irgendwann ein zweiter. Um auf die andere Seite zu gelangen, wo die Abhörstation mit den schmalen mannshohen Boxen stand, musste man zweimal einen großen Schritt tun. Und damit waren noch lange nicht alle Platten erfasst – auf den Querbalken des Dachgestühls standen wie auf einer Galerie reihum noch einmal knapp achthundert Alben, die ich kaum noch auflegte. Eine große Holzleiter lehnte an der Wand, die hatte ich seit Monaten nicht ausgeklappt.

Ich würde all diese Schallplatten bald verkaufen müssen, wenn ich das gesamte Anwesen halten wollte. Die Alternative war, die westliche Abseite des Haupthauses zu vermieten. Das konnte ich Marianne eigentlich nicht antun. Hier im Kapuzenpullover stehend, mit nackten Füßen im stillen Halbdunkel, wurde ich vom Backhaus noch immer überwältigt wie ein Erfinder. Ich konnte mich dieser geordneten Pracht und Macht der Töne nicht entziehen. Als gäbe es keine Lücken in meiner Sammlung, strahlte sie eine vollkommene Stabilität aus: Hier konnte nichts umfallen, nichts wegrutschen, die Platten übten Druck auf die Wände und die Balken aus, nicht umgekehrt. Sie waren der Brustkorb des Backhauses, die Mittelgänge seine Rippen.

Meine Klassikabteilung war eher schmal, dafür hatte ich in den Achtzigern viel Rock und Punk gekauft, später immer mehr Country, etwas Blues. Ich besaß bestimmt dreihundert Bootlegs, darunter absolute Raritäten. Nur amerikanische und karibische Folkmusic besorgte ich mir bis heute, allerdings unter der Auflage, höchstens zwei Platten im Monat zu kaufen. Innerhalb der einzelnen Abteilungen ordnete ich alphabetisch. Von Acuff, Bright Eyes, Cash, Drake und Dylan hin zu Waits, Williams und Van Zandt. Über den Boxen hing in großen Buchstaben ein Satz aus Twin Peaks, der auf die Titelmelodie anspielte: *How many times have I asked you not to disturb the guests with this record.* Die Schüler hatten das aufgehängt, mir gefiel der Trotz, auch wenn er meinem Musikhören heute nicht mehr vorausging.

Ich war mir sicher gewesen, dass vor dem Plattenspieler

herumliegen würde, was Clarissa sich am vorigen Tag angehört hatte, sah mich aber getäuscht. Nur in der linken Bodenreihe war ein Album herausgezogen oder nicht sorgfältig zurückgesteckt worden. Das Cover ragte in den Raum. Eine andere Schülerin hatte einmal erzählt, dass ihr Vater zu Hause mit ihr kommuniziere, indem er Bücher, die sie lesen sollte, nicht herauslegte, sondern in seiner Bibliothek nur ein kleines Stück aus dem Regal zog.

Clarissa bot mir Mahlers Vertonungen der *Kindertodtenlieder* an. Eines davon war auf Merets Beerdigung vorgelesen worden, aber die lag nun ein halbes Jahr zurück. Ich nahm die Plattenhülle zur Hand, darauf die Anmerkung, Rückert habe mehr als vierhundert Gedichte auf seine verstorbenen Kinder verfasst. Die vertonten Gedichte waren abgedruckt. *Oft denk ich, sie sind nur ausgegangen. Bald werden sie wieder nach Haus gelangen.* Der Tod des Mädchens und die Urlaubstour seiner ehemaligen Mitschüler, hier überschnitten sich zwei Kreise; ich konnte mir vorstellen, dass Clarissa über diesen Zeilen die Tränen gekommen waren.

Ein leises Crescendo aus Kinderstimmen zog durch die Morgenstille. Neben dem Plattenspieler stand die portable Station. Externe Soundkarte, Vorverstärker, zwei Effektgeräte. Max und Ying hatten sie für mich eingerichtet, wir waren in der Großstadt gewesen. Nach und nach war das Backhaus von uns zu einem Homestudio aufgerüstet worden. Sie waren oft hergekommen, um Aufnahmen für den Musikunterricht zu machen.

Als ich vor das Backhaus trat, konnte ich ausmachen, dass die Stimmen aus Richtung des Kanals kamen. Es war ihnen Gelächter beigemischt. Oft fielen mir die lustigen Momente ein, der trockene Wortwitz der Schüler, ihre Slapsticks, wie sie ihre Körper zur Musik verdreht hatten. Ying imitierte perfekt John Cleese mit seinen *silly walks*. Ja, wir waren *silly* gewesen. Wir hatten Quark gemacht. Aber das war nicht alles. Wer Kinder um sich hat, muss wissen, dass man immer das ganze Paket kauft: Aus neugierigen, lustigen, musisch begabten, selbstironischen Schülern werden ohne Vorwarnung melancholische, romantisierende, zynische oder hysterische. Auch ich hatte mich manchmal zu sicher gefühlt.

# 3

Einmal immerhin stand mir meine kranke Frau noch bei, bestand regelrecht darauf, dass ich eine oft geäußerte Idee in die Tat umsetzte: eine Studienfahrt per Fahrrad anzubieten. Ich hätte es nie übers Herz gebracht, Marianne alleinzulassen, doch sie hatte es noch auf dem Sterbebett wiederholt.

Vor zwei Jahren kam der Gedanke zurück, als Einsicht, dass es dieser Jahrgang sein musste oder keiner. Ich berief die Jugendlichen ein wie ein Stabschef, und zum ersten Mal tauchten sie gesammelt am Bauernhaus auf, um ihre Räder zu testen, auf meinem Dachboden an ihnen herumzuschrauben oder sich Tischtennisduelle im Garten zu liefern. Einige Schüler konnte ich beinahe komplett ausrüsten, mit den anderen ging ich in die Stadt, um das richtige Material zu kaufen, von Zelten über wasserdichte Säcke bis zur Blechtasse.

Ich saß meiner Begeisterung auf, war naiv gewesen. Wie hatte ich glauben können, das Stressniveau einer solchen Tour sei dem einer gewöhnlichen Kulturstättenbusreise vergleichbar. Die Schüler rollten nicht einfach neben mir über die britische Insel, sie rollten über meine Verantwortung hinweg. Von Newcastle bis hinunter nach Nottingham wurden weder abgesprochene Tempolimits beachtet, noch wussten die Jungs das Verhalten eines schnellen Rades auf Rollsplitt einzuschätzen. Den Kreisverkehr nahm, auch wenn man vorher die linke Spur gehalten hatte, immer mindestens einer gegen den Uhrzeigersinn. Wer Hunger hatte, fuhr über den nächsten Treffpunkt hinaus, und dass man auf Schnellstraßen nur rechts abbog, wenn man wenigstens über die Schulter geblickt hatte, war einigen Schülern völlig fremd. Zweimal entgingen wir einem Unglück nur knapp, einmal Saskia, einmal Clarissa und Max. Wir hatten einen Schutzengel an der Seite, der es bei Schürfwunden und Tränen beließ, und weil sie mir Jahre zuvor ihren Segen für die Tour gegeben hatte, bildete ich mir ein, der Engel sei Marianne.

Ein Stück fuhren wir auf dem Pennine Way, dann parallel dazu auf weiten grünen Schwüngen durch die Yorkshire Dales. Viele der Kinder hatten noch keine erhabene Landschaft gesehen, keinen Urwuchs, manche waren nur glücklich, dass sie nicht von Sehenswürdigkeit zu Sehenswürdigkeit gehetzt wurden wie die übrigen Kursverbände in Italien und Griechenland. Ich ließ den Schülern sogar ihre Ohrenstöpsel, solange wir durch dünn besiedelte Gegenden fuhren; bei mir gab es kaum fixe Programmpunkte, allein Referate über die meines Erachtens größten englischen Künstler hatte ich verteilt. Lauter große Johns waren darunter, Dowland und Donne, Gielgud und Lennon. Die Vorträge wurden zumeist nachmittags vor einem Pub gehalten, wodurch wir oft mit Einheimischen ins Gespräch kamen, die zunächst unsere Fahrräder bestaunten, um dann mit noch größerer Begeisterung jenen britischen Nationalhelden zu huldigen, über die referiert wurde. Dass während des Lennon-Referats gleich drei Engländer (zwei davon betrunken) ihre Gitarren holten, um ihre Lieblingssongs zum Besten zu geben, verwunderte einen ja kaum. Dass aber ein alter Pubwirt, als er vom Thema John Gielgud erfuhr, spontan dessen *Tomorrow speech* aus *Macbeth* improvisierte, war ein unerwartetes Highlight. Ich hatte die Stelle selbst auf dem iPod dabei, und er ging den ganzen Abend zwischen den Kindern hin und her, die sich darüber kaputtlachten, wie genau der Wirt den Ton des Schauspielers getroffen hatte.

Wir waren zwölf, davon neun Schüler, die sowohl meinen Schwerpunktkurs Musik besuchten als auch den Kernfachkurs Englisch. Auch Meret Kugler saß in beiden Klassen, auch sie war mit auf dieser Tour und ist doch bis zuletzt kein Mitglied unserer Pausenhallenrunde geworden. Sie trat nur sporadisch zu uns, stand lieber draußen in der Raucherecke, und wenn ich an unsere Studienfahrt denke, sehe ich zuerst ihre dünnen Beinchen vor mir, in engen Jeans oder Leggings, sie trug lange, schlabberige Pullover und darüber immer die schwere Lederjacke. Die Haare, schwarz gefärbt, fielen ihr andauernd ins Gesicht. Als Einzige hatte sie keine Regenkleidung dabei, nur zwei oder drei hellblaue Müllsäcke, die sie sich später zurechtschnitt für Körper und Gepäck.

Gerade in Yorkshire war das Radfahren anstrengend, und tagsüber bestimmte Meret oft die Länge der Pausen, weil sie mindestens zwei Zigaretten hintereinander rauchen musste. Nachts fror sie, obwohl wir ihr zum Schlafsack noch eine Decke besorgten, morgens war sie übermüdet und rauchte schon wieder. Wenn es in der Gruppe auch eine Menge Tics oder Unarten gab, Meret war meine größte Sorge, schon damals, nicht erst im Rückblick. Sie hatte das leichtgängigste Fahrrad, mit einer Übersetzung, die sie beinahe auf der Stelle treten ließ, und war manchmal so entkräftet, dass sie schon absaß, wenn sich ein niedrigprozentiger Anstieg gerade erst ankündigte. Die Jungs hasteten die Hügel hinauf, weil sie oben irgendein Pub vermuteten. Meret blieb zurück, und wenn sie darüber lustlos wurde, setzte sie sich eben ins Gras und rauchte.

Es rumorte bald, vornehmlich unter den Mädchen. Doreen und Clarissa taten sich durch Verständnislosigkeit hervor, sie hielten Meret für *zwangsegoistisch*, und ich hatte einige Gespräche darüber zu führen, dass das wohl ein originelles, aber unpassendes Wort war.

Doch welches war das richtige.

Einige der Jungs konnten zwar mit Shakespeare und sogar mit den Lachrimae viel, mit Meret Kugler aber überhaupt nichts anfangen. Sie fanden ihre Art zu reden künstlich, ihre Sprüche gesucht, sie nahmen ihr den Sinneswandel einfach nicht ab. Eine Streberin kann keine Checkerin werden, sagte Ying einmal. Meret war bis Ende der zehnten Klasse eine der begabtesten Schülerinnen der Schule gewesen, ein stilles aufmerksames Mädchen, mit besten Noten, nur ohne Freunde, in ausnahmslos allen Fächern unterfordert. Sie hatte keinen Computer zu Hause, verbrachte die Nachmittage und Abende mit Lesen und Lernen. Sie war damals kein Typ für die Jungs gewesen, und auch nach ihrem Leistungsabsturz und dem Kauf einer abgewetzten Lederjacke war sie es nicht geworden. Max behauptete später, sie sei damals in England in ihn verliebt gewesen. Womöglich stimmte das, bloß: Mittelsleute gab es zwischen ihnen nicht, und Meret selbst hätte sich ihm niemals offenbart.

Es gab aber auch Liebe, die erwidert wurde. Saskia und Ying wurden auf der Tour ein Paar und sahen nur noch einander, stellten ihr Zelt jeden Tag ein Stückchen weiter entfernt von den anderen auf. Am Abend, wenn die Anstrengung der Erschöpfung wich, wurde auch Meret weicher, geradezu redselig. Sie unterhielt uns, obschon sie damals bereits allein wohnte, mit Details aus dem Zusammenleben mit ihrer Mutter. Wie diese morgens die einzige gemeinsame Stunde mit Cremes, Haarsprays und Parfüm im Bad zubrachte, während Meret im Türrahmen stehen musste, um sich überhaupt mit ihr zu unterhalten. *Meine Mutta* – das war Merets Refrain, über den sich alle kaputtlachten. Aber auch an sich selbst und den vergangenen Jahren ließ sie damals kein gutes Haar.

– Ey, wie ich ausgesehen hab, erinnert ihr euch? Und wie ich gepaukt hab, das ist derart lächerlich, wie ich meiner Mutta immerzu beweisen wollte, dass ich richtig was auf dem Kasten hab.

Mit den Schülern habe ich später oft über die zehntägige Tour gesprochen. Ich musste die Stimmung der Abende und Nächte falsch gedeutet haben; vielleicht war es der von den Jungs allabendlich aus den Fahrradtaschen hervorgeholte schottische Whisky, der mich an eine allgemeine Gelöstheit glauben ließ. Ich war irritiert, manchmal wie vor den Kopf gestoßen, wenn der Stress tagsüber so intensiv zurückkam. Clarissa fing an, Meret zu hänseln, sie aufzuziehen mit ihrem Zigarettenkonsum. Mit Merets körperlicher Schwäche konnte niemand umgehen, sie strampelte am Hang, sang, rief, schrie. Sie konnte nicht ertragen, dass sich auf die Anforderungen von Gesellschaft und Schule nun auch noch die Anforderungen der Landschaft türmten. Sie sagte, sie hätte sich dieser Qual niemals freiwillig ausgesetzt. Es klang für die anderen Schüler wohl wie ein Witz, denn die meisten von ihnen werden die Tour als das Gegenteil erlebt haben, als eine zehntägige Auszeit und Freizeit von all dem Notenstress, ein zielloses meditatives Dahinradeln im Regen.

Ja, im Regen. Wir hatten Ende September, und dass es irgendwann irgendwo zu regnen beginnen würde, hatte ich vor der Reise sogar angesagt, so sicher war ich mir dessen gewesen. Einige Tage wurden zur Belastungsprobe. Wir waren kurz vor York, etwa auf halber Strecke der gesamten Tour, als ich vorschlug, uns mit dem Zug in flacheres Gelände bringen zu lassen oder in einem Bed & Breakfast einzukehren. Ich sprach zu allen, Meret allein antwortete. Sie entschuldigte sich bei der Gruppe und gelobte Besserung. Am selben Nachmittag hielt sie in einem Holzpavillon ein beeindruckendes Referat über die Landschaftsbilder bei Virginia Woolf.

Die Konzentration auf der Straße nahm immer weiter ab. Es hörte nur auf zu regnen, um nach einer Stunde wieder anzufangen, die Wechsel schlugen selbst mir aufs Gemüt. Ich sprach unter der Kapuze mit Marianne, sie solle etwas unternehmen. Dann, eines Mittags, fuhren wir einen Hang hinauf, als Meret Kugler einfach ausscherte auf die Wiese, sie stieg vom Fahrrad, legte es auf die Seite, sank nieder auf die Knie in ihrem hellblauen Mülltütenponcho, sie fiel wie bewusstlos auf die Seite, auf den Rücken, schloss die Augen. Und die anderen eilten ihr nicht zu Hilfe, sondern ahmten einfach nach, was sie gesehen hatten. Ich kann dieses Bild nicht vergessen – wie zunächst Meret, dann Saskia, Anna Schneider und der Frickler vom Rad abstiegen, über die Wiese taumelten, umkippten.

Als hätte ich sie alle überfordert, tagelang.

In diesen Minuten bekam selbst der Himmel Mitleid, hörte auf, sich über uns auszugießen. Jetzt weiß ich wieder, es war der Tag, den wir Harold Pinter gewidmet hatten, und weil Meret nach Whisky verlangte und ich sie alle so daliegen sah unter dem sich langsam lichtenden Himmel, fiel mir die Schlussreplik eines Stückes ein, die wiederum John Gielgud gesprochen hatte.

*No. You are in no man's land. Which never moves, which never changes, which never grows older, but which remains forever, icy and silent.*

Meret vermisste Freundschaft, so wie die beiden alten Männer bei Pinter Freundschaft vermissten. Vielleicht war das der Kern des Stücks, wenn es einen gab. Und dann war das Alter womöglich egal. *I'll drink to that.* Vor mir fiel der Vorhang eines Dramas, das sich nie hatte auflösen lassen in eine zweite Sprache, in der man es womöglich verstand. Meret hatte die Whiskyflasche gereicht bekommen, von den Jungs, die hinter ihrem Rücken ständig über sie spotteten und lachten. Es wurden Isomatten in die Nässe gerollt, wir aßen Schokokekse und Shortbread, machten Wasser heiß für Tee. Meret Kugler trank Whisky, bis sie lachte, und dann, weil sie lachte.

Überfordert, tagelang. Das konnte ich mir nicht ausreden.

Die Jungs zündeten am helllichten Tag ein Feuer an, wir blieben am Abend auf der Wiese, schließlich auch über Nacht. Hier, genau hier, hatte Meret Kugler nicht mehr weiterfahren wollen. Und ich weiß noch, wie das feuchte Holz knackte und qualmte, wie Max die Laune hob und die Chronologie der Ereignisse verdrehte, indem er anstimmte: *Wo gesungen wird, da lass dich nieder.*

# 4

Der Nachbar kam erst am folgenden Mittag herüber, um mir seine Hündin zu bringen.

– Die Fluglotsen streiken, sagte er, aber man hat uns umbuchen lassen. Fliegen wir eben nach Griechenland, kommt gar nicht drauf an. Hauptsache Sonne und mal wieder richtig durchbrutzeln lassen.

So waren die Menschen, immer dabei, sich die Dinge schönzureden. Er tat, als wüsste er nichts von der Hitze, die ihm im Gesicht stand, und dass es in den nächsten Tagen noch heißer werden sollte. Becker fragte, wo er das Hundefutter abstellen solle, er trug den Sack hinter dem Rücken, sodass ich ihn gar nicht gesehen hatte.

– Einfach fallen lassen.

Claire leerte einen Napf Wasser und legte sich unter die Weide. Ihr Herrchen wollte mir Geld anbieten beziehungsweise mit mir *über Geld reden*, wie er es nannte, ich wehrte energisch ab. Kommt nicht in Frage, sagte ich, dass ich an der guten Gesellschaft auch noch verdiene.

Becker fasste es als Kompliment auf, ob für seine Hündin oder für die Art, wie er sie erzogen hatte, wurde mir nicht deutlich. Wir sprachen noch über dies und das, Smalltalk, der hier im Dorf allerdings oft aus einer anderen Richtung als Großereignis zurückkam. Man passte also besser auf, was man von sich gab. Ich fand heraus, dass Becker seinen vierzehnjährigen Sohn noch einmal hatte überzeugen können, sie in den Urlaub zu begleiten. Mein Nachbar fand heraus, dass ich weiterhin ohne Lebenspartnerin war und auch keinen Besuch in den Ferien erwartete. Bewusst erzählte ich ihm davon, dass Singer mir im Haus geholfen hatte und dass auch ich überlegte, im alten Milchhof Hand anzulegen. Singer konnte jeden Pluspunkt brauchen. Wegen seines Gesangs und des schwarzen Oldtimers, den er blank poliert ausfuhr, war man im Dorf der Meinung, Singer halte sich entweder für etwas Besseres oder er sei homosexuell. Ich glaubte weder das eine noch das andere, und Singer hätte sicherlich kein Problem damit gehabt, sich öffentlich mit einem Freund zu zeigen, wenn es einen gäbe.

Im Laufe des Gesprächs wurde mir klar, dass ich meinen Nachbarn Becker besser kannte, als er vermutete. Dass seine Rehamaßnahmen für das lädierte Knie nicht anschlugen, war keine Neuigkeit, auch wusste ich, dass er mittlerweile Zeidler in Anspruch nahm, den Psychoastrologen und Homöopathen des Dorfs. Zeidler teilte die Menschen per Horoskop und Eneagramm in Typen ein, beleuchtete frühkindliche Ängste und fiel dann mit Pendel, Steinen und Bachblüten über sie her. Er verabreichte Propolis und nannte es seine Geheimwaffe, obwohl jeder hier wusste, dass es bloß Bienenleim war, der schon seit Jahrhunderten das Immunsystem stärkte, schließlich nutzten die Bienen ihn selbst als Baumaterial, um ihren Stock keimfrei zu halten. Auch Becker war skeptisch, zumal ihn seine Frau zur Behandlung getrieben hatte, doch es imponierte ihm wohl, dass der restlos ausgebuchte Homöopath sich überhaupt mit ihm befasste.

Mit Ausnahme des letzten Satzes hatte ich das alles schon beim Einkaufen erfahren, von seiner redseligen Frau. Sie hatte sogar ihre Sorge mit mir geteilt, dass Becker nicht zu Umschulungen bereit sei, weil er unbedingt wieder als

Fliesenleger arbeiten wolle. An eine Heilung seines Knies glaubte sie nicht mehr, dafür jammere er zu viel. Über Zeidler sagte ich nun, er sei eben ein guter Verkäufer, freundlich und mit offenem Ohr für seine Kunden. Gute Verkäufer waren rar, zumal auf dem Dorf, daher sei sein Erfolg durchaus zu verstehen. Becker stimmte mir widerwillig zu, es war mehr ein Abwinken.

– Irgendeine Erfrischung, fragte ich schließlich.

Ich meinte das Zitronenwasser, das auf dem Tisch stand, aber Becker verstand mich falsch. Er müsse heute Abend ja noch fahren, zum Flughafen in Hamburg, er dürfe nichts trinken. Er sah mich an, holte den Hausschlüssel heraus und übergab ihn mir beim Handschlag. Noch ein Missverständnis: Aus meinem Angebot, etwas zu trinken, folgerte er, dass ich meine Ruhe haben wollte.

Becker winkte seiner Hündin und ging dabei rückwärts in Richtung Gartenpforte, um sie möglichst lange im Auge zu behalten, was mich fast zu Tränen rührte. Ich wünschte ihm einen schönen Urlaub. Claire stand auf, bellte ein wenig, dann ließ sie sich von der Hitze zurückdrücken ins Gras.

Das Display meines Rechners hielt sein Versprechen, man konnte auch bei Sonnenlicht alles erkennen. Ich suchte im Netz nach Theaterterminen und Konzerten. Bloom spielte, Oldham, sogar Hiatt, den ich nicht mehr auf Tour erwartet hatte. Andererseits hätte der sich vielleicht auch gewundert, dass ich nach all diesen Jahren noch immer im Schulbetrieb steckte. Die Konzerte fanden erst im Herbst statt, zu meiner größten Überraschung hatte auch Lovett drei Auftritte in Deutschland. Ich rieb mir die Hände und begann zu singen, holte meine Kreditkarte aus dem Haus. Ich würde gleich ins Backhaus gehen und eine seiner Platten auflegen.

Lovett trat mit Stil und Würde für ein Dasein als texanischer Rancher ein. Mit der einen Hand hielt er seine Bullen im Zaum und schrieb mit der anderen schwebend leichte Countrysongs.

*Lord I can't believe what I see*
*how could you be alone*
*when you could sit right here beside me, girl*
*and make yourself at home.*

Erstaunlich, was man so alles mitsummen konnte aus dem früheren und früheren und früheren Leben.

Im Backhaus lag die Liste mit den *Theme Time Radio Hours*, in denen Bob Dylan und seine Redaktion Songs aus vielen Jahrzehnten zu jeweils einem Thema versammelt hatten. Die Idee war so gut wie Zeidlers Praxis für Homöopathie, es lag einfach auf der Hand, die Musikgeschichte des 20. Jahrhunderts so zu ordnen, dass man sowohl die Musik als auch das Jahrhundert empfand und verstand. Der Teufel bekam seine eigene Stunde, das Gefängnis oder auch der Kaffee. Noch immer kannte ich nicht alle Sendungen, obwohl sie jetzt schon einige Jahre alt waren. Ich freute mich darauf, am Abend eine zu hören. Vielleicht endlich die zu Jugend und Alter.

Als Lovett aufhörte zu singen – und Himmel, konnte der singen –, hörte ich das Telefon im Haus klingeln. Vielleicht ging das schon minutenlang so. Ich eilte hinüber, kam aber zu spät.

Mir fiel die Unterrichtsstunde ein, in der ich mit dem Musikkurs Handyklingeltöne gebastelt hatte, eine Sternstunde, wie ich fand. Ich hatte Barockmusik gelehrt, Lautentabulaturen, zunächst die altfranzösischen, die sich durchsetzen würden, weil sie Notenlinien nutzten, die dem Griffbrett des Instruments nachempfunden waren, und Zahlen, die den Griffbünden entsprachen. Die altdeutsche Tabulatur aus dem 15. Jahrhundert hingegen wirkt heute fremd. Vielleicht hatte sie ein blinder Orgelmeister entwickelt, der gar nicht auf Notenlinien hatte schreiben können. Er ordnete den Griffbünden keine Zahlen zu, sondern die Buchstaben des Alphabets: im ersten Lautenbund mit der tiefen Basssaite beginnend die Buchstaben von A bis E, im zweiten Bund ging es von F bis J und so weiter.

Die Unterrichtsstunde war zunächst an den Schülern vorbeigelaufen oder durch sie hindurch, bis ich ein Griffbrett an die Tafel gemalt und das Alphabet daraufgesetzt hatte. Jeder sollte die Notenfolge ableiten, eine Melodie also, die seinem eigenen Vor- und Nachnamen entsprach.

So komponierten wir aus den Reihungen Klingeltöne. Jedes Handy meldete sich fortan mit dem Namen des Schülers, jedoch in einem nur von uns zu entschlüsselnden Code. Selten klang das melodisch, einer einzigen Tonleiter entsprang die Folge nie. Aber ich sollte recht behalten mit meiner Vermutung: Mehr noch als das Musizieren gefiel ihnen das Geheimnis um den persönlichen Klingelton. Einige Schüler aus dem Kurs hatten die Tonfolgen später weiter verfeinert, phrasiert, variiert, und verwendeten sie noch heute, zumindest von Max und Ying wusste ich es sicher. Schon wieder klingelte es.

Singer war dran.

– Hast du eben schon mal angerufen?

– Ja. Ich dachte mir, dass du im Garten bist. Deine Clarissa hat sich bei mir gemeldet.

– Tatsächlich.

– Ja, sie tritt morgen früh ihren Dienst an. Ich weiß noch

nicht, ob im Garten oder im Haus. Sie meinte, sie würde am liebsten Wände einreißen.
– Weil es so schön symbolisch klingt.
– Mag sein.
– Sie hat eher Geschick als Kraft.
– Das ist mir klar, Mauss. Muss ich noch was beachten bei ihr.
– Ich kann ja morgen mal vorbeikommen.
– Das wollte ich dir ohnehin vorschlagen. Du kannst ja zum Mittag kommen. Ein bisschen Vertrauen stiften.

Wir verabschiedeten uns. Ich hatte ihr Singers Nummer nicht gegeben, die musste Clarissa im Telefonbuch gefunden haben. Was war das nun wieder für eine Aktion.

Auf der Küchenfensterbank saß eine Schnecke, ihr Gehäuse war gerade so groß wie ein Stecknadelkopf, im Mittelpunkt etwas heller als außen. Die Struktur ähnelte der Kastanienfrucht. Der Kopf der Schnecke und ihre beiden ausgestreckten Fühler bildeten ein Wünschelrutendreieck. Unendlich langsam war sie nicht, aber sehr langsam. Und sehr jung. Man könnte berechnen, dachte ich, wie lange sie für das Stückchen Fensterbank brauchen würde. Ich bot ihr stattdessen meinen kleinen Finger an. Sie nahm ihn nicht, verharrte. Ich schob ihr den Finger gewaltsam unter den Körper, ließ sie auf der Kuppe sitzen und zusehen, wie ich einhändig einen Topf hervorholte, ihn mit sommerlauem Wasser füllte und auf den Herd setzte, um mir Nudeln zu kochen. Ich sprach zur Schnecke. Über ihre Schönheit, ihre Jugend, auch über meinen aufgeweckten Nachbarn Singer. Durch das Küchenfenster hörte ich Claire. Frau Becker hockte in meinem Garten und spielte mit ihrer Hündin, klemmte ihr die Schnauze zu und ließ wieder los. Claire hechelte, jaulte, wedelte mit dem Schwanz.

Abschiedskummer, dachte ich und ging hinaus.

– Geht gleich los, unser Auto ist schon beladen. Herr Mauss, also wenn Sie wässern bei uns, Sie müssen unbedingt wieder Johannisbeeren pflücken. Wir haben Pech, dieses Jahr kommen sie sehr spät. Aber jetzt, wo wir wegfahren, sind sie da.

– Erstaunlich, sagte ich. Eben hab ich mich mit Herrn Singer verabredet. Da back ich uns wohl einen Johannisbeerkuchen.

– Pflücken Sie ordentlich, es sind jetzt viele.

– Danke.

– Wissen Sie, ich hab hier noch ein Rezept mitgebracht, also nur wenn Sie sehen, es wird so warm, dass der Strauch abgeerntet werden muss, dass Sie uns da ein paar Gläser Gelee mitmachen, ja? Nach diesem Rezept, mein Mann verträgt den Gelierzucker nicht so gut.

– Mach ich.

– Nur weil es jetzt so heiß werden soll. Die Gläser stehen bei uns in der Küche.

– Machen Sie sich keine Sorgen, Frau Becker.

Sie verabschiedete sich, leicht hüpfend, aufgeregt.

– Guten Flug, rief ich ihr hinterher.

Sie winkte. Ich setzte die Schnecke endlich ins Gras.

Zu den Nudeln aß ich selbstgemachtes Pesto mit dem strengen Basilikum aus dem Garten. Danach räumte ich den Dachboden auf. Ich versuchte, die Werkzeuge, die ausschließlich zur Fahrradreparatur geeignet waren, von denen zu trennen, die ich beim Instrumentenbau benötigte. Die Schnittmenge war erstaunlich hoch. Leider besaß ich keine Werkwand, in welche man Schraubenschlüssel oder Zangen der Größe nach hätte einhängen können, also belud ich die

Schubladen, bis sie sich kaum noch schließen ließen. Danach widmete ich einige Plastikboxen um, beschriftete Etiketten und klebte sie auf die Behälter.

Halbwegs zufrieden mit meiner Arbeit, war es ein abschließendes, zielloses Gehen über den Dachboden, bei dem mir die roten Wachsflecken auffielen. Ich versuchte sie von den Dielen zu spachteln, gab aber schnell wieder auf. Sie stammten aus der Zeit nach dem Unglück, erinnerten an die Tage, an denen der Dachboden zuletzt genutzt worden war. Meret Kugler starb am 14. Dezember, die Schule blieb bis ins neue Jahr geschlossen. Wir heizten hier oben mit Ölradiatoren, einige hatten sich in den ungenutzten Pferdeboxen eingerichtet, andere bauten Zelte im Garten auf. Kalt war es überall. Bis zu fünfzehn Schüler waren damals in meinem Haus gewesen. Wir tranken Tee und Wein und Whisky, in manchen Nächten wurde überhaupt nicht geschlafen.

Eine Art Trauercamp hielten wir ab. Und all die Lieder, die sie gesungen, die Schwüre und Schreie, die sie ausgestoßen hatten, waren im Kerzenwachs hart geworden, steckten im Holz, waren anwesend geblieben in den Dielen und Wänden. Unten am Kamin wurde aus Krimis und Fantasyromanen vorgelesen und Musik gemacht. Clarissa und Jule sangen im Duett *Over the rainbow*, Merets Lieblingslied. Fotos wanderten von Hand zu Hand. Eine Auszeit vom Horror, Zeit für Erinnerungen, für Eingeständnisse. Ich war überzeugt, dass wir das Richtige taten, denn zum Trauern war die Schule schließlich geschlossen worden. Warum sollte man junge Menschen daran hindern, ihr Verhältnis zum Tod zu vertiefen.

Die Spanne war breit: Es gab alles von zwölfköpfiger Andachtsstille bis hin zu Ringkämpfen unter Schreikrämpfen.

Es gab sogar Todessehnsucht, bei Lars Zollmann, der sich jetzt erst eingestand beziehungsweise einredete, schon immer in Meret verliebt gewesen zu sein. Das Gefühl hielt glücklicherweise nicht an. Er hatte sich schon vor ihrem Tod Ritzungen an den Unterarmen zugefügt. Mir war klar, dass Lars im neuen Jahr, wenn der Unterricht wieder losginge, seine alte Konzentration nicht so schnell wiederfinden würde. Aber ich hatte mich getäuscht, selbst er fand den Anschluss.

Im Winter hatte es noch kein WLAN hier gegeben. Die Rechner der Schüler blieben tagelang aus. Mehrfach sprachen sie mich darauf an, wie anders die Zeit dadurch verlaufe. Niemand wagte zuzugeben, dass der Abstand vom digitalen Leben guttat. Es mag vielleicht etwas geschmacklos klingen, aber rein strukturell waren die Trauertage durchaus jener Radtour vergleichbar, die wir ein Jahr zuvor unternommen hatten. Eine vorübergehende Parallelwelt zum Klausurenland, in dem sie sich sonst von Termin zu Termin bewegten.

Einmal kam die Polizei ins Haus, hundertmal musste ich es später im Dorf und in der Schule erklären: dass einzelne Schüler in der Küche befragt worden seien, dass ich nicht dabeigesessen, aber den Eindruck gewonnen hätte, die Beamten seien erkenntnislos wieder abgefahren. Manchen Eltern waren meine Beschwichtigungen nicht genug. Sie begriffen nicht, dass Trauer verschiedene Ausformungen und Richtungen kennt und dass es half, sich über die Gefühle auseinanderzusetzen.

Vor Freislers Erscheinen in der Schule war ich ignoriert worden, mit Freisler wurde man bereits wachsamer für alles, was ich tat. Aber erst jetzt versammelte sich der Chor der Intriganten. Die Rektorin bestellte mich ein und sagte, sie habe kaum die Macht, mich vor Bloßstellungen zu schützen, und dass es eben Eltern gebe, denen es nicht behagte, wenn ein Lehrer seine Schüler außerhalb des Unterrichts traf. Ich kämpfte nicht gegen die Eltern, ich kämpfte um Freundschaften. Das konnte ich zwar der Rektorin nicht sagen, aber genau davon erzählten die Wachsflecken und die Werkbänke auf meinem Dachboden.

Marianne wollte ich zuerst von den Johannisbeeren berichten. Es war, als hätte ich sie schon geschmeckt, ihre saure Frische. Gleich morgen würde ich mir welche ins Müsli werfen. Ein Kuchenrezept müsste sich finden lassen. Nie hab ich ein Kochbuch von dir weggetan. Warum also gerade die Backbücher.

Ich stand am Grab, es war ein Abend, an dem ich mich ihr überlegen fühlte, und wieder begann es mit einer Reise in die Lächerlichkeiten meiner jüngsten Vergangenheit. Ich kam in diese Weißt-du-noch-Stimmung, Marianne, weißt du noch, wie schlecht es mir ging, als du starbst und ich Albträume durchlebte in unserem großen, großen Haus. Als ich mich fühlte wie einer, der nachts den Dämonen ausgesetzt ist. Wie der Räuber, der von den Stadtmusikanten angefallen wird, nicht übereinandergestapelt, sondern in Reihe geschaltet wie in einer Geisterbahn. Weißt du noch die Lehrerfratzen, grauenvolle Erscheinungen, ein paarmal hatte ich Frau Wittkowski mitten in der Nacht angerufen, anrufen müssen, sie herbeitelefoniert, und ich hatte sie empfangen, schreckhaft, in allem verfügbaren Licht unseres Bauernhauses, die Arme verschränkt über dem Bademantel, mit Augen wie Mabuse und dem Gemüt von Rip van Winkle. Einer, der nichts mehr wiedererkannte, selbst unsere liebe Haushälterin nicht.

So lange ist das alles her, dieser Irrsinn – dass ich Badewasser einlaufen ließ, nackt durchs Wohnzimmer lief, um zwei Kerzen zu holen, und wurde einen Meter neben dem Klavier von einem Trauerblitz an die Dielen genagelt, schlotternd, laut atmend, als hätte man meinen Lungen pures Kohlendioxid zugeführt. Ich erinnere mich nicht daran, wie ich aus der Haltung heraustrat, ich weiß nur, dass sich seitdem eine Säule dort im Raum befindet, sichtbar allein für mich.

Was soll das, mein Schatz. Wirst du sentimental.

Du warst weg, Marianne, und ich stand in diesem riesigen Haus, jagte den guten Geistern nach. Weißt du noch mein Wehleid. Ich fühlte mich bestimmt. Fremdbestimmt von den Wänden, als könnten sie mich zwingen, zwischen ihnen zu leben, zu atmen. Als du weg warst, Marianne, war mein Brustkorb ein Gehäuse, das sich schwerlich hob und senkte, da war kein Vogel mehr drin. Das waren die schlimmsten Momente. Wenn sich nicht die Menschen bewegten und nicht ich, nur mehr die Stäbe.

Was willst du mir sagen, mein Schatz.

Dass ich vor fünf Jahren fast verrückt geworden wäre. Dass ich herausgekommen bin aus dieser Zeit. Dass es anders ist, jetzt, mit dem Tod des Mädchens. Natürlich. Ich bin glücklich in unserem Haus. Mit Claire, dem Kanal und den Johannisbeeren. Damals hätte ich sogar die Hilfe dieser Lehrerfratzen angenommen. Aber sie waren nicht mehr erreichbar, fragten nicht einmal, wie es mir gehe. Ganze drei von ihnen kamen zu deiner Beerdigung.

Hörst du sie noch, ihre Sprüche. Es gab diejenigen, die immer gewusst hatten, dass meine Abkapselung ihre Folgen zeitigen würde, und jene, die dein Tod an höhere Mächte glauben ließ. Denn einer wie ich gehörte doch bestraft. Weißt du das noch, Marianne, das musst du noch wissen, so etwas vergisst man nicht. Einem, der da unten mit den Schülern in der Pausenhalle stand, gönnte man einen solchen Schlag des Schicksals. Und dann sickerte das Unglück auch noch in die Köpfe der Kinder ein, in ihre Evaluationen: Meine Sympathiewerte gingen fast so tief in den Keller wie die Noten für mein ungepflegtes Äußeres, die sie im Netz verteilten. Diese Noten waren das Allerletzte. Nur weil ich mich nicht rasierte. Ich wusch mich doch, Marianne. Ich räumte nur den Tisch nicht ab, immer, immer, immer lag auf dem Küchentisch neben schrumpeligen Äpfeln und aufgeweichter Butter ein Stapel unkorrigierter Klassenarbeiten.

Warum bist du denn so wütend.

Ich konnte lange dasitzen und mich fragen, ob der Stapel dort hingehörte, in den Schulalltag eines Lehrers, ob er früher nicht da gewesen war, ob ich tatsächlich langsamer arbeitete. An einem dieser Tage wischte der Wind ein Papier vom Küchentisch, das mir die Rektorin zugesteckt hatte. Ich dachte, sie wolle mir ärztliche Hilfe anraten, aber es war das Kursblatt eines Motivationscoachs. *Positiv denken. Konstruktiv handeln.* Glaub ja nicht, dass mich das ansprach, verkauft wurden ja überall nur Illusionen, Irrlichter. Aber zwischen den Zeilen las ich: Du kannst nicht in dieser Küche hocken bleiben. Vielleicht auch: Es könnte dir guttun, fremde Gesichter zu sehen. Deshalb ging ich hin.

Eine Zeit in Trance. Yogamatten in einem Ladenparterre. Ich erinnere mich kaum an Einzelheiten, Marianne, aber an den Seminarleiter. Er arbeitete für einen Versicherungskonzern, öffnete seinen Kurs aber auch für Privatleute. Sicher nicht legal, aber egal. Ich erschien eine halbe Stunde vor Kursbeginn, das genügte, schon war ich angemeldet.

Der Coach freute sich, einen Lehrer begrüßen zu können, und weil er noch nicht im *Dienst an mir* war und überhaupt keine Ahnung von meinem Seelenzustand hatte, benutzte er mich sofort als Blitzableiter seiner eigenen pädagogischen Krise. Ständig müsse er Tests korrigieren, seinen Kursteilnehmern Zertifikate ausstellen, er finde, dass sich Tests in Anti-Stress-Seminaren nicht gehörten, aber sein Arbeitgeber sehe das anders – vor allem sein direkter Vorgesetzter, gegen den er immerhin durchgesetzt habe, den Test in diesem Kurs bereits am vorletzten Seminartag schreiben zu lassen, damit die Teilnehmer nicht *rein ergebnisorientiert* nach Hause fahren müssten. Der Mann holte kaum Luft, und ich weiß noch, wie ich mich bemühte, verwundert zu sein über seine Distanzlosigkeit, und wie zerschlagen ich war, weil es doch nicht sein konnte, dass er mir a) *seine* Probleme darstellte und sie b) nahezu deckungsgleich mit meinen eigenen waren. Ich muss damals so heillos bedürftig nach menschlichen Stimmen gewesen sein, dass ich den Mann über mich ergehen ließ wie ein Gewitter. Der Idiot war ich. Die Fünf Tibeter, energetische Fußstellungen, Zirkelatmung – was sollte das, ich hatte keinen Stress, mir fehlte der Lebensinhalt.

Die Schule hatte mich freigestellt, und ich saß mit von all den Anti-Stress-Übungen schmerzenden Muskeln in einem Café, ich hatte mich überreden lassen, nach dem Seminar der Gruppe zu folgen, warum nur, ich hörte mir diesen Kursleiter an, wieder seine Jammereien über Zertifikate, während auf meinem Küchentisch zu Hause die Arbeitshefte der Schüler lagen, eine Landebahn für die Dorffliegen, neben den Brotkrümeln und offenen Marmeladengläsern.

Ich freue mich ja für dich, Manu, dass diese Zeit vorbei ist. Nun beruhige dich. Wolltest du mit mir nicht über Geräte sprechen. Über Verbrennungsmotoren oder deine Computer. Darüber, dass jedes Gerät, das die Welt vereinfacht, auch ein Teufelsding ist. Über Meret Kugler und dein schönes schreckliches Jahr.

Der Stapel, die Stapel auf dem Küchentisch wurden immer höher. Weißt du noch, Marianne.

Aber das weiß ich doch alles.

Rote Hefte, blaue Hefte. Als sie dann in der Schule die Rückgabefristen für Klassenarbeiten einführten. Und ich sah keine andere Möglichkeit mehr, auf mich aufmerksam zu machen, als die Korrektur der Arbeiten hinauszuzögern, so lange hinauszuzögern, bis diese Fristen verstrichen waren. Zweimal musste ich das so handhaben, bis es überhaupt auffiel und sich die Eltern beschwerten, mit der ihnen eigenen Wucht.

Ich benahm mich an allen Fronten wie ein Kind. Die Stäbe, die vorübergingen, ergaben ein Laufgitter. Erinnerst du dich, wie ich damals auf den Fachkonferenzen gegen jedwede Notenvergabe protestierte. Es kam schon nicht mehr darauf an, was ich von mir gab, ich war für die anderen wahlweise der Sonderling, die Kellerassel oder der Trauerkloß. Meine Unlust stellte sich Spiegel auf. In unserem Briefkasten zum Beispiel.

Du warst nie der Typ für Daueraufträge.

Jetzt wuchs hinter den Rechnungen eine zweite Armee, die Armee der Mahnungen und Inkassobescheide. Auch deren Fristen ließ ich verstreichen, zuerst nur aus Schludrigkeit, bald mutwillig.

Das Kind im Krieg. So hast du es nie erzählt, Manuel.

So war es aber.

Und du nennst dich Kind, weil du trotz allem keine Konsequenzen gezogen hast.

Ja, letztlich bezahlte ich alles, letztlich wurde jede Klassenarbeit korrigiert, so wie dieser Stress-Seminarleiter sicher jedes Zertifikat ausstellte, über das auszustellen er sich so echauffiert hatte. Es war kein Schrei, den ich da ausstieß, nur sehr leiser Trotz, Marianne, unhörbar leise für meine Gas-, Telefon- und Stromversorger, und warum sollten ausgerechnet meine gleichgültigen Lehrerkollegen das Flüstern übersetzen können.

Übersetzen können in was?

Ich schwieg.

Und wolltest du mir noch etwas sagen.

Was denn, Marianne.

Dass du stolz auf dich bist. Dass du heute glaubst, alles richtig gemacht zu haben. Weil du –

Weil ich eine Phase im Zeitraffer durchgemacht hatte, für die andere Männer mehrere Jahre brauchen. Wehleidige Männer, die sich nur ans Fenster stellen, weil sie meinen, sie hätten von dort den besten Blick auf ihre Depression. Guck dir doch den Fliesenleger an, da geht es gerade erst los. So einer bin ich nie gewesen.

Dein Lebenswille, Manuel.

Siehst du, du siehst es auch.

Die Sonne warf wieder Streifen zwischen die Baumstämme.

Dein Trotz-alledem. Und welche Kräfte plötzlich wirkten zwischen den Kindern und dir. Das wolltest du doch hören.

Und nun geh nach Hause.

# 5

Ich hatte Frau Wittkowski für den morgigen Tag noch nicht abgesagt, sie kam immer freitags, aber in den Ferien wollte ich mich selbst um den Haushalt kümmern. Ich ging die Treppe hinunter, rief sie an. Sie sagte, sie habe es sich schon gedacht, und weil sie ihr Leben lang Menschen erzogen hatte, fügte sie hinzu:
– Geben Sie doch nächstes Mal ein bisschen früher Bescheid, Herr Mauss.

Sie war streng mit mir geworden. Als ich auflegte, hätte ich beinahe gelacht, wie ein Junge, der einen Plan ausgeheckt und sich mit diesem Anruf bewiesen hatte, dass er auch das letzte Detail bedachte. Frau Wittkowski schöpfte keinen Verdacht, sie würde nicht eingreifen, nichts bezeugen können. Die alberne Krimiphantasie wich erst langsam der Wahrheit. Ich hatte es wieder geschafft, allein zu bleiben.

Eine Weile saß ich im Garten, noch in der Dunkelheit war es über zwanzig Grad warm. Die Grillen geigten laut wie Zikaden. Von der Bushaltestelle, die hinter dem westlichen Gartenzaun an der Straße steht, wehten die Stimmen der Jugendlichen herüber. Tumbe Jungs, die ihr Leben bagatellisierten. Vier Haupt- und Realschüler hingen dort auf einer überdachten Bank ab, und wann immer ich sie sah, dachte ich daran, dass ich sie niemals unterrichten würde. Mal machte es mich traurig, mal froh, aber immer war es derselbe Gedanke.

Claire ruhte auf dem Küchenboden. Morgen würden

wir zum Kanal gehen, sicher hatte sie genauso viel Lust zu schwimmen wie ich. Bei Kerzenlicht und einem Glas Rotwein las ich die Zeitung des abgelaufenen Tages. Ich las, ohne etwas zu begreifen, bis die Buchstaben flüssig wurden. Ging hinauf ins Schlafzimmer, suchte den Eingang des Mückennetzes, zog das dünne Federbett ab. Auf dem Nachttisch lag ein Text, den ich im vergangenen Schuljahr zu schreiben angefangen hatte, eine Art pädagogisches Pamphlet, das ich noch vor den Sommerferien unter den Kollegen hatte verteilen wollen.

Marianne wartete ab, bis ich unter die Mückennetzkrone kroch. Sie wusste, dass ich müde war und doch nicht schlafen würde. Sie klang nachdenklich, sehr bedacht.

Manuel, was kommst du mir mit diesem Motivationscoach. Du hast doch ganz andere Sorgen. Du hast Angst, Manuel. Deinen Stolz zu verlieren.

Ich konnte das Mädchen nicht schützen.

Welches von den Mädchen meinst du.

Ich stöhnte nur, sagte nichts.

Brave Schüler hast du, sie haben schön den Mund gehalten vor der Polizei. Kein Sterbenswort. Ich hab dir damals schon gesagt, wie viel Glück du gehabt hast.

Marianne, du weißt doch, dass sie niemanden hatte.

Niemanden. Richtig. Und dich schon gar nicht.

Sie hat dieses Haus geliebt.

Weil sie hier nicht gefordert wurde. Jeder liebt das Haus dafür.

Als könnte man von hier aus nicht in ein neues Leben starten.

Das Bauernhaus ist dein Klumpfuß.

Ach ja? Mit dem Studio im Backhaus? Du, es gibt jetzt WLAN hier. Hörst du, Marianne?

Sie war nicht mehr da, ich redete mit mir selbst, wrang dabei mit den Beinen und Füßen das Bettzeug aus. Es ging auf Vollmond zu und wurde schon deshalb nicht schwarz da draußen. Wenn ich nah genug an den Stoff rückte, konnte ich die klitzekleinen Karos des Mückennetzes betrachten. Es war wieder Sommer, das Korn streckte sich, die Wiesenblumen blühten, alles wurde feucht und sämig. Im Mai hatte Meret dieses Haus geliebt, den Flieder und Holunder im Garten. Vielleicht hätte das Dorfleben im Sommer sie aus ihrem Tief geholt. Aber als sie hier wohnte, war es November geworden.

Sie nahm ihre Medikamente ein. Sie aß. Sie kam zwar kaum in die Schule, weil ihr die Unterrichtsstunden zu lang waren, aber sie hatte Gesellschaft. Frau Wittkowski kochte für sie. Clarissa, Ying und Saskia waren einige Male hier am Haus, um nach ihr zu sehen.

Welche Alternative hätte es gegeben.

Glück. Marianne sprach davon, dass ich Glück gehabt hatte.

Du und dein neues Leben, dein WLAN, deine neue Zeit. Morgen kümmerst du dich besser um dein Mädchen. So viel Glück hast du nicht noch mal. Oder meinst du, das geht ein zweites Mal gut. Du hast schon früher nicht verstanden, wann sich Schüler hintergangen und verletzt fühlten.

Gedisst, gemobbt, so heißt das heute.

Und wennschon.

Aber Meret hat nie erzählt, was vor dem Auszug von zu Hause vorgefallen war. Nur dass sie zu lange gehofft habe, ihre Eltern könnten sich vertragen, und stattdessen wurde sie Objekt eines elend langen Sorgerechtsstreits. Sie war ein Schlüsselkind, das Essen stand auf dem Herd, während ihre Mutter die Schulgebühren verdiente. Meret ist daran kaputtgegangen, immer nur materiell gefördert zu werden.

Ach, das ist wieder dein linkes Gerede, Manuel.

Nur weil sie irgendwann aufgehört hat, ihrer einzigen Bezugsperson tolle Noten auf den Tisch zu legen, nur weil sie anderen Menschen näherkommen wollte, weil sie ihr Leistungsdenken ablegen und ihren Altersgefährten auffallen wollte, kann man doch nicht von einer dramatischen Entwicklung reden.

Sondern?

Abnabelung. Neuorientierung.

Aber sie wohnte allein. Zumindest seit dem letzten Frühjahr.

Den ganzen Tag Zeit. Leere Wohnung, keine Freunde.

Einmal färbte Meret sich die Haare schwarz, dann rot, schließlich weißblond. Einmal nahm Meret Muskat gegen ihren dunklen Kopf, und der Magen wurde ihr ausgepumpt. Das war im Winter nach der Fahrradtour.

Claire jaulte, ein anderer Hund aus dem Dorf bellte.

Ich stieg aus dem Bett und ging auf den Dachboden hinauf. Über mir kühlten die Ziegel knisternd ab. Ich sah durch die Luke in die Sterne. Es war drei Uhr, und das Haus atmete, es hatte lange nicht so laut geatmet wie in dieser Nacht. Da war ein Vogel in meiner Brust und atmete. Ein wenig mehr Licht noch, und ich könnte losfahren, musste losfahren, mit dem Rennrad an den Kanal und dort wie an einer Schnur geradeaus, ohne Verkehr, die Kopfhörer auf den Ohren, ein Madrigal, Lautenmusik, eine Bachkantate. Ich träte in die Pedale, und das Knirschen des Glaskieses unter den Reifen würde zur verstaubten Plattenrille. Kein Mensch außerhalb der Musik. Sie legte sich über die Landschaft, färbte den Himmel, das Wasser.

Manuel, rief Marianne.

Meret kannst du nicht mehr retten, flüsterte das Haus.

Die Stufen knarrten laut. Ich ging hinunter in die Küche, tapste über die Fliesen, streichelte Claire, trank ein Glas kalten Tee. Ich stellte mich so in der Küche auf, dass mein Körper, mein Gesicht, meine Augen gen Friedhof gerichtet waren. Ich legte mir einen Finger über den Mund. Zwei Lippen, vom Finger gekreuzt – das Ungleichzeichen. Die Zeitungen wurden bereits ausgefahren. Was brachte der Tag. Würde Clarissa bei Singer auftauchen, oder hatte sie mich nur anstupsen wollen.

So viel Glück hast du nicht noch mal, hatte Marianne gesagt. Oder meinst du, das geht ein zweites Mal gut.

Am frühen Morgen zog ich mir kurze Hosen an, ein T-Shirt, einen Kapuzenpullover, Sandalen, nahm ein Plastikgefäß aus dem Küchenschrank und ging auf dem Sandweg in die Felder. Mit einem längeren Spaziergang würde ich die Müdigkeit sicher aus den Gliedern schütteln können, dann kehrte sie später umso schwerer zurück, und ich würde schlafen. Claire führte ich an der Leine. Seit unserer Begegnung in der Küche waren nicht mehr als drei Stunden vergangen. Sie schien nicht mehr unruhig zu sein. Wasser war in dieser Richtung nicht zu wittern. Aber was wusste ich vom Wasser. Das Korn stand hart und eng, an einigen Stellen blaugrün, alles würde spät geerntet werden, der späte Frühling war kühl gewesen. Aber hier war ja nun sein großer Bruder Sommer und spendete Reife.

Das Weizenmeer, die Wiederkehr der Reifezeit, in Ewigkeit. Ich reimte für Claire, aber sie fand mich pathetisch, hörte überhaupt nicht zu. Nach etwa einem Kilometer kamen wir an den stillgelegten Segelflugplatz, ein Betonfeld, aus dessen Fugen das Unkraut hervorbrach. In dem Jahr, als Marianne und ich aufs Dorf gezogen waren, hatte ein Imker um den Flugplatz herum Besenheide gesät. Ich ließ Claire von der Leine, sie begab sich auf Insektenjagd, schnappte nach den Bienen, die ich erst jetzt vereinzelt in den Sträuchern sitzen und sammeln sah. Die Heide wuchs lückenhaft und niedrig.

Ich musste wieder zu diesem Imker fahren – er wohnte nur zwei Dörfer entfernt –, mich wie immer im Juli mit frischem Heidehonig eindecken, denn allzu viel gab es nicht, und auf den Märkten verlief der Abverkauf schneller von Jahr zu Jahr. Bernsteinfarbener, seidener Heidehonig. Ich schlug auf die Plastikschale, um Claire herbeizutrommeln, aber sie kam erst zwischen den Sträuchern hervor, als ich ihren Namen rief.

Später freute sie sich, dass wir ihren Garten besuchten. Frau Becker hatte nicht zu viel versprochen, der Strauch ging mir bis zum Hals und trug üppig. Im letzten Jahr hatte ich genauso hier gestanden und Johannisbeeren gepflückt, wahrscheinlich sogar in dieselbe Schale.

Zu Hause suchte ich nach den Backbüchern, in der Küche standen nur Kochbücher. Ich rief Frau Wittkowski an, ob sie sich erinnern könne. Sie kannte das Haus mindestens so gut wie ich. Was denn in mich gefahren sei, fragte sie. Backen? Die alte Dame bekam ihre Belustigung gar nicht in den Griff, aber als ich nicht auf ihre Neckerei einging, tippte sie schließlich auf den Dachboden. Den hatte ich ja gerade weitgehend durchsucht und aufgeräumt. Dann vielleicht im Klavierzimmer, bei den Fotoalben und Atlanten. Ich bedankte mich, legte auf, glaubte nicht dran und fand auch kein Backbuch. Nicht im Schlafzimmer, nicht in der verschlossenen Kommode. Stattdessen griffen die Notizen auf dem Nachttisch nach meinen Händen. Etwas in mir wollte nachprüfen, ob die alten Gedanken noch Bestand hatten. Thesen waren es wohl eher, fast nach jedem Satz ein Absatz. Ich hockte mich aufs Bett, erstaunt, dass ich das, was da stand, mehr oder weniger vergessen hatte.

Die Jugendlichen leben nicht mehr *mit* dem Netz. Sie leben *im* Netz, hieß es. Absatz. Es ist ihre Lebensrealität. Eine, in der sie in beliebiger Reihenfolge auf Informationen zugreifen. Eine, in der keine Quellenangaben gemacht werden. Absatz. Es wird mit Text gehandelt wie mit Geld. Jeder textet. Die Urtexte lösen sich auf. Es gibt keine Originalität mehr. Analog zur erwachsenen Welt der Steuerhinterziehung gibt es in Schule, Universitäten und auch in der Literatur die Texthinterziehung. Die Hinterzieher sind uns nicht hinterher und nicht voraus, sie leben unter uns. Will, wer Texthinterziehung als Vergehen geißelt, den Menschen durch Bestrafung bessern. Fragezeichen, Absatz. Die alte Welt der Wissenschaften verschwindet. Wir Lehrer wollen in Zukunft nicht die Hälfte der Zeit bei der Korrektur einer Klassenarbeit damit zubringen, zu überprüfen, ob und wo jemand abgeschrieben hat. Hier kein Absatz. Deshalb ist es dringend notwendig, Formate zu finden, in denen sich die Kinder selbst Regeln setzen, denen sie zu folgen haben. Das ist unsere einzige Chance, ein Stück Disziplin im Lernprozess zu erhalten. Jeder Lehrer, der in diesen Tagen meint, der Schulunterricht müsse in erster Linie und womöglich gar auf direktem Weg Information vermitteln, hat seinen Beruf verfehlt. Wir müssen unsere Lebenserfahrung auf spielerische Art weitergeben, wir müssen Kreativität vorleben. Ich bitte Sie darum, Informationen während des kreativen Schaffens einzusammeln, nebenbei, unauffällig wie die Bienen am Wegesrand usw.

*Ich bitte Sie*, das war zu viel. Ich rieb mir den Bart, wütend. Las sich das nicht genau wie jene Art von Frontalunterricht, die ich ablehnte. Gut, dass ich meine Kollegen mit den Bienen verschont hatte, Bienen der Bevormundung waren das.

Ich hatte ein schlechtes Gewissen, weil ich Mariannes Bücher nicht mehr fand. Ein Rezept dem Internet zu entnehmen war mir zu anonym. Bestimmt gab es Hunderte. Und dann konnte das von mir ausgewählte ja durchaus falsch sein, eine mutwillige Fälschung, am Ende ließe sich der Teig gar nicht kneten oder sonst was. Ich beschloss, mich an eine der ersten zehn Webseiten zu halten, die unter dem Stichwort «Johannisbeerkuchen» aufleuchteten. Wenigstens das. Es gab einen Teig mit Mehl, Öl, Haselnüssen und Haferflocken. Das klang wenig vertraut. Oder sollte ich lieber Johannisbeertorte eingeben.

Ich kannte diese Unentschlossenheit kaum noch, sie gehörte in die Zeit nach Mariannes Tod, erinnerte mich an einen Urlaub, in dem ich mehrere Stunden vor Museen und den Kassen anderer Sehenswürdigkeiten verbracht hatte, unfähig zu entscheiden, ob ich hineingehen sollte, ob es sich lohnen würde, ob die Abbildungen im Eingangsbereich und auf den Postkarten im Shop nicht bereits genügten. Und immerzu strömten Menschen an mir vorbei, gut gelaunt und zielsicher, wie an Fäden gezogen.

Es musste doch ein Backbuch aufzutreiben sein.

Ich nahm den Schlüssel meiner Nachbarn und ging hinüber. Frau Beckers Backbücher standen im Regal neben dem Herd auf Höhe der Dunstabzugshaube, genau wo sie hingehörten. Erst im dritten Buch wurde ich fündig, aber auch dort gab es nur einen einzigen Johannisbeerkuchen, und ausgerechnet bei diesem hatte Frau Becker die Mengenangaben teilweise durchgestrichen und korrigiert. Aus 200 g Mehl waren 150 g geworden, zwei Eier zu einem Ei halbiert worden. Verdammt, das durfte nicht wahr sein, die

Quotienten stimmten nicht überein. Mir brach der Schweiß aus. Worauf konnte man sich eigentlich noch verlassen? Ich trat gegen einen Küchenstuhl und dachte an Beckers, die sich jetzt gehenließen, die Schuhe auszogen, die Badesachen an, wie sie erstmals den Strand aufsuchten, den griechischen Sand nicht feinkörnig genug fanden, die Sonne zu heiß und die Häuser zu weiß. Er immer einen halben Schritt hinter ihr mit seinem maladen Knie. Ich schätzte sie beide so ein, dass sie am ersten Tag *nur mal gucken* gingen und sich sofort die Haut verbrannten. Unschuldige Menschen waren die Beckers, unschuldig ihre ganze Kücheneinrichtung, mittelbraunes Furnier, Möbelhausware. Ich sah Frau Becker am Strand sitzen, ein Kind, das Sand durch die Finger rieseln ließ. Herr Becker buddelte Frau Becker ein. Ach ja, ihr Sohn war auch dabei. So viel Glück hast du nicht noch mal. Eine Sandburg. Eine Kuchenform. Ein Sandkuchen. Konnte man Johannisbeeren nicht in einen Sandkuchen werfen, in eine einfache Rührteigmischung.

Auch zum Lachen, dass ich plötzlich ein solches Problem damit hatte zu improvisieren. Ich nahm das Backbuch mit zu mir, streckte mich im Klavierzimmer auf dem Sofa aus, konnte aber nicht schlafen. Viel zu viel Licht. Auf dem Couchtisch lag ein Buch über den Lautenbau, ich blätterte darin, dann in einem Katalog, den ich vor Jahren im Kunsthistorischen Museum in Wien gekauft hatte, nach dem Besuch der dortigen Sammlung alter Musikinstrumente. Auffällig, dass sich die größte Meisterschaft beim Bau der Saiteninstrumente dort zeigte, wo sie ins Nichts verwies: am Schallloch, um das Schallloch herum. Ich bestaunte die Rosette einer venezianischen Barockgitarre, deren Schnitzarbeit terrassenförmig in den Korpus hineinführte. Die Rosette wirkte wie ein Abbild der Deckengewölbe in der Alhambra.

In diese Löcher war die Zeit gefallen, und mit ihr verschwunden die Kunstfertigkeit, die aus der langfristigen Beschäftigung mit einem Gegenstand überhaupt erst erwachsen konnte. Aus diesen Löchern kroch die Wehmut. In wie vielen Katalogen bewahrten wir auf, was wir nicht und nie mehr herzustellen vermochten.

Ich ließ den Blick über die Bücherregale schweifen, dachte an meine Schallplatten im Backhaus, diese Menge von Medien, all die großen Komponisten dort, Schriftsteller hier. So viel Unerreichtes. Darin spürte ich mein Alter; Kunstfreude gab es für mich nur noch durchsetzt mit der Wut, es selbst nicht geschafft zu haben. Nichts geschaffen zu haben, nie etwas vorgelegt. Ich hatte mich aufgerieben in der Schule, statt mich der Musik hinzugeben. Warum konnte ich mich Büchern und Tonaufnahmen ausliefern, sie auswendig im Kopf haben, jede ihrer Interpretationen erkennen und doch selbst keine Melodie erschaffen, die Kraft und Geltung hatte. Wozu das gute Ohr, wenn man es immer nur anderen lieh.

Hör auf, so mit dir zu reden.

Wie dann? Ein ansehnlicher Rhythmusgitarrist – mehr wäre nie aus mir geworden. Kein Solist und schon gar kein Virtuose. Ich blickte auf meine Hände. Sei nicht lächerlich, Immanuel Mauss. Wer man war, war man geworden. Lehrerhände. Mit ausgeprägten, viel zu spät ruhiggestellten Zeigefingern. Gut genug für Tafelbilder. Die zittern sogar. Weil du nicht schlafen kannst. Johannisbeerhände waren das, bestenfalls, mit Fruchtflecken an den Fingern. Und jetzt mach deinen Kuchen.

# 6

Vom Tor zum alten Milchhof waren nur die gemauerten Pfosten geblieben, und selbst die hätte man niederreißen können, denn den eigentlichen Einlass bildeten fünf Meter dahinter zwei mächtige Lindenbäume. Ich schritt zwischen ihnen hindurch, links wie rechts saßen Mengen von Feuerwanzen auf den Stämmen. Der Hof war sandig, ohne weitere Bäume, man überblickte alle Gebäude des Singer'schen Gutes. Kein Windhauch bewegte die Hitze. Aus dem Haupthaus kam das Geräusch eines Schleifgerätes.

Ich schwitzte, vielleicht auch, weil ich einen falschen Zeitpunkt gewählt hatte. Man musste die Mittagsruhe in diesem Dorf strikt einhalten, jetzt war es kurz nach drei, und sicher wollte Singer nach der Pause erst mal was wegschaffen.

Den Kuchen hatte ich Minuten zuvor aus dem Ofen genommen, nun transportierte ich ihn bei über dreißig Grad mit zwei Backhandschuhen. Ich ging ins Wohnhaus. Singer trug einen Gehörschutz, obwohl sein kleiner Schwingschleifer nicht sonderlich laut war. Er schliff eine Tür ab, hatte sie aber nicht auf Böcke, sondern auf den Boden gelegt, sodass er mit dem Rücken zu mir arbeitete und dabei auf den Knien. Ich stellte den Kuchen dort ab, wo einmal die Küche sein sollte, und stellte mich in den Türrahmen zum nächsten Raum, damit er mich wenigstens aus dem Augenwinkel wahrnehmen könnte. Singer aber war auf seine Arbeit konzentriert. Erst als ich mit den Armen ruderte, schrak er auf.

– Was trägst du auch Hörschutz.
– Kabellose Kopfhörer. Solltest du eigentlich kennen.
– Du hörst Musik beim Türenabschleifen.
– Warum nicht.
– Ich hab Kuchen gebacken.

Singer lachte leise, stemmte sich aus der Hocke hoch und kam auf mich zu, er nahm meine Schultern und drehte mich ins Profil, zur Begrüßung, aber auch um an mir vorbei durch den Türrahmen zu treten. Inmitten der provisorischen Küche stand ein Tisch mit drei Stühlen, von denen ich nicht wusste, ob sie teures Design oder Sperrmüll waren, knallrote Plastikschalen mit Stahlrohrgestellen. Singer ging auf einige offene Schrankelemente zu, er suchte zwei Teller und Tassen hervor, hielt sie nacheinander in die Sonne, pustete den Staub herunter, wischte mit einem Geschirrhandtuch nach.

– Also ist sie nicht gekommen.
– Clarissa ist im Garten.
– Ich dachte, sie wollte arbeiten.
– Das dachte ich auch. War aber dann nicht so.
– Weiß sie, dass ich komme?
– Durfte ich ihr das nicht sagen?

Wir trugen fast identische Shorts, khakibraun. Singer stellte die Teller und Tassen ab, holte den Kuchen, sagte:

– Ruf du sie mal rein. Ich mach uns Kaffee.

Der Garten hinter dem Haupthaus war bestimmt doppelt so groß wie meiner. Ich rief ihren Namen, zuerst schulreif, als würde ich sie aufrufen, nur lauter. Der zweite Ruf klang fragend, der dritte verärgert, was mich ärgerte.

Es kam keine Antwort.

– Sie wollte Kirschen pflücken, sagte Singer von drinnen.
– Habt ihr Ärger gehabt?
– Nee, wir haben uns ganz gut unterhalten.

Die Kirschbäume standen im unteren Teil des Gartens; von hier aus sah man nur grüne unreife Früchte: Birnen und Pflaumen. Bedeutete das etwas, dass sie Kirschen pflückte, während ich Johannisbeeren gesammelt hatte?

– Du hast mehr Klee, wirkt alles sehr saftig bei dir, sagte ich.

– Die Nähe zum Wald, sagte Singer. Ist nicht so, dass ich sprenge in den letzten Tagen.

– Mach ich auch nicht, muss aber mal damit anfangen.

– Dein Kuchen sieht gut aus.

Ich kam aus dem Garten zurück ins Haus.

– Die Beeren sind von Beckers. Ich hab gerade ihre Hündin in Pflege.

– Ich werd mir auch 'nen Hund anschaffen, sagte Singer. Einen Bewacher. Er muss schon ein bisschen was hermachen.

– Ach, so einen brauchst du hier nicht.

– Hier liegen einige Werte rum, Mauss. Und das wissen auch alle.

– Hast du Angst?

– Wenn man so allein lebt.

– Quark. Du musst versuchen dagegenzuhalten. Indem du die Türen nicht abschließt. Wobei, fester schläft man dadurch auch nicht immer. – Wo ist denn das Fräulein bloß. Habt ihr Ärger gehabt?

– Das hast du schon mal gefragt. Lass sie mal machen. Sie hat mir von ihren Freunden erzählt. Dann wollte sie den alten Schornstein weiter abreißen, ich hab gesagt, gern, nur, da muss ich dabei sein – aber zu zweit arbeiten, das ging nicht. Noch nicht. Wart mal kurz.

Er schaltete ein Rührgerät an und schlug Sahne. Ich setzte mich an den Tisch.

– Also zweierlei, Ingo. Niemandem hängt der Tod des Mädchens so nach wie Clarissa. Sie quält sich damit, wie man es hätte verhindern können. Wenn man ...
– *Kömmt mir der Tag in die Gedanken, möcht ich noch einmal rückwärts sehn.* Pardon, Winterreise.
– ... wenn man sie fragt, wie geht es den anderen, deinen Freunden, kommt sofort so was wie: *zu gut, denen geht es eigentlich zu gut.* Irgendetwas Spitzes. Sie versteht nicht, dass sich ihre Freunde wieder dem Leben zugewandt haben.
– Das hab ich nicht so empfunden, Mauss.
– Ich erzähl dir was. Bei mir im Unterricht haben die Kinder sich Musiker und Bands erfinden dürfen und in deren Namen ein Weblog geschrieben. Alle haben das gemacht im letzten Halbjahr, es sollte sie näher an den Musikmarkt heranbringen, die Mechanismen, worauf man da bei aller Emotion auch noch zu achten hat. Clarissa hat das Weblog bis in den Urlaub weitergeführt. Sie hat aus Frankreich ständig gebloggt, als wäre sie nicht mit ihren Freunden unterwegs, sondern mit einer Band. Sie schreibt von Konzerten, die nie stattgefunden haben, und dass ich ihr Manager sei. Phantastereien. Und weißt du, mit wem sie im Blog aufeinandertrifft.
– Nein.
– Mit einer M. Und weißt du, wie das Mädchen hieß, das sich vom Dach gestürzt hat. Meret Kugler.
Singer musste einen Moment überlegen, dann sagte er:
– Seid ihr im Gespräch darüber?
– Ja, sicher. Auch. Punkt zwei: Sie hat sich im Frühjahr verliebt. In einen knapp zwanzig Jahre älteren Mann.
– Liebeskummer.
– Ich denke mir so was. Aber darüber redet sie kaum.
– Dann solltest du es mir auch nicht erzählen.

– Na ja, ich versuche, dir zu erklären, warum sie dir komisch vorkommt.
– Ich hab gar nicht gesagt, wie sie mir vorkommt.
Mit Schwung klatschte Singer Schlagsahne neben die Kuchenstücke.
– Gestern am Telefon wolltest du noch wissen, was du beachten sollst bei ihr.
– Lass es, Nachbar. Ich will's nicht hören.
Ich lehnte mich im Stuhl zurück, ungehalten. Singer setzte an, mir zu erklären, warum er so empfindlich war, zwei Sätze über seine Kindheit, über das Klima im Elternhaus, in dem zu oft über Ecken und hinter dem Rücken der betroffenen Personen kommuniziert worden war. Er nannte es den *englischen Landhausstil*: geheimnisvoll, sehr phantasieanregend, jeder Mensch wie mit Weichzeichner gemalt, weil man mehr von ihm wusste, als er glaubte, und doch viel weniger, als er war.
Ich fragte ihn, ob er mir gerade einen Vorwurf machen wolle.
– Ich rede über *meine* Familie, Mauss. Vielleicht war meine Familie auch einfach zu groß für Direktheit. Wenn ich dir alle Onkel und Cousins aufzähle, sitzen wir morgen noch hier. Ich bin dem Tratsch irgendwann ausgewichen.
– Ich tratsche nicht, Ingo. Ich hab nie in meinem Leben ge–
– Ich kann mir den Rest schon zusammenreimen bei 'ner Achtzehnjährigen. Was den Liebeskummer angeht, meine ich.
– Er war bei uns als Schulgutachter.
– Ach herrje. Verschon mich, bitte.

Mein Nachbar und ich hatten noch eine Weile über Musik geredet, was ich als Luxus empfand. Musik war hier im Dorf nie ein Thema gewesen. Singer kam vom klassischen Gesang, hatte in Stuttgart gelebt, die Oper geliebt, aber auch bemerkt, dass zu viel Oper den Menschen verdarb. Damit ging ich überein. Wurde eine Welt exklusiv, verschloss sich der Mensch eben vor anderen Welten. Auch mein Faible für Folkmusic, sagte ich ihm, habe manches Mal die Form eines Käfigs angenommen, in dessen Mitte der Irrglaube stand, eine Stimme könne nur so lange authentisch klingen, wie sich nicht mehr als ein Instrument zu ihr verhielt. Singer lachte über das Bild. Vielleicht auch darüber, dass ich ein paar Ur-Worte verwendet hatte. Ursprünglich, urtümlich. Ich sprach von Herders Notizen über die Lieder der alten Völker, in denen ich immer wieder mit Gewinn las, weil ihm das Einfache nicht als unkomplex galt. Und weil der Mann Begeisterung zu wecken verstand. Aber abgesehen davon, dass aus der Kultur kein Weg zurückführte zum Kult, war mein Folk-Problem auch gewesen, dass ich irgendwann keine Gitarrenpickings mehr hören konnte. Man nahm sich also, berichtete ich Singer, die Lomax Edition mit zweihundert Tonträgern und trug seinen Folk-Käfig über alle Kontinente, bis der Vogel nicht mehr singen und niemanden mehr anlocken konnte.

Singer nickte, so sei es ihm mit der Oper auch gegangen.

Es sei keine lustarme Reise gewesen, fuhr ich fort. Aber man verliere eben vieles aus den Ohren. In einer eher fröhlichen Tonlage gestand ich, darin überhaupt des Lebens Wesen zu sehen:

– Die Stäbe des eigenen Käfigs dehnen, solange die Kraft ausreicht.

– Immerhin, antwortete er, sind wir beide nicht im Spinnennetz der Wiener Klassik hängen geblieben.

Wir mussten beide lachen über das Maß an Unfreiheit, das wir in uns fanden, und was das Volkslied anging, so spürte ich deutlich wie lange nicht, dass Herder und Heine uns in ein anderes 20. Jahrhundert hatten führen wollen.

Ich könne ruhig noch mal so einen Kuchen backen, hatte Singer mir noch auf den Weg gegeben. Gemeint war wohl, wir sollten unsere Zusammenkunft wiederholen. Ich begann ihn zu mögen, ein gerader Typ, offen, auch ein wenig dunkel. Ich konnte mir vorstellen, mit ihm zusammen den großen Sängern und Komponisten zu lauschen, Wiederentdeckungen zu machen. Sicher würden wir uns damit ausgrenzen, das verrückte Duo bilden, dem bald schon keiner mehr zu nah kommen wollte. Wie Freisler und ich vor vielen Schuljahren. Wie Marianne und ich bei unserer Ankunft im Dorf. Ich malte mir aus, wie wir im Parterre des Singer'schen Haupthauses einen Salon einrichteten, zu dem niemand käme außer uns beiden, und mit diesen Bildern schritt ich zwischen den Lindenbäumen hindurch, machte mich vom Hof.

Die Hitze fasste einen überall an, und als mir Claire zur Begrüßung mit dem Schwanz über die Waden wischte, ekelte es mich geradezu. Wir mussten endlich baden gehen, uns umhüllen lassen, untertauchen. Ich ging hinüber zum Backhaus. Von Clarissa keine Spur.

Ich holte die Sonnenmilchflasche aus dem Bad, meine Schirmmütze lag oben auf dem Dachboden. Im Dorf führte ich Claire an der Leine, aber am Waldrand spannte sie die Muskeln, zog mich vorwärts, bis ich es leid wurde und den Karabiner löste. Sie spurtete den sandigen Weg entlang, zwischen Licht und Schatten dem Kanal entgegen. Ich spürte, dass ich flacher atmete, auch dass ich in der letzten Nacht nicht geschlafen hatte und in den Nächten zuvor nicht genug. Ich zog mich aus. Der Teerboden war so überhitzt, dass ich den Deich hinunterhüpfen musste. Die

Hände voran, sprang ich ins Wasser. Claires Kopf zog vorbei, sie hatte ihr Element gefunden.

Leicht paddelnd lag ich auf dem Rücken, ein Gedanke kam und blieb und ließ sich nicht vertreiben: Was, wenn Meret Kugler sich ähnlich befreit gefühlt hatte bei ihrem Sprung vom Dach. Ausgerechnet Wasser, der alte Lebensspender, ging eine Konjunktion ein mit dem Lufthauch des Todes. War das Mädchen mit dem Gedanken an Befreiung in den Tod gesprungen? Und wenn wir sagten, sie habe *keinen anderen Ausweg mehr gesehen als jenen Sprung*, dann war es doch immerhin ein Ausweg gewesen. Wie war ein Mensch beschaffen, der sich hinabstürzte.

In den ersten zwei Wochen hatte ich geglaubt, sie habe nur mit gebrochenen Beinen auf sich aufmerksam machen wollen oder auf die Medikamente. Dass sie gar nicht Abschied nehmen wollte. Wir waren Zuschauer gewesen, schockgefroren zunächst, dann aus der Starre herausgetreten mit dem Gefühl von Hinterbliebenen, Überlebenden. Wir machten weiter, und mit uns die Begriffsmaschine, die Metaphernschleuder, dieses elende Kraftwerk der Vorstellung, alles machte weiter, nichts ließ sich abschalten. Man entnahm der Erinnerung Bilderschaum und gab ihn in die Zuversichtsproduktion. Etwas kam immer heraus, irgendein Bild, so anmaßend es auch sein mochte.

Ein vierzig Meter langer schwarzer Eisensarg hielt auf mich zu. Ich flüchtete ans Ufer, stand da nackt, die Handkante über den Augen, das Gemächt in die Sonne haltend, wie ein Schiffbrüchiger, der nicht um Hilfe winkte. Ich war das Nacktbild von Allen Ginsberg am Strand der Japanischen See. *All gone all gone all overgone all gone sky-high now old mind so Ah!* Er war der König des Mai, ich war der König des Juli, es fehlte nur die Papierkrone.

Das Frachtschiff glitt vorbei, majestätisch ruhig im Abendlicht. Kein Kapitän war zu sehen, man grüßte mich aber per Schiffssirene. Ich sah das tote Mädchen, lang lag es im Schiffsrumpf ausgestreckt, eine riesenhafte Meret im Wunderland.

Ihre über der Motorradlederjacke verschränkten Arme. An manchen Tagen hatte ihre Körperhaltung etwas Stolzes gehabt, Kompaktheit gezeigt, mitunter wirkte sie sogar aufreizend, also attraktiv. Wenn man aber genauer hinsah, verschränkte sie ihre Arme nicht auf Brusthöhe, sondern darunter – es war nur die Lederjacke, die sich hochschob, während Merets Schultern herabhingen, als habe sie Magen- oder Nierenschmerzen zu leiden. Manchmal fiel ihr der Kopf aufs Brustbein, ihn zu halten bereitete Meret in der elften Klasse immer mehr Mühe. Wenn sie den Ellbogen aufstellte und einen Zeigefinger nach oben streckte, um sich im Unterricht zu melden, schlug mein Herz schneller, weil es inzwischen so selten geschah. Sie ließ kurz ihre Intelligenz aufblitzen, von der wir alle wussten, und versank wieder. Die Arme löste sie nur noch, um sich das Haar hinter die Ohren zu streichen. Dafür brauchte sie nur eine Hand, die andere verharrte in Nierengegend, als wäre sie eingegipst.

Nie ließ sie die Haare lang genug wachsen, dass wenigstens ein Teil hinter den Ohren blieb, und nie waren sie so kurz, dass sie die Geste unterlassen konnte. Ob die Haarfarbe ihr etwas bedeutete? Es gab die schwarze Phase, die rote Phase und die weißblonde Phase, die mit dem Selbstmord endete. Was sollte uns das mitteilen. Wohl kaum wollte sie das Vaterland verantwortlich machen.

Im Jahrgang war Meret die Erste, die in die Großstadt gefahren war, um sich die Nase piercen zu lassen, und die Aufmerksamkeit, die sie dadurch erlangte, konnte sie nur umsetzen in ein weiteres Piercing. Keine zehn Tage vergingen, da hatte sie sich zwei Ringe durch die Augenbraue gezogen. Kleine Zeichen der Selbstzerstörung. Man konnte ihr nicht vorwerfen, dass sie zu wenig von sich preisgab. Wir hatten ihre Veräußerungen, Äußerungen, Außenansichten nur nie als Gesprächsangebote genutzt.

Ein Stein fiel ins Wasser und verursachte Wellen.

Ob sie in Max verliebt war, bleibt Spekulation. Ein einziges Mal führte Meret eine kurze Beziehung, mit einem älteren Schüler, der sie für einige Monate in seine Clique schleuste. Sie war damals fünfzehn, ging feiern und tanzen, nahm vermutlich auch Drogen. Wenn sie auf der Studienfahrt in England nicht gelogen hatte, zeichnete diese Clique auch für einige kleinkriminelle Aktionen auf dem Schulgelände verantwortlich, die nie aufgeklärt worden waren. Sie hatten das ZES in der Pausenhalle beschädigt, das Zeiterfassungssystem, mit dem nicht nur die Anwesenheit der Lehrer, sondern auch die der Schüler festgehalten werden sollte. Die Scanner sind bis heute nicht in Betrieb. Eine Zeitlang hat dieselbe Clique in kleiner Schrift und hoher Frequenz 0190er-Nummern auf die Schulwände gekritzelt. Um uns für die zunehmende Sexualisierung der Gesellschaft zu sensibilisieren, sagte Meret in England am Lagerfeuer. Sie hatten Hausmeister Diederichs damit fast in den Irrsinn getrieben.

– Bescheuerte Jungs, sehr dämlich, eigentlich alles Kinder, sagte Meret. Komplett sinnlose Sachbeschädigung, fand sie zu Recht. Und ich höre sie noch über den Zeltplatz rufen, viel zu laut und ohne Fragezeichen:

– Aber was ist schon sinnvoll.

Und dann hatte sie gelacht. Vor sich hin gelacht.

Ich stieg ein zweites Mal in den Kanal, machte einige Schwimmzüge unter Wasser, und als ich wieder auftauchte, sah ich Claire mit der Schnauze eine Fahrrinne ziehen. Am anderen Ufer stand eine Reihe schlanker Pappeln, sehr ordentlich, zwischen den Bäumen je drei Meter Abstand. War das Meret gewesen oder Clarissa, die sich einmal über diese Pflanzung lustig gemacht hatte? Zu Meret hätte es besser gepasst, ihre Wohnung war ein Gegenbild jeglicher Ordnung gewesen. Sechs Monate vor dem Unglück war sie bei ihrer Mutter ausgezogen. Aber erst im August stand ich in ihrer Höhle. Ich schwamm noch einmal hindurch. Tische, Stuhlflächen und Wände, alles war bemalt. Deckenlicht fehlte, es gab nur eine Leselampe, ansonsten Kerzen. Viele Bücher, alle aus der Bücherei. Nicht, dass mich der Anblick sonderlich überraschte, eher fragte ich mich, warum diese sturmfreie Bude kein allabendlicher Treffpunkt geworden war, kein Stützpunkt der Jugendlichen.

Meret hatte ihre Wohnung nie für Mitschüler geöffnet. Sie hatte versucht, für mich aufzuräumen, den Haufen ungewaschener Klamotten aber nicht abtragen können. Es stank nach Straße, Schweiß und Kiff. Zwei rustikale Kleiderschränke verengten den Flur. Ich sah mir die Küche an, auch hier keine Glühbirne an der Decke, nur das funzelige Licht der Dunstabzugshaube. In einer offenen Mehltüte rekelten sich Mottenlarven. Die Wände waren vollständig mit Zeitungen beklebt, die sie bunt übermalt hatte. In großen Buchstaben ein Dylan-Zitat, das sie aus meinem Unterricht hatte.

*And the only sound that's left*
*after the ambulances go*
*is Cinderella sweeping up*
*on Desolation Row.*

Cinderella, nicht Alice. Auf dem Wasser des Kanals. Das Frachtschiff war schon über den Horizont hinausgefahren. Ich fragte Meret nach ihrer Mutter, aber hätte die irgendeinen Anteil an dieser Behausung gehabt, es wäre nur noch schlimmer gewesen.

– Mit der Verantwortung hat meine Mutta es nicht so. Nicht mal in der Liebe. Wechselt ja alle vier Wochen den Lover.

– Du meinst, du bist aus Rücksicht auf sie ausgezogen.

– Nein.

Ihre Wohnung war kein innerstädtisches Elendsquartier; in ein oder zwei Tagen hätte man den Zustand entscheidend verbessern können. Vor allem musste das Grünzeug im engen Hof beschnitten werden, damit mehr Tageslicht hereindrang. Und einmal alle Klamotten waschen. Ich überlegte, ob ich meine Haushälterin dafür bezahlen sollte, aber sie wurde bald siebzig und kam vom Dorf, wahrscheinlich hätte sie vor dem Gestank kapituliert. Von den Schülern würde sich wohl niemand bereitfinden, auch nicht Clarissa. Die einzige Lösung, die ich sah, war, das Mädchen eine Zeitlang zu mir aufs Land zu nehmen. Ich weiß, Marianne, *die einzige Lösung*, darüber lachst du so gern.

Ich schwamm zu Claire zurück ans Ufer, sie schüttelte sich und beschnupperte Steine oder das, was sich zwischen ihnen befand. Mein Einfluss hielt sich in Grenzen, aber schließlich kam sie herüber, ließ sich von mir den Kopf kraulen. Ich dachte an die ehrgeizigen Eltern meiner Gymnasiasten und daran, welche Ausnahme Merets Mutter dargestellt hatte. Ich wurde die Bilder nicht los, den pappigen Mief, den kalten Rauch in Merets Wohnung. Sie verkroch sich.

Die kreativen Kinder aus demselben Jahrgang waren ohne Ausnahme Zweitgeborene. Meret war Einzelkind gewesen.

Das fiel mir manchmal ein. Vor ihrer Höhle hatte sie nie eine Festung bewohnt. Sie kannte keine Sicherheit, nur die Abwesenheit von Vater und Mutter. Ihr Wille zur Abnabelung war am Ende dem Trieb zur Anpassung unterlegen. Es war das Prinzip der Fuge. Sie wollte eingehen in die Menge der anderen. Einfach nur sein wie die Grundmelodie. Sie wollte das Wir, aber sie konnte nicht dafür leben.

# 7

Aus Elternabenden waren Konferenzen geworden. Lernziele wurden formuliert, jede Neuerung musste vor den Beiräten verteidigt werden. Es widerstrebte mir, aber ich hatte einige von den Eltern zu hassen begonnen. Auch dafür, dass sie sogar in den Sommerferien meine Gedanken heimsuchten. Claire und ich hatten uns abgekühlt, gingen durch einen Wald aus Licht und Schatten, und ich dachte an die Eltern meiner Schüler. Daran, wie ich sie zu knacken versucht hatte. Auf diesen elenden Konferenzen. Oft referierte ich über christliche Kunst und Musik und sprang von dort auf das vielfältige Angebot über, das heute auf den Playern der Kinder lief: historische Aufführungspraxis, Migrantenrap, Elektrobeats, zwölftonorientierte Samples, Progressive Rock. Mein Unterricht wolle diesem Geflecht Rechnung tragen, diesem Wald der Musik, sagte ich.

Einen Augenblick herrschte Stille, dann stimmten die Eltern zu. Die eine Hälfte wollte verheimlichen, dass ihr Kind tagein, tagaus dieselbe Musik hörte. Die andere Hälfte hatte keine Ahnung, wie ihr Nachwuchs überhaupt tickte.

Ich pries eine Vielfalt, die es nicht gab. Ein alter Trick, vorgeführt in der Absicht, die versammelte Elternschaft zu überfordern. In den höheren Klassenstufen ging meine Taktik oft genug auf, denn da wurden die Kinder anstrengender, und die Eltern schlugen allzu gern die Türen zu, um nur nicht in die Hitparaden ihrer Kids zu geraten.

In den Jahrgängen 5 bis 9 hingegen musste ich subtiler vorgehen. Diesen Eltern stand die musikalische Entzweiung noch bevor, sie liebten alles, was ihre Kinder bereits zu verabscheuen begannen: die Einteilung in Epochen, die Zahlen und Schlagworte, die klassischen Höhepunkte der Form. Immer würden Bach, Mozart und Beethoven wie Sonnen über diesem System stehen, ganze Kontinente der Musikgeschichte lagen auf ewig im Schatten verborgen. So war auch ich aufgewachsen, ich hatte Jahrzehnte gebraucht, um mich von der Klassik zu lösen und anderen Klängen zu öffnen.

Am häufigsten hielt ich auf den Elternkonferenzen in den letzten Jahren meinen Vortrag über *al'ud*, die Laute. Deren Geschichte darzulegen fiel mir um einiges leichter, als sie zu spielen oder zu bauen. Vordergründig handelte die Rede davon, wie eng die Beliebtheit eines Instruments an die Entwicklung des menschlichen Geistes gebunden war, an die Bandbreite akustischen Fühlens, an Hörgewohnheiten. Ich trat eine Reise an, von den Hochzeiten der Laute, vom arabischen Aufbruch bis ins *Cinquecento*, zum ersten Notendruck in Venedig, all den transponierten Stücken mit Gesang, dem sarazenischen Rosettenschmuck und wie das Plektrumspiel verschwindet, weil die Finger mehrstimmig zupfen wollen. Ich male das höfische Leben farbig aus, erzähle von Königen, unter denen Lautenisten brillieren, bis sich der Generalbass durchzusetzen beginnt und die Instrumente immer breiter, länger und tiefer werden, um sich Gehör zu verschaffen. Ihre Hälse ragen tief in den Barock, zwölf Chöre, Theorben mit Zusatzhälsen, doppeltem Wirbelkasten, Basssaiten, immer neue, frei schwingende Basssaiten, aus Lautenspielern werden Lautenschläger, und der Rücken der Zupfhand, zunächst flach über dem Instrumentenkörper schwebend, hebt sich, wird angehoben von unsichtbaren Fäden, erhöht seinen Winkel zu den Saiten, um mehr Fingerkraft zu übertragen in den Klang.

Schnitt.

– Bei aller Poesie, meine Damen und Herren, auf der Strecke blieb die Resonanz. Die Welt war zu laut geworden für die Laute. Das Instrument, über sich hinaus getrieben, ständig umgebaut und *spielbar gemacht*, verlor sein Maß und also an Bedeutung.

Ich sah dann in die Runde. Manche nickten mir zu, andere suchten Zusammenhang. Grimmige Gesichter gab es auch. Ich war ihnen eine Erklärung schuldig.

– Ein jegliches hat seine Zeit. Eben noch Blüte, jetzt schon Trockenzeit. Aber – und hier streckte sich der Zeigefinger – die Trockenzeit war nicht das Ende. Bei Hofe herrschten die Tasten. Nur, die Schönheit des Ausdrucks, die verging ja nicht! Was einmal in Bezug zum Menschen entworfen worden war, das zog ihn irgendwann zu sich zurück. Eine Pause, ja, aber ganz leise, filigran drangen durch die Tapetentür weiterhin die Meisterwerke der Lautenisten. Das Solospiel, die Improvisation, die Subjektivität – alles, wofür die Laute stand, feierte in der Romantik seine Wiederkunft. Alles kommt und geht und kehrt zurück.

Die modische Vergänglichkeit war meine höchste Trumpfkarte. Von hier aus war die Brücke in die Gegenwart leicht zu schlagen. Ich ließ die Eltern spüren, dass ich die Hörgewohnheiten ihrer Kinder anerkannte, sie aber gleichzeitig als modisch in Frage stellte. Der Tenor: *Nehmen wir ernst, was die Kinder für gut befinden.* Der Bass: *Aber verzweifeln wir nicht daran.*

Ja, wirklich, Tenor und Bass. Man musste die eigene Stimme trickreich zweiteilen in solchen Vorträgen, dann kam man ans Ziel.

– Sosehr ich Humboldt schätze, sagte ich, die Schule ist nicht allein zur Einimpfung des Vorhandenen da. Sie muss die antizipatorischen Fähigkeiten der Kinder fördern. Das Vorhandene ist gewesen. Für mich gilt *learning by doing*.

Meinem eigentlichen Anliegen widmete ich im Grunde erst die letzte Viertelstunde der Konferenz: Die Kinder sollten bei mir Musik machen und Geschichten schreiben. Sie sollten sich selbst etwas ausdenken. Die Sprache war da, die Musik war da, und der Prozess, mit dem man Vorgefundenes in neue Reihen brachte, hieß Improvisation.

Es war ein schönes Gefühl, wenn sie einem die Hand reichten und der Händedruck fester war als zu Beginn der Veranstaltung. Dann hatte ich etwas richtig gemacht.

Die Eltern schlenderten zu ihren Autos auf dem Schulparkplatz, parkten rückwärts aus und zogen von dannen. Zurück in ihre Villen, Häuser und Doppelhaushälften. Morgen hätten sie alles vergessen, alles wäre nur Schall, Rhetorik. Morgen ginge auch mich die Laute nichts mehr an. Morgen säßen ihre Kinder über den leuchtenden Bildschirmen des Sprach- und Weblabors, sie gründeten Bands und schickten sie hinaus in die virtuelle Welt. Sie spielten Lieder ein und würden sie hochladen auf ihre Webseiten. Sie bloggten und podcasteten. Hatten teil an der Welt, öffneten sich, machten selbst ein Angebot. Und sie spielten.

*Du kannst nicht einfach fragen: Hältst du durch? Als hättest du nichts damit zu tun. Ich muss mit meinem Vater über die Klausur sprechen. Ich kann das so nicht.*

Auf dem Küchentisch lag der Zettel. Clarissas Handschrift. Was für ein Kindersatz: *Ich kann das so nicht*. Sie machte mich wütend. Ein Pochen im Schädel.

Claire hing das Fell fransig an den Bauchseiten herab, es war schon fast trocken, wie auch mein Handtuch, das ich auf die Wäscheleine im Garten hängte. Ja, Clarissa hatte der Toten am nächsten gestanden und das Unglück nicht verhindern können. Ja, ich hatte die beiden zusammengesetzt nach der Englandreise, und sie hatte Meret einmal zur Musikprobe mitgebracht. Ein einziges Mal versuchte sie, ihre neue Freundin in die bestehende Clique zu integrieren. Aber weder wollten Max und die anderen etwas mit Meret zu tun haben, noch hätte diese sich einfach so einpflegen lassen in einen Gruppenzusammenhang. Sie wollte gar nicht dazugehören. Clarissa hatte sich verschätzt.

Ich legte *Desolation Row* auf, die Liveversion aus Manchester, Mai 1966, ließ Dylan singen, eilte hinaus. Ich las den Zettel noch einmal, stellte ein Marmeladenglas darauf. Laufen oder Fahrrad fahren konnte ich bei dieser Hitze nicht, zu Marianne wollte ich nicht. Ich setzte mich in den Garten, legte auf dem Rechner Patiencen, spielte Solitaire. Danach surfte ich ziellos im Netz. Mit jeder Stunde, die ich am Laptop verbrachte, um zu den Jungen und Mädchen aufzuschließen, hatte sich das Internet für mich mehr zu einem Abbild unseres menschlichen Daseins geformt. Es war selbst ein Organismus, vielköpfig und monströs, ein Körper, der ständig gespeist wurde und verdaute. Manchmal verstanden wir uns, das Monster und ich, und es spuckte Konzertkarten aus oder Kuchenrezepte. Dann hatte ich erfolgreich mit einem seiner Köpfe kommuniziert. Wenn ich aber den Fehler machte, eine Onlinezeitung aufzurufen und in deren Forum zu scrollen, kam es mir vor, als würde ich in die Eingeweide des Netzmonsters einfahren. Da öffneten sich die Ventile. Instinkte brachen hervor. Ängste. Häme. Aggression. Bashing. Der entsetzliche Gestank, den nur Darmwinde verursachen können. Nein, Freislers Blick in die Zukunft war allzu rosig gewesen. Das Netz war so wissend wie widerwärtig. Es ging so wenig auf, wie der Mensch aufging.

Auch unsere Hausbesetzung war damals nicht aufgegangen. Mein Leben im Lehrerzimmer: nur vorübergehend. Die Instrumentenwerkstatt, das Aufnahmestudio, am Ende waren sie: nicht aufgegangen. Weil es Eltern gab, die man mit einem Vortrag über die Geschichte der Laute von sich überzeugt zu haben glaubte und die einem dennoch das Refugium missgönnten. Das war kein Widerspruch, das war der Mensch. Sie hatten mich so lange mit Vorwürfen und Falschaussagen drangsaliert, bis ich den Rückzug wählte, die Werkstatt räumte.

Ich las in Clarissas Bandblog, suchte nach dem Link zu diesem Zettel auf meinem Küchentisch. Sie schrieb in Rätseln, obwohl sie die Klarnamen ihrer Freunde benutzte. Ying, Saskia, Max. Der seltsame Johannes Engler, dieser Schulgutachter, gab nur noch den Ex, der Clarissa per Mailflut verfolgte, ein mickriger Stalker, den sie nicht mehr sehen wollte, der besessen war von ihr. Ich wusste nicht, ob ich ihr das glauben durfte. Vielleicht kam sie selbst nicht von ihm los. Wenn ich ehrlich war, ich hoffte es sogar.

Mich gab es natürlich auch, unter meinem Vornamen Manuel. So hatten die Kinder mich nennen dürfen. Im Blog sollte ich den Bandmanager darstellen. Nun hatte Clarissa die Tour abgebrochen und folgerichtig auch das Blog. Sie hatte sich von der Gruppe getrennt. Mitten auf der Tournee der erfundenen Band.

Sie hielt nicht durch.

So viel Glück hast du nicht noch mal.

Oder meinst du, das geht ein zweites Mal gut.

Nicht der leiseste Windhauch in den Weiden. Ich ging hinüber ins Backhaus, um die Anlage abzuschalten. Der Raum schloss sich über mir. Schüler zeichneten das Innenohr. Vorhof, Bogengänge, Schneckenfenster, Labyrinth. Es war kompliziert, aber Clarissa machte es komplizierter, als es war. Ich nahm die Renaissancelaute zur Hand, ein billiger Nachbau, den ich in Hamburg gekauft hatte. Ich spielte Le Roy, die Passemeze, übte ihren starken Bassanschlag. Ich begann immer wieder von vorn, weil ich erbärmlich spielte und das Spiel erbärmlich blieb, und ich traf dabei den Entschluss, Clarissa am nächsten Morgen zu besuchen. Und Singer anzurufen.

– Ist das Mädchen wiederaufgetaucht.
– Ja.
– Und hat sie mitgearbeitet.
– Nicht wirklich. Aber sie hat mir noch was erzählt.

Mir langte ihr Zettel, ich wollte gar nichts hören.

– Na, ihr könnt ja schon gut miteinander.

Ich nahm den alten Apparat in die Hand, das Kabel reichte bis ins Klavierzimmer, wo ich mich auf den Hocker setzte. Singer schwieg drei oder vier Sekunden. Ich legte meine freie Hand auf die Tasten, spielte einen Akkord.

– Was ist, Ingo, bist du noch dran.
– Sie hat beim Abi gemogelt.
– Wie bitte?
– Sie sagt, sie hätte eine Klausur nicht selbst geschrieben.
– Sondern.
– Sondern eine Freundin von ihr.
– Ach, solche Storys darfst du nicht ernst nehmen.
– Also, du sagst auch, das ist unmöglich.
– Ja, sicher.

In diesem Moment klingelte es an der Tür. Ich wollte es zunächst nicht glauben, hörte Singer aber durchs Telefon sagen:

– Na, vielleicht ist sie das.
– Ja. Ich meine, komisch, jetzt noch. Ich leg mal auf.
– Bis dann, Manuel.

Es schellte bereits ein zweites Mal, ich ging nach vorn in den Windfang, öffnete.

– Herr Mauss, mein Chef ist so ziemlich auf hundertachtzig. Wenn der Transporter nicht heute Abend noch zurückkommt...

Ich stand wie gelähmt.

– Sagen Sie nicht, Sie haben einen Unfall gehabt.
– Nein. So was. Ich hab's einfach vergessen.

Ich wusste nicht, warum. Schwitzte am ganzen Körper. Wie konnte ich den Transporter vergessen haben, mit dem ich die Werkbänke aus der Schule geholt hatte.

– Ich bin in einer halben Stunde bei Ihnen.

Und schlug die Tür vor dem Gesellen zu. Verschränkte die Hände hinter dem Kopf. Der Tischlermeister hatte mir sein Gefährt ausgeliehen, und zwar fristlos, das war mir aufgefallen, weil in der Schule ständig taktiert wurde. Viele Kollegen gaben in Konferenzen nur klein bei, um sich für eine spätere Abstimmung ihrerseits die nötige Unterstützung zu sichern. Sie waren Politiker eher als Lehrer. Und da hatte es mich glücklich gemacht, dass der Tischlermeister gegeben hatte, ohne zu fordern. Der Sänger und der Tischler, das waren mit mir schon drei, auf die man in diesem Dorf zählen konnte. So hatte ich gedacht, als ich den Wagen abholte.

Ich setzte mich an den Küchentisch, kritzelte auf einen Block, vom peinlichen Versäumnis ganz lustlos gestimmt. Erst die vierte Version übertrug ich auf eine Entschuldigungskarte.

Knapp fünfundvierzig Minuten nach dem Besuch parkte

ich den Pritschenwagen auf dem Hof der Tischlerei, stand dann mit zwei guten Flaschen Rotwein und dem restlichen Johannisbeerkuchen vor dem Eingang. Tischlerei Wolf. Wirklich, er hieß Wolf! Erst in dieser Rotkäppchenstimmung stach der Name hervor, und ich verfiel in eine Art Schnappatmung, um nicht laut loszulachen.

Es war kurz nach sieben, der Meister nicht mehr in der Werkstatt. Derselbe junge Mann, der mich aufgesucht hatte, nahm meine Gaben entgegen, stellte sie in den Frühstücksraum. Er schob Schlüssel und Fahrzeugschein in eine Klarsichthülle und legte sie auf den Schreibtisch des Meisters. Dann las er in meiner Anwesenheit die Postkarte, nickte, grinste.

– Also, ich find's jetzt nicht so schlimm, sagte er.

– Ich aber, sagte ich.

Als er mir die Tür öffnete, um mich hinauszugeleiten, schüttelte er den Kopf.

Schön, wie das Abendlicht durch die kleinen Luken strömte und sich in den Tiefen des Dachbodens verlor. Ich wechselte in ein graues Unterhemd, das allerhand Leim- und Farbspuren zeigte. Es war wohl eher schon ein Lappen, gehörte ausrangiert. Setzte mir meine alte Schirmmütze auf, mit der ich früher Rad gefahren war und die ich so liebte.

Ich drehte mein Rennrad auf den Sattel, pumpte beide Reifen auf und zog die Bremsen nach. Ich würde früh aufbrechen, mit dem Rad am Kanal entlang in die Stadt fahren und Clarissa abpassen, wenn sie das Haus verließ, um zu Singer zu fahren. Vielleicht fuhr sie gar nicht ein zweites Mal. Dann musste ich eben klingeln.

Ich besah mir die Lautenmuschel, an der ich seit Jahren herumwerkelte. Holzleim quoll im Inneren unter den Leisten hervor. Wie ein Vater wog ich das Ding in den Händen, das Instrument war vollkommen unterentwickelt, nein, es lebte nicht, besaß ja noch immer keinen Hals, keine Wirbel. Ich suchte nach den Unterlagen – irgendwo musste ich die Berechnungen zu Saitenlänge und Mensuren notiert haben – und stieß in einer der Schubladen auf Tabellen, auf die Harmonielehre des Pythagoras, auf Formeln zur Bemessung jener Kräfte, die der in vielerlei Richtungen schwingende Steg auf die Decke übertrug, wie auch der Torsionskräfte unter den Saiten, von denen das Holz hier herabgedrückt, dort hochgezogen wurde und die vorgaben, wo Leisten oder Balken im Korpusinneren zu setzen waren. Wirklich, lauter Formeln. War ich einmal so genau gewesen? Und so stumpf? Gedankenlos wie ein Schüler hatte ich Zahlenwerte aus Büchern abgeschrieben. Vielleicht sollte ich die Lautenmuschel endlich wegwerfen, dachte ich und legte sie auf die Werkbank zurück.

Das Fahrrad trug ich hinunter in die Diele. Aus dem Keller hatte ich drei Flaschen Rotwein geholt, aber nur zwei an die Tischlerei verschenkt. Die dritte öffnete ich jetzt.

## 8

Alles, was ich bislang erzählt habe, ist wahr. Und vieles, was dabei gesprochen wurde, ist mir bis in den Wortlaut präsent. Allein für jene letzten Stunden vor meinem Unfall gilt das nicht. Ich weiß nur, dass ich nach dem Rotwein Kaffee getrunken habe, dass diese Nacht wärmer war als die vorangegangenen Nächte. Und dass ich in der Hängematte im Garten lag, jener Hängematte, die ich seit Jahren nicht benutzt hatte und von deren Strickwerk ich deshalb glaubte, es müsste jeden Moment reißen und ich zu Boden krachen. Wie konnte ich Clarissa Winterhof davon überzeugen, den Mund zu halten. Ich hatte ihr helfen wollen, weil sie so traurig war. So ungeheuer traurig über den Tod ihrer Freundin.

Ob der Schulgutachter Engler schon in meinen Gedanken auftauchte, bevor ich im Krankenhaus erwachte? Ich weiß es nicht. Gemessen an den Jahren, die ich Clarissa unterrichtete, musste das Mädchen doch eine Fremde für ihn sein, ein versiegeltes Buch.

Gegen sechs Uhr dreißig dann aufs Fahrrad: Ich trug Klickschuhe, meine Fahrradhose mit dem gepolsterten Gesäßteil, ein eng anliegendes weißes Trikot, das ironischerweise an die Tour-de-France-Triumphe von Greg LeMond erinnerte, ich hatte es einst in einem Fanshop in dessen kalifornischem Heimatort gekauft. Ein kompletter Dress also, ohne Helm. Ich wusste, dass es warm werden würde und mich weitere Klamotten auf der Rückfahrt nur stören würden. Seit Wochen war ich nicht mehr ausgefahren.

Der Kanal erstreckte sich kilometerlang, kurvenlos wie der Deich an seinem Ufer. Ich war allein mit der Beschleunigung und senkte den Blick nur hin und wieder auf den kleinen digitalen Tachometer, um zu sehen, ob mein Gefühl stimmte und ich mein Tempo hielt. Ich fuhr sicher um die dreißig oder sogar fünfunddreißig Stundenkilometer. Schönste Sommermorgenluft und beinahe windstill. Die Müdigkeit trat sich über die Pedale aus dem Körper. Kleine Steine sprangen zur Seite. Natürlich war niemand unterwegs, außer ein paar Rabenvögeln, die vor mir den Weg kreuzten, mal hin zum Wasser, mal zurück an den Waldsaum. *Nevermore*, dachte ich erleichtert, als hätte ich eine Schuld abgetragen.

Die Fahrt am Kanal erforderte kaum Aufmerksamkeit, und als ich vom Deich auf die weiterhin geteerte Straße zum Wald hinabrollte, nahm ich noch einmal Tempo auf. Wie ein Rennfahrer, ein Profi, der ich nie gewesen bin. Die Schnelligkeit rieselte mir durch den Körper. Ich hatte lange nichts für meine Fitness getan, es kann deshalb gut sein, dass ich mir das hohe Tempo nur einbilde. Und noch viel weniger kann ich sagen, ob ich mich während der Fahrt, egal wie wild sie war, auf das Gespräch mit Clarissa vorbereitete. Ob ich auch nur ein einziges Mal daran dachte, was ich mir am Vorabend zurechtgelegt hatte, und an Clarissas Klausur, an ihre acht Punkte, die sie in Musik geschrieben und nicht geschrieben hatte. Monate und Wochen blieben. Aber diese Minuten sind dahin. Der Film riss auf jener Abfahrt vom Deich in den Wald. Es muss mich weitergetrieben haben auf der Strecke, die ich werktags zur Schule nahm, durch erwachendes Grün, über die besten Sandwege des Landkreises, hart und eben und bereinigt von größeren Steinen, nicht ungeeignet also für Rennräder, wie es denn überhaupt keine Entschuldigung gibt, nur den Schmerz, in der Senke, in der scharfen Linkskurve, die zur Teufelsbrücke hinführt, wo –

– der Mann ein Jogger war, der Mann, der mich fand. Warum hat er ein Handy dabei, das war mein erster Gedanke. Die Bremsen waren zu scharf eingestellt, das war der zweite. Ich musste kurz ohnmächtig gewesen sein. Hatte ich den Mann etwa übersehen. Er trug Orange, nein, an Gegenverkehr konnte ich nicht glauben. Das linke Bein hatte ich im Sturz nicht mehr über den Rahmen gebracht, es hing an mir, taub, der vordere Kettenkranz hatte sich in den Unterschenkel gefressen, Blut und Öl durchmischten sich. Ich spürte den Schmerz im Bein kaum, denn viel schlimmer war, dass ich nicht durch die Nase atmen konnte, nur ganz flach durch den Mund. Ich musste zuerst aufs Bein und dann vornübergefallen, mit dem Brustkorb auf Lenker, Gabel oder Rahmenstange geschlagen sein.

Der Hund des Joggers schnüffelte an meinem blutigen Bein, während der Mann telefonierte. Er hatte in der waldigen Kurve keinen Empfang gehabt und war hinaufgelaufen zur nächsten Lichtung, die fast hundert Meter entfernt lag. Ich hörte ihn nicht, erkannte aber an seiner Körperhaltung, dass er sprach. Kriechend hatte ich mich von meinem Fahrradwrack entfernt, weil ich allein sein wollte mit meinem Schmerz, kriechend kehrte ich zurück, nahm die Plastikflasche vom Rad und spritzte mir Wasser in den Rachen. Das Vorderrad war monströs verbogen, das konnte man keine Acht mehr nennen. Die Bremsen waren schuld. Ich, der die Bremsen am Abend angezogen hatte.

Als der Mann nach einer endlosen Zeit von der Lichtung zurückkam, sagte er, es sei nicht einfach gewesen, die Koordinaten zu übermitteln, so was geschehe hier ja selten. *So was*, sagte er. Es gab keine passenden Worte, alles schmerzte jetzt. Der Mann machte aber einen zuverlässigen Eindruck, Halbglatze, dünn, im orangefarbenen Trägerhemd eines Läufers, der das Laufen ernst nimmt. Und als müsste er das beweisen, begann er neben mir weiterzujoggen. Weil er sonst sein Pensum nicht schaffe, sagte er. Außerdem würde ihm schlecht, wenn er sich auf mein Blut konzentriere. Wie auf dem Laufband eines Fitnessstudios joggte er auf der Stelle, ich konnte nicht hinsehen, aber die Schritte und sein deutlich hörbares Atmen machten die Szene noch unwirklicher. Es war, als hätte er mir meinen Atem gestohlen, mein Brustkorb schmerzte derart, dass ich die Zunge in den Wald streckte. Wie ein Hund leckte ich Luft in mich hinein. Ich lag auf dem Rücken.

Wenige Minuten später kam der Notarztwagen, zerschnitten noch von Ästen und Blättern, erst in der Kurve setzte er sich zusammen. Mein Helfer hatte ihn mit beiden Armen herbeigewunken, er sah dabei wie ein Fluglotse aus. Dann nickte er mir noch einmal zu und joggte durch den Wald davon. Erst auf der Liege fiel mir auf, dass ich mich nicht bedankt hatte und nun keinerlei Kontaktdaten besaß, um dies nachzuholen. Auf dem Weg ins Krankenhaus vermutete der Sanitäter einen oder zwei Rippenbrüche. Es waren zwei. Man gab mir Schmerzmittel. Die Wunde am Bein wurde gesäubert, desinfiziert, verbunden. Später genäht.

– Ihrem Fahrrad geht's auch nicht besser, sagte der Sanitäter, und es klang nicht, als wollte er mich trösten.

Eine zweite Ohnmacht, vielleicht. Eine Operation, mag sein. Eine Blumenvase, eine Schale, eine Wandverkleidung, hinter der Kabel liefen, Gardinen vor dem Fenster, der

Schatten des Fensterkreuzes. Als müsste ich alles neu buchstabieren lernen. So war es nach dem Tod meiner Frau gewesen. Ihr Platz war leer, sie lag nicht im Bett und saß nicht am Küchentisch, und ich hatte die Dinge nicht mehr als das erkannt, was sie darstellten. Das System Gemeinsamkeit war ersetzt worden durch das System Selbstgespräch.

Ich dachte wieder an den Mönch von Heisterbach, an Rip van Winkle, der ins Gebirge ging und den ersten amerikanischen Präsidenten verschlief. Die Währung hatte gewechselt. Ich schloss die Augen. Meine Schüler tobten herum, mir war, als hätte ich sie lange nicht lachen und herumalbern sehen. Sie bewegten sich wie in diesen Musikclips, zeitlupengleich ihre Sprünge, Stürze und Tänze, viel anmutiger als in Echtzeit. Jetzt sprang Meret Kugler. Vom Dach der Schule in den Pausenhof. Nein. Jetzt verlangsamte sich ihr Flug. Jetzt stand sie in der Luft. Sie lachte. Ich versuchte sie dort oben zu halten. Die Schwerkraft nahm zu, der Druck auf meinen Brustkorb, in allen Blutgefäßen. Und dann war sie aus der Zeitlupe herausgefallen, stürzte zu Boden, denn ich musste atmen, musste weitermachen.

Dass man die Gitterstäbe des Körpers erst bemerkte, wenn sie brachen. Der Vogel pfiff auf dem letzten Loch. Ich wusste jetzt wieder, dass ich mir zwei Rippen gebrochen hatte. Und doch musste ich durch den Bruch im Gestänge unwillkürlich an Freiheit denken. Wollte der Vogel hinaus, mir entkommen, entfliegen? Oder war er heimisch geworden und nahm sich etwas hinein in den Käfig, etwas, das ihm vorher verwehrt geblieben war.

Von der Inneren hatten sie mich nach den Röntgenaufnahmen in ein Doppelzimmer auf Station 3 verlegt. Nach dem Frühstück die Visite. Mein Nachbar erhält mehr Aufmerksamkeit, vielleicht sehe ich trotz allem zu gesund aus. Eine Operation stehe nicht an. Er hat das schon einmal gesagt. Die Rippen müssen unter dem fest gespannten Brustverband wieder zusammenwachsen.

– Wenn nur die Brüche gewesen wären, Herr Mauss, wir hätten Sie längst nach Haus geschickt.

Es ist die Fleischwunde am linken Bein, deretwegen ich noch ein paar Tage im Krankenhaus verbringen muss. Ich kann den Fuß kaum aufsetzen, weil es den Kettenkranz bei meinem Sturz tief in den Wadenmuskel gedrückt hat. Das Wadenbein selbst sei nicht betroffen, las der Arzt vom Röntgenbild.

Bei der Einlieferung waren meine Kopfschmerzen so stark gewesen, dass ich von einer Gehirnerschütterung ausging, aber es war nur der Blutverlust, der meinen Kreislauf hatte einbrechen lassen. Der Kopf war nicht oder nur leicht aufgeschlagen. Noch habe ich niemanden über meine Lage informiert, nicht die Schulleitung, nicht Singer. Clarissa hat ihr Handy abgeschaltet. Zu Hause kann ich sie nicht anrufen, womöglich ginge ihr Vater an den Apparat.

Ich werde eine Zeitlang an Krücken gehen müssen. Das Kopfweh ist abgeklungen, dafür schmerzt das Atmen noch mehr als direkt nach dem Unfall.

Vogel, Luft und Käfig. Der Schmerz nach den Rippenbrüchen bringt sie zusammen. Aller Gedankenaustausch ist nur die Luft, die der Seelenvogel zum Atmen braucht. Seelenvogel, ist das auch ein Wort von dir, Marianne. Man lehrt, unterrichtet, bildet aus – alles nur, damit der eigene Vogel atmen kann. Die Musik hat einen großen Anteil daran, denn sie ist größer als alle Worte. Das wissen wir. Warum machen wir das mit. Die Schulstunden, wie sie sich gleichen, oder die Gesten und Gesichter der Jugend. Man nimmt sie, wie sie kommen und gehen, zur Tür herein und zur Tür hinaus. Sie setzen sich, fläzen sich, knallen ihre Schulsachen auf den Tisch, nehmen ihre Kaugummis aus dem Mund, wenn ich sie dazu auffordere, lassen die Schultern hängen, obwohl ich sie nicht dazu anhalte, wickeln ihre Kaugummis in einen Papierschnipsel, verfehlen aus dem Sitzen den Mülleimer. Man nimmt auch die Papierkugeln, wie sie sind, und die Tafelstifte, aus denen jahrein, jahraus die Farbe tropft, rot oder schwarz, in meine schreibende Hand. Man nimmt die ironischen Kommentare und heftet sie neben die konstruktiven, setzt den Klassenclown neben die Schüchterne, der man die Schönheit zur Seite stellt, auf dass sie Freundinnen werden. Das geht und kommt und geht wieder und kommt zurück. Ich schreibe die Zahl 8 an die Decke und wische sie wieder weg. Ich punktiere die Decke achtfach. Wie oft habe ich die Rede über die Laute gehalten.

Du bist ungerecht, Manu. Du betonst den Schmerz und das Präsens, weil sie dich überwölben und das, was du erzählt hast.

Du meinst, die Jugendlichen kommen nicht zu ihrem Recht, Marianne.

Auch du nicht, der du so viel von ihnen profitiert hast.

Ja, ich war dumm, und darüber sind mir die Scherze ausgegangen, die Scherzerei, meine Liebe, nur die Schmerzerei hat heute geöffnet. Das ganze Regal ist voll. Atemschmerzen, jede Sekunde, ich kann mich nicht dehnen und öffnen, es ist, als sei der Brustkorb eingegipst. Stillhalten. Sommerferien. Dabei hatte ich so viel Glück im letzten Jahr. Du hast ja recht. Ich sehe es. Ich höre es.

Ich habe mir von Frau Wittkowski Wäsche bringen lassen und dazu meinen Player mit den komprimierten Aufnahmen. Erst gestern. Ich weiß um alles, ihre Bands und ihre Songs und ihre Fotos und ihre Podcasts und ihre Blogs und ihre Frisuren und ihre Stimmen und ihre Choreographien, ihr Selbstvertrauen und ihr Erfolgsdenken und ihre Tänze und ihre Ironie. Aber, Marianne, wieder dieses große Aber, dieser Freitod, die Trauer, das Loch, danach die Klausuren und jetzt der Unfall.

Vom Bauernhaus ins Krankenhaus in weniger als einer Stunde. Mein Zimmernachbar ist nicht da. Aber Milliarden Pixel ordnen sich zu einer menschlichen Gestalt, die sich im Raum dreht über mir. Um zu zeigen, wie vielseitig sie ist.

Das ist der Mensch, der nicht aufgeht, Marianne.

So wie das Netz nicht aufgeht.

Das bin ja ich.

# II

## Johannes Engler

# I

Die kühle Morgenluft floss in meine Lungen und gab mir das gute Gefühl, zu den Werktätigen zu gehören. Ich nahm meine Tasche aus dem Kofferraum. In der Kurve zwischen Parkplatz und Schulgebäude tauchte ein gemauerter, jedoch nicht mit einer Tür versehener Unterstand auf, ein Fahrradport. Die meisten Räder waren nicht mehr in Gebrauch, Wracks mit kettenlosen Ritzeln und verbogenen Felgen. Meine Erinnerung brachten sie gerade deshalb ins Rollen: Aus dem Dunkel des Schuppens sah ich die Pubertät auf mich zukommen, Bäume, einen Wald, ich hörte das Kreischen von Vorderbremsen, die ohne Gummi zupackten. Baumwurzeln zu Sprungschanzen! Beschleunigen, bis das Tretlager knackte. Welche Kräfte müssen walten, welche Wut muss sich entfalten.

Die Mädchen waren auf den Ponyhof gegangen, wir Jungs ritten unsere Drahtesel, traten sie *in Grund und Boden*, stellten sie an einem Ort wie diesem schamvoll ab, zum Verrotten und Verrosten. So also noch heute. Ein zeitloser Anblick.

Das Gymnasium war Baujahr 1980, ein karminroter Klinkerbau, aus dem man die erste Etage wie eine Schublade herausgezogen hatte, damit sie den Eingang überdachte. Dort oben prangte – römische Kapitalschrift, in eine Steinplatte gemeißelt – der Name des Schulträgers: *BIOQUANA-Stadtakademie*. Weil kein Wind ging, hing die blaue Firmenfahne schlaff herunter.

Ich wollte das Gebäude erst einmal umkreisen, auch wenn

ich dabei in Kauf nehmen müsste, dass man mich aus Klassenzimmern heraus angaffte. Das geschah schon an der ersten Ecke, es war neun Uhr, der Unterricht voll im Gang. Hier wurde er vorbereitet, der junge Mensch, in Glaskäfigen, jede Bewegung außerhalb seines Kastens schreckte ihn auf. Herrlich, wie sie glotzten. Leider vor allem die Jungs.

An der schattigen Westseite war der Rasen grün, kurz geschoren, gepflegt und endete an einem parallel zur Schulfassade verlaufenden Graben, in den gerade ein hohes Stück Maschendrahtzaun eingelassen wurde. Neben mir war ein Mann aufgetaucht, Mitte vierzig, die Hände hinterm Rücken verschränkt, eine Zigarette haltend. Als die Glut den Filter erreichte, ließ er ihn hinter sich auf den Boden fallen wie eine Fäkalie.

– Die Nachbarn drohen mit Klage.

Er deutete vage auf den kleinen Kran. Wir stellten uns einander vor, er war der Hausmeister der Schule, Diederichs. Das Haar hatte er über den Ohren mit Pomade zurückgekämmt, wie ich es bislang nur bei jüngeren oder sehr viel älteren Männern gesehen hatte.

– Der Zaun wird also erhöht.

Diederichs nickte.

– Ich hätte Ihnen die 212 fertig machen können, schön mit Schlafsofa und Schreibtisch, aber Sie wollten ja nicht.

Die 212 fertig machen. Er verwechselte mich wohl mit Dammann, dem Hauptgutachter.

– Danke nein. Ich wohne lieber außerhalb.

Wir starrten auf den Zaun, der versenkt wurde, und ich dachte an Rentner, die man manchmal an Baustellen stehen sah, Männer, die hautnah dabei sein wollten, wenn ihr Viertel saniert wurde und wieder etwas Vertrautes verschwand.

– Sehen Sie das gelbe Haus? Der Alte hat wirklich gesagt,

irgendwann springt ihm noch jemand in den Garten. Also *das* sind Menschen.

Ich pflichtete ihm bei, wandte mich ab, um meinen Rundgang fortzusetzen. Unter einem Vordach hing eine Kamera. Der Hof wurde erfasst. Weiter ging's auf einem gepflasterten Weg, am Schulgebäude entlang. Hier fiel das Land ab. Kein Tal, nur eine Senke. Ich brauchte zwölf große Schritte, um den Abhang hinabzusteigen auf eine Wiese, die sich über die gesamte Ostseite der Schule erstreckte. Von Pappeln halb verborgen: die Turnhalle, ebenfalls karminroter Mauerstein, von der Morgensonne vergoldet. Vor mir, im unteren Strang eines dreifachen Stacheldrahts, hatte sich Schafwolle verfangen. Ich zog mein Klemmbrett hervor und notierte: *Erstaunlich schnelles Vordringen in die Natur möglich.*

Noch weiter hinten, wo die Weide an Ackerland grenzte, stand ein staksiges Insekt, schwarz im Gegenlicht. So einen Hochsitz hätte ich früher gern in der Nähe meiner Schule gewusst, bestimmt war das Ding von den Kindern in Beschlag genommen worden und diente ihnen – je nach Altersstufe – als Baumhaus, Kultstätte oder Liebeshöhle.

Altersstufen wies auch der Stacheldrahtzaun auf, in erheblichem Maße. Keine zwei laufenden Meter glichen einander, überall waren Teile ersetzt oder ausgebessert worden, wodurch sich starker Rost neben mittelstarkem Rost neben einsetzendem Rost studieren ließ. Ich sah darin ein *mögliches Abbild für die Zusammensetzung der Schülerschaft*, strich den Satz aber wieder durch.

Am oberen Rand des Papiers hatte ich das Wort *Inspektion* platziert und das Datum, 23. März. Die ungezählten Tage kamen mir in den Sinn, an denen ich über meiner Doktorarbeit gesessen und weniger zu Papier gebracht hatte als in diesen ersten Minuten der Schulumkreisung.

Mit Anlauf sprang ich den Hang hinauf. Über der Tür zum Gebäude hing eine weitere Kamera. Ich lächelte hinein, fast hätte ich gewunken. Also dann, Alter, noch mal zur Schule gehen. In die Schule, in sie hinein.

Das Büro von Schulrektorin Dr. Sandmann, mit der ich mich für zehn Uhr verabredet hatte, war geräumig und bot auch sonst keinerlei Überraschungen: moderner Schreibtisch, Gästesessel (Designnachbau), funktionale Rollschränke, blassblauer Teppich. Die Rektorin trug ein Kostüm aus dunkelbraunem Cord, eine Perlenkette, die blonden Haare auf Schulterlänge.
– Ach so jung sind Sie.
Ihre Begrüßung klang, als wollte sie mir zuvorkommen. Mit zweiundvierzig Jahren war Sandmann selbst eine der jüngsten Schulleiterinnen des Bundeslandes, ihre männlichen Kollegen eingeschlossen. Ich hatte mich informiert.

Sie suchte kurz in ihren Papieren, verschwand dann im Sekretariat nebenan, und kaum hatte ich damit begonnen, jene handelsüblichen Utensilien auf ihrem Schreibtisch zu sichten, die ich zu Hause allesamt nicht besaß, kam sie mit einem Tablett in den Händen zurück, darauf zwei Tassen Kaffee, Kekse und ein Kuchenteller.
– Eine Kollegin hat Geburtstag, sagte Sandmann. Sie hat sicher nichts dagegen, wenn mein Besuch mitfeiert.

Als sie wieder saß, fragte sie ohne Umschweife, nach welchem Plan ich in der bevorstehenden Woche vorgehen wolle, welche Kurse ich ausgewählt hätte. Ich wiederholte, was ich ihr bereits am Telefon gesagt hatte: dass ich mich eher durch den Alltag der Schule treiben lassen wolle, ja, dass jedes zielgerichtete Handeln im Grunde der von mir verlangten Tätigkeit widerspräche, denn:

– Ich kenne ja niemanden, deshalb habe ich auch niemanden auf dem Kieker.
– Niemanden im Auge, verbesserte sie mich. Das ist gut. Ich möchte nämlich nicht, dass sich hier irgendjemand beobachtet fühlt.
Ich nickte.
– Es gab viel Verständnis für unsere Lage, gute psychologische Betreuung für die Schülerinnen, wir sind gestärkt aus dieser Zeit hervorgegangen.
Ich wartete ihren Werbeblock ab, schließlich ertappte sie sich und resümierte:
– Und nun muss das Leben weitergehen.
– Wie gesagt, es geht um niemanden im Besonderen.
– Dass Sie ohne konkrete Aufgabe hier aufkreuzen, finde ich eigentlich noch schlimmer. Sie nicht?
Eine Amsel hopste über das Fensterblech. Durch das gekippte Fenster hörte man das Kratzen ihrer kleinen Krallen, ein unnachahmliches Geräusch. Die Rektorin hatte meinen Blick verfolgt, sich auf ihrem Stuhl gedreht, jetzt würde sie mich gleich mit der neugierigen Amsel vergleichen. Sie sagte aber nichts.
– Es ist eine Routineüberprüfung, meine Kollegen und ich –
– Von wem sprechen Sie?
– Die beiden Gutachter.
– Wie, noch zwei! Was machen *Sie* denn?
– Ich bin der Einschätzer. Frau Sandmann, das habe ich Ihnen doch am Telefon alles –
– Jaaa, ich weiß. Sie sind der, der noch nie unterrichtet hat.
– Schon. Natürlich. An der Universität.
– Das ist richtiggehend deprimierend, wissen Sie. Zu sehen, wie das Kultusministerium, statt uns zu unterstützen, sein letztes Geld rausschmeißt.

Sie verschränkte die Arme gerade so lang, dass sie keinen störrischen Eindruck machte.

– Wie auch immer, lassen Sie sich nicht abhalten. Aber verlangen Sie auch keine gute Laune von mir.

Nur mit Hilfe der Bauchmuskeln brachte Sandmann ihren Oberkörper an den Tisch zurück. Sicher ging sie ins Fitnessstudio. Ich hielt das Gespräch für beendet oder zumindest unterbrochen, griff zur Kaffeetasse.

– Ich will Ihnen etwas zeigen, ich zeige Ihnen mal einen Fall von schlechter Kommunikation.

Gerade hatte ich mich aus dem Sessel erhoben und die Tasse abgestellt, da stand Frau Sandmann schon in der Tür. Sie kannte vermutlich keine andere Fortbewegungsart, als vorauszugehen.

Die Pausenhalle wurde durch kleinere Treppen in drei Höhenniveaus zerlegt, deren Böden allesamt gefliest waren mit vielen grauen und einzelnen hellblauen und orangefarbenen Steinen. Die blauen hatte man mit dem Logo des Schulsponsors versehen.

An der rechten Hallenwand hielt die Rektorin an, vor einigen Stelltafeln, auf die bunte Ansichtskarten gepinnt waren.

– Wie viele Postkarten sehen Sie?

– Vielleicht hundertfünfzig.

– Was Sie sehen, ist das Werk einer Stadtplanungs- und Kommunikationsagentur. Oder besser, es sind die Lücken in der Kompetenz dieser Agentur. Ernährungskunde, Bildbearbeitung, noch irgendwas – drei Nachmittagskurse habe ich eingestampft, damit wir uns diese Experten leisten konnten. Eine Agentur, die uns erzählt, wie sich die Schülerinnen besser mit ihrer Schule identifizieren. Jede sollte in den Sommerferien eine Karte an die Schule schreiben.

– Die Jungs nicht?
– Die Jungs auch. Die meine ich immer mit.
– Es sieht doch ganz schön aus.
– Hundertfünfzig Karten. Da sind noch die von den Lehrern dabei! Das ist nicht mehr als ein Viertel – von fünfhundertsechsundsiebzig Mädchen und Jungen.
– Fürs erste Mal ...
– Um Himmels willen, Sie reden ja wie die Agentur! Das ist ein miserables Ergebnis, das keiner Fortsetzung bedarf.

Sie regte sich auf, als sei ich ein alter Bekannter, vor dem ihr nichts peinlich sein musste. Ich trat zu nah an die Postkartenwand heran, wusste, dass ich mich dabei gerierte wie ein Halbblinder, aber einer sich so aufdrängenden Frau konnte ich mich nur entziehen. Exotische Grüße von Bali, aus Südfrankreich, vom dänischen Dünenstrand. Ich studierte die Motive. Eine Karte war von Schülerhand bemalt, mit einem Penis und einer grinsenden Vagina, darunter stand *Grüße aus dem Freibad*. Ich zeigte absichtlich darauf und lachte. Frau Sandmann setzte den Hilfe-Männer!-Blick auf, hielt mir die Hand hin, und als ich sie rasch gedrückt hatte, ging sie ohne Abschiedsfloskel, dafür sehr festen Schrittes auf ihr Büro zu.

Warum ließ sie die Postkarten seit acht Monaten hier hängen, wenn es ihr zu wenige waren? Ich zog das Klemmbrett aus meiner Umhängetasche; ein unbeschriebenes Blatt – es gefiel mir, dass sich die Schule in mich, den Ahnungslosen, einschreiben sollte. *Sandmann: Alphatier. Ungeduldig, ungehalten. Warum? Niedrige Reizschwelle trotz (oder wegen?) leitender Funktion. Agentur: Erfolgsdruck. Woher?*

Links von mir zogen auf einem LED-Bildschirm andere Informationen ihre Schleife: *Infektion & Impfung ... Öffnungszeiten der Cafeteria ... Das Schulteam Hallenhockey sucht*

*Mitspieler ... sCOOL lädt ein zur DEMO auf dem Marktplatz ... Saubere Sache: Im Sommer werden die Schultoiletten saniert ... Der Nutzer von Schließfach Nr. 12 möge sich umgehend beim Hausmeister melden ... sCOOL lädt zum Plenum ...* dann wieder *Infektion & Impfung* und so weiter. Das alles schrieb ich ab, als würde es mir diktiert. Ich achtete auf Rechtschreibung und Reihenfolge der Meldungen. Es fühlte sich an wie eine Übung, eine Vorarbeit. Informationen zu sammeln, sie in Listen zu packen, das war doch etwas, was jeder bewerkstelligen konnte. Das machten wir alle pausenlos. Egal, wo man durch die Welt ging, man gruppierte Ereignisse, weil man sie für aufeinanderfolgend hielt oder weil sie einem zeitgleich im Blick herumstanden. Nein, was man von mir verlangte, war eine *auf Fakten basierende Einschätzung der schulischen Atmosphäre*. Die *Einschätzung* musste der Code sein, mit dem ich diese Listen aufzuschlüsseln hatte.

Alle hofften wir auf Gott, den geeigneten Algorithmus oder dass die Natur das Heft in die Hand nahm. Alle mussten wir vorliebnehmen mit Oberstudienrat Dammann oder Professor Krantz. Und so lange machten wir eben Listen. *Infektion & Impfung ... Öffnungszeiten der Cafeteria ... Das Schulteam Hallenhockey sucht Mitspieler.*

Dammann, der Hauptgutachter, würde erst am morgigen Dienstag eintreffen. Wir hatten telefoniert, ich kannte ihn nicht persönlich, und er wollte, dass wir auch in der Schule Distanz hielten, um unabhängig voneinander unsere Schlüsse zu ziehen. Meine Einschätzung würde seinem Gutachten später beiliegen; ich war Dammanns Anhängsel. Und Professor Krantz? Mein Doktorvater und Mentor, meine Referenz. Krantz hatte mich vor drei Wochen in sein Büro gerufen und mir mit glockenheller Stimme versichert, er könne mich empfehlen, er habe letztes Jahr in einem unabhängigen Wissenschaftsgremium gesessen und an einem Bildungsbericht mitgewirkt, daher greife die Schulinspektion, der ein Gutachterteam auseinandergebrochen sei, nun auf seinen Rat zurück. Es war eine bizarre Szene gewesen, ich hatte dagesessen, ohne etwas zu verstehen, außer dass mir gerade irgendein Job vermittelt worden war.

Meine Augen freuten sich über Vollbeschäftigung. Nach dem langen Studium der Bildschirmbotschaften konnte ich sie jetzt gar nicht lösen von der Uhr, die einige Meter weiter über der gläsernen Flügeltür zum Treppenaufgang II angebracht war. Das Zifferblatt war nicht monströs, aber doch überdimensioniert in Relation zu der Flügeltür, auf die es sich innenarchitektonisch bezog. Oder waren nur die Zahlen auf dem Zifferblatt zu groß? Gleich war es wieder so weit, die Schüler würden – ja, was eigentlich – herausstürzen in die Freiheit? Oder nur in die Pause? Wie dachten sie über ihre Zeit, die sie hier verbrachten?

Die Uhr war *etwas* zu groß für die Tür und *viel* zu groß für die Köpfe, die jetzt, keine dreißig Sekunden nach dem Gong, aus dem Treppenhaus in die Pausenhalle getragen wurden. Ich überließ ihnen den Raum und stieg, als der Gegenverkehr verebbt war, durchs Treppenhaus hinauf, nach ganz oben. Die verzinkte Tür zum Flachdach machte kein Geräusch, als ich sie aufstieß, glücklicherweise, sonst wäre ich sofort bemerkt worden. Nur einige Meter vor mir stand ein Mädchen über ein Holzkreuz gebeugt, zu dessen Fuß weiße und rote Rosen lagen. Im Dezember des vergangenen Jahres war die Schülerin Meret Kugler von diesem Dach gesprungen.

Das Mädchen trug einen Kapuzenpullover, über die Rückenfläche spannte sich ein neongrünes Spinnennetz. Alles außer dem Aufdruck und ihrer Haut war schwarz: das

Sweatshirt, die Haare, die wie Schlappohren herabhingen, schwarz auch die Cargohose mit militanten Seitentaschen oberhalb der Knie.

Das flaue Gefühl im Magen rührte wohl daher, dass ich meine Ahnung bestätigt fand. Ich hatte nach dem Zugang zum Dach gesucht, hatte, wenn es denn noch einen gäbe, der nicht verriegelt oder versiegelt war, auf ein Kreuz oder andere Rückstände spekuliert, auf irgendetwas, das an Meret Kugler erinnerte, und auch darauf, dass in der Pause jemand hier hinaufging an den Unglücksort.

Ich schloss die Tür hinter mir, unter meinen Füßen knirschte es, den Boden hatte man mit kinderfaustgroßen Steinen aufgeschüttet. Als mich das Mädchen näher kommen hörte, kam sie aus der Hocke, band sich die Haare zusammen – sie musste ihr Haargummi vorher in der Hand verborgen haben –, sie steckte die Hände in die Hosentaschen, wofür sie die Schultern leicht aufstellte und nach vorn schob. Keine Verlegenheit, auch nicht die typische Haltung eines schüchternen Menschen, eher eines Menschen, fand ich, der als *in sich gekehrt* wahrgenommen werden wollte. Sie mochte nicht trauern, wenn ihr jemand dabei zusah. Immerhin nickte sie mir noch zu, bevor sie wortlos verschwand.

Die Dachhälfte, die hinter dem Treppenaufgang lag, war unzugänglich. Dicht an dicht lagen dort Solarkollektoren, nach Südwesten gekippt. Schwarzblaue Tafeln, in denen sich mein Gesicht spiegelte und die selbst etwas von unbeschrifteten Grabplatten hatten. Ich ging von der Tür bis an den Rand des Dachs, hatte es mir höher vorgestellt. Es war aber hoch genug für eine Gänsehaut. Mir graute vor der Verzweiflung, die das Mädchen dazu bewogen hatte, hier hinunterzuspringen, dahinein in den Asphalt.

*Schade das du.*

Die blaue BioQuaNa-Fahne zeigte sich jetzt, Wind war aufgekommen. Das Seilende dengelte gegen den Fahnenmast und erzeugte ein Geräusch, das mit den metallischen Obertönen am Steg einer Violine verwandt war. *Sul ponticello.* Dem Himmel so nah, dachte ich, dachte an meinen Vater, die Beerdigung. Der Alte hatte mich verlassen, und mein Junge war da gewesen, um den Arm auszustrecken. Wir fassten uns an den Händen. Von links unten zog ich meinen Sohn aus dem Dunkel ins Leben, rechts oben entließ ich meinen Vater ins Licht – wir waren ein Triptychon, sie die Außenflügel, ich die Mitteltafel. Lukas war sieben gewesen, als er diese Zeichnung an den Sarg gestellt hatte. Querformat, keine Menschen darauf, auch keine Außerirdischen, nur zwei Ufos, eines unten auf dem Erdboden, eines bereits abgehoben, in der Luft, also im Mittelpunkt des Bildes, und ganz oben stand:

*Schade das du uns ferlassen musstest.*

Während der Zeremonie hatte diese Filzstiftzeichnung dagestanden, mich nach und nach eingenommen, ausgefüllt, mich überhaupt erst die Kette der Existenz empfinden lassen, mich, uns, die Kettenglieder. Das große Glück, dass das Leben schon deshalb weiterging, weil ich einen Sohn hatte.

Ein Schüler sah zu mir herauf, erschrocken. Ich winkte und trat vom Rand zurück. Da hinunterzuspringen. Der Mut der Verzweiflung, so hieß es doch. Und im Erdgeschoss lag womöglich das Physiklabor, in dem man berechnen konnte, wie lang der Fall gedauert, welche Kräfte dabei gewirkt hatten.

Am Kreuz stand eine kleine schwarze Filmdose, die mir vorher nicht aufgefallen war. Ich bückte mich danach und entnahm ihr einen Zettel, einen Brief, achtfach zusammengefaltet. Er begann mit *Meine Liebste* und endete mit *Bis morgen. Cla.* Ich stellte die Dose zurück, ohne den Brief gelesen zu haben, und als ich ins Treppenhaus trat, wurde mir kurz schwarz vor Augen, weil es dort so viel dunkler war als auf dem Dach. Mit jedem Schritt abwärts schwoll der Chor an, Kinderstimmen, ein Schultag. Durch das Türglas im ersten Stock sah ich etwas vorbeifliegen, begleitet von Geplärr; vielleicht ein Rucksack, in dem sich Elektronik befand. Ich schreckte vor dem Türgriff zur Pausenhalle zurück, nein, ich blieb gar nicht erst stehen, nahm auch im Erdgeschoss die Kurve, weitere Stufen hinunter. Gehen war gebremstes Fallen, hieß es doch. Mir war, als würden meine Bremsen versagen. Der Kopf wollte ein Bild komplettieren: Jetzt bist du um die Schule gegangen und einmal ganz oben gewesen, jetzt musst du auch runter in den Keller.

Neonröhren flackerten an der Decke auf, von weitmaschigen Drahtkörben geschützt, zumindest gegen Tennisbälle und alles, was größer war. Auf dem Fußboden lag ein von Schuhabdrücken verschmutzter Zettel: *Bitte Ruhe, Klausur.* Im April würden die Abiturarbeiten geschrieben, es waren nur noch vier Wochen bis dahin.

Alle Kellerwände – von Luftbläschen durchsetzter Beton – waren großflächig bemalt worden, und zwar vom Kunstleistungskurs des ersten Abiturjahrgangs (1986), wie ich auf einem Schild nachlesen konnte. Inmitten eher psychedelischer Motive prangte eine riesenhafte Gans, den Kopf zum Himmel verdreht. Man hatte ihr einen Trichter in den weit geöffneten Schnabel gesteckt und stopfte sie von oben nicht mit Maisbrei, sondern mit den Worten *WISSEN, KÖNNEN, ARBEITSMARKT.*

Ich nahm den Gang nach rechts, wo die Wände ihre Farbe verloren, weil nur zwei weitere Neonröhren folgten, dann keine mehr. Womöglich hatte diese schwächere

Ausleuchtung einst die Schülerin Linda S. inspiriert. Der Gang führte auf eine von ihr signierte Wandarbeit zu, die den Höhlenmalereien aus Südfrankreich nachempfunden war. Ein Pferd, einige Büffel, alle Tiere auf Konturen reduziert, links zwei von Speeren durchbohrte Gestalten und in der oberen rechten Ecke vielleicht ein Schornstein oder ein ungelenk gezeichneter Hut.

Auf diese Wand schlich ich zu, bog vor ihr links ab und nach nur einer Tür schon wieder rechtsherum, in einen Bereich, der wärmer war und den kaum noch ein Abglanz des Lichts erreichte, das ich eben angeknipst hatte. Mit jedem Schritt nahm die Helligkeit ab und die Wärme zu. An der rechten Wand des Gangs schien sich etwas zu befinden, befand sich etwas, an das sich meine Augen erst gewöhnen mussten. Was sich herausschälte, war eine Ordnung: Die Dinge folgten der Logik des Gangs, waren hintereinander an die Wand gerückt. Ein schmales, etwa zwei Meter hohes Regal, dann ein Tisch oder Sekretär mit einer kleinen Schreibtischlampe, deren Form mir aus den Lesesälen älterer Bibliotheken vertraut war: länglicher, fein geschwungener Glasschirm, vermutlich an einem goldenen Gliederkettchen anzuknipsen.

Neben dem Sekretär stand ein flaches Ledersofa, darauf wild, Wellen werfend, zwei Wolldecken, eine dunkle, eine hellere. Ich konnte die Augen scharfstellen und erfasste doch kaum mehr als die Konturen dieser Wohnzeile – Regal, Tisch, Sofa. Die kinderleichte Rechnung wehte mich an, *1 plus 1 plus 1*. Komisch, wieder das Triptychon, die Liste. Mir war, als ginge von dieser Möbelreihung eine große Richtigkeit aus, und auch Spott – auf die komplexeren Ordnungen in Räumen, in denen es so viele Abstände, Kraftlinien, Dreiecke zwischen den Gegenständen zu vermessen gab.

Das Dunkel stand vor mir wie eine Wand, doch der Gang führte weiter. An der Decke klebte ein vielgliedriges Lüftungsrohr, und irgendwo mussten auch Heizungsrohre verlaufen. Ich warf mein Jackett über den rechten Arm. Mit der linken Hand berührte ich etwas und erschrak – ein Fahrradreifen, der sich sofort in Bewegung setzte. Das Rad war auf den Sattel gedreht, aber ebenso ordentlich an die rechte Wand gerückt worden. Dahinter eine Eisentür. Ich klopfte an. Keine Antwort. Die Tür war unverschlossen, *Putzmittelraum* stand auf dem Schild, schwach erhellt vom Licht, das aus dem Türspalt drang.

Es war augenscheinlich, dass die Kammer ihre Bestimmung geändert hatte. Vor mir ragte ein hölzerner Kleiderständer auf, behängt mit Fahrrad- und Trekkingklamotten. Ich stieß in den Hauptraum vor, in dem es entsetzlich nach Holzleim stank. Das einzige kleine Fenster war geschlossen, Tageslicht fiel kaum herein, der Kellerschacht war im Parterre von einem Gitter bedeckt. Der Raum wurde von drei zu einer Fläche zusammengeschobenen Werkbänken beherrscht. Schraubstöcke waren daran befestigt. Auf einer der Werkbänke lagen zwei Teile, ein unfertiger Instrumentenkorpus, daneben ein länglicher Schaft, aus dem vielleicht ein Hals gehobelt werden sollte. In Regalen an der rechten Seite lagerte Holz: Blöcke, Scheiben, auch dünne Fasern, die in Bündeln von den Regalpfosten herabhingen. An der Wand das Bleistiftporträt eines Engels, der Laute spielte. Hier wurde Musik gemacht! Da. Ich hatte eine Dose mit Kolophonium in die Hand genommen, sie aufgeschraubt, um meinen Erinnerungsspeicher aufzufüllen mit dem vertrauten Geruch, als ... aus dem Gang ... da! Noch einmal. Schnell war ich an der Tür, lauschte durch den Spalt, hörte nur das Pumpen meines Herzens. Nein, da. War doch. Was. Rascheln. Schmatzen.

*Der ist die ganze Zeit dadrunter gewesen.* Lag da und schlief. Wie hatte ich diese spitze Schulter übersehen können, dort unter den Decken. Jetzt glomm ein kahler Hinterkopf auf, klein, ragte über den Sofarand. Beinahe ein Nichts, dachte ich, die Kopfhaut wirkte wie in der Werkstatt über den Schädel gezogen.

Ich schob die Tür auf, wagte nicht, mich zu rühren, nur das frei schwebende Hinterrad drehte sich noch immer, ganz langsam, die klickende Nabe eine tickende Uhr, klick, klick, klick, das Kellerdunkel begann sich zu drehen, zurückzudrehen, *schade*, ich wünschte, ich hätte das Bild bei der Bestattung meines Vaters nicht so gierig betrachtet, *schade das du uns ferlassen musstest du uns ferlassen schade*, über den Ufos jene Kopfzeile, die schon lange keinen Trost mehr spendete, die sich zweifach gegen mich gewendet hatte. In der Musik müsste man sie einen Trugschluss nennen, diese Zeile, gerade das Wort *musstest* klang für mich stets wie eine Zwischendominante, ein Widerhaken, den mein Sohn in den Satz gebohrt hatte. Der Vater, der ich selbst war, hatte seine Familie verlassen, zurückgelassen, im Stich gelassen. *Musste* ich das tun? Und dann war da noch dieses unschuldige *Schade*, mit dem Lukas meinen Seelenzustand auf dem Begräbnis so treffend erfasst hatte, denn ich war nicht zu Tode betrübt, nicht verzweifelt, noch nicht einmal sonderlich traurig gewesen, als mein Vater starb.

Unter mir baute sich ein Röcheln drei oder vier Atemzüge lang auf, immer lauter, fiel aber, bevor es sich zu einem feisten Schnarchen verfestigen konnte, wieder in sich zusammen. Mein Magen grummelte, nein, auch das war der Magen des anderen, der sich herumzuwälzen begann, das Gesicht von der Wand nahm, es in den Gang drehte.

– Was willst du? Geld liegt auf dem Teller.

Jetzt miefte es, Schlafgeruch kam unter der Decke hervor, Alter. Mir fiel nichts anderes ein, als mich zu räuspern. Die Gestalt schob die Hand über den Tisch, bis sie eine Brille ertastete, im nächsten Moment leuchtete der Glasschirm dunkelgrün auf.

– Pardon, dass ich störe, ich wusste nicht, dass hier jemand schläft. Johannes Engler. Ich bin vom Ministerium beauftragt –

– Mich zu Tode zu erschrecken?

Die Bibliothekslampe gab wenig Licht, doch es war zu erkennen, dass er nur eine Trainingshose und ein T-Shirt trug. Dass er sich mit der Zunge durch den Mund fuhr, den Oberkiefer, den Unterkiefer entlang. Er legte die Brille beiseite.

– Ich dachte, es kommt wieder einer betteln. Sehen Sie, da steht mein Klingelteller. Dafür krieg ich manchmal Kekse oder Schokolade oder sogar meine Wochenzeitung ... aber ... Mauss. Guten Morgen erst mal.

Den Namen hatte ich in den Unterlagen gelesen. Ich stellte mich als Gutachter vor und teilte ihm mit, dass ich nachher in seinem Unterricht sitzen würde. Mauss rieb sich mit beiden Händen übers Gesicht, als würde er es ohne Wasser waschen wollen. Gähnend zog er eine Schublade des Sekretärs auf und bot mir einen von zwei Quarkriegeln an. Ich lehnte ab; er aß, bemühte sich immerhin, nicht mit vollem Mund zu sprechen.

– Ich baue dadrinnen Instrumente mit den Schülern. Und hier ruhe ich mich aus. Mit Genehmigung übrigens.

Ich lächelte.

– Und Sie sind einer der Glücklichen, die den Laden auseinandernehmen dürfen.

– Darf ich?

Ich zog den Stuhl heran und setzte mich.

– Ich bin Doktorand, Musikwissenschaft.
– Oha, ein Mann vom Fach. Worüber schreiben Sie?
– Aufführungspraxis.
– Seien Sie froh, Forschung läuft ja immer.

Das hätte ich nicht behaupten können.

– Das Interesse an der Musik geht hier an der Schule nicht mehr gegen null, es ist nur noch in negativen Zahlen zu erfassen. Hier – Mauss ging an sein Regal –, suchen Sie sich irgendeine Partitur aus.

Er legte mir einen Stapel auf den Schoß, zuoberst das Dritte Brandenburgische Konzert.

– Ob Klassenstufe zehn oder zwölf, die sitzen sämtlich davor wie vor Blindenschrift. Ehrlich gefragt: Warum sehen Sie sich nicht lieber die Kernfächer an? Deutsch. Mathe.

– Später.

– Oder Sport, Sie könnten ein bisschen Sport vertragen.

Ich bedankte mich, sah nicht an mir herab. Mauss ging in die Werkstatt und kam mit einem Glas Wasser zurück. Es war ein nicht abgewaschenes Rotweinglas; aus dem dunklen Fleck in der Neige lösten sich Teilchen, sie schwebten, trübten. Ich spürte Übelkeit in mir aufsteigen und nur noch größer werden, als Mauss mich fragte, ob ich vom Klavier oder von der Gitarre käme. Wie in jedem einstigen Klavierschüler flackerte in mir sofort das Bild der ersten Lehrerin auf, die Übungen, Tränen, Unlust. Ich vergaß darüber sogar zu antworten. Mauss lehnte sich im Sofa zurück, ich war aufgestanden. Die Rohre summten leise.

– Sind Sie gern hier?
– Sie meinen im Keller.
– In der Schule.
– Ob ich gern unterrichte?

Ich nickte, zuckte gleichzeitig mit den Schultern.

– Sicher unterrichte ich gern. Nichts lieber als das. Die interessantere Frage ist, ob man sich dabei noch fortentwickelt. Manchmal meint man, mit den Jahren offener und reifer geworden zu sein, und stellt dann fest, es ist nur der rückläufige Anspruch der regionalen Presse gewesen, der einen an eigene Fortschritte hat glauben lassen.

Er nahm einen Schluck Wasser, offenbar zufrieden mit der Komplexität seines Satzes.

– Überall Mucke statt Musik, so wie man früher Muckefuck trank statt Kaffee. Die Radiostationen, die Aufnahmestudios, die Masteringstudios – alle haben sie in den letzten Jahren aufgerüstet, so viel weiß ich, Herr –

– Engler.

– Wir befinden uns im Klangkrieg, Herr Engler, und uns beiden ist doch klar, wer dabei zuerst auf der Strecke bleibt.

Ich rührte mich nicht, der Lehrer lehnte sich mir entgegen, wie er es vielleicht auch bei den Schülern im Unterricht tat, er flüsterte:

– Na, die Dynamik!

Er lachte.

– Sie können gern kommen nachher, aber versprechen Sie sich nicht zu viel. Bei mir gibt's Sonatenhauptsatzform. Hörbeispiel hier – Lautstärkediagramm da. Wollen Sie wirklich keinen Quarkriegel? Da ist alles drin, was der Mensch braucht. Sogar Zucker.

Ich zeigte beide Handflächen, wollte deutlich machen, dass ich nicht nur den Riegel ablehnte. Selbstvergessen riss er die zweite Verpackung auf, und erst als er bemerkte, dass ich ihm dabei zusah, fügte er hinzu:

– Von BioQuaNa. Die kriegen wir hier hinterhergeschmissen.

Was ging mir durch den Kopf? Das Sofa, auf dem er da

saß. Die Schokolade, die er da aß. Die Ruhe, die er hier suchte. Die Mucke, die er verfluchte. Ich konnte ihn nicht fragen, was das alles sollte. Ich stellte die Partituren zurück ins Regal und zog mein Klemmbrett aus der Tasche, überflog den Kursplan.

– Nachher in der siebten und achten Stunde haben Sie Schwerpunktkurs.

Der Lehrer nickte, trank Wasser.

– Gut, Herr Mauss, ich muss wieder nach oben. Hat mich gefreut.

– Mich nicht.

– Bitte?

– Nun gucken Sie doch nicht so verkniffen. Das sagen die Schüler so.

Mit eiligen Schritten war ich am Regal vorbei, auf dem dunklen, halbdunklen, endlich helleren Flur. Ich stieß die Tür zur Pausenhalle auf. Wieder diese Unruhe, wieder eine fliegende Tasche. Der immergleiche Loop, seit ich an der Tür vorbeigegangen war in den Keller. Es war, als würden Kinderstimmensamples vom Tonband laufen. Ein Schreien hier, ein Kreischen dort. *Grüße aus dem Freibad.*

Da ich keinen Lageplan der Klassenräume besaß, klopfte ich gegen die vollkommen zerkratzten Glasscheiben, hinter denen der Hausmeister gerade Getränkekisten aus seinem Kabuff in den sich anschließenden Shop trug. Er erkannte mich, kam näher, entriegelte das Schloss am unteren Rand der Scheibe und zog sie zur Seite.

– Ich hätte gern eine Tasse Kaffee. Schwarz.

– Und ich hätte gern geschlossen. Gehen Sie nach drüben in die Cafeteria.

– Und sagen Sie ... Raum III?

Diederichs wies mir genervt den Weg.

Nicht weit vom Kiosk führte eine Schallschutztür in ein abgegrenztes Areal. III war ein fensterloses Sprach- und Hörlabor.

– Hier ist jeder willkommen, ob aus dem Kultusministerium oder von der Straße, sagte Mauss, als ich mich dem versammelten Kurs vorgestellt hatte. Mit dem Wort *logisch* erteilte er mir die Erlaubnis, mich ganz nach hinten zu den Schülern in Bankreihe sechs zu setzen. Vielleicht fühlte er sich zu Spott berechtigt, nach unserem Treffen auf Kellerniveau. Sein Lächeln allerdings wirkte nicht schadenfroh, eher verlegen, als wüsste er, dass er die Lockerheit überzogen hatte. Passte auch nicht mehr zu ihm, dieser Slang.

Ich setzte mich in die angewiesene Reihe, ganz außen am Gang. Sah dabei zu, wie achtundzwanzig Jungen und Mädchen vor mir ein weißes Netz bauten, indem sie einander die Stöpsel ihrer MP3-Player quer über die Tische reichten. Ich erkannte das Mädchen im Kapuzenpullover wieder, das ich auf dem Schuldach getroffen hatte. Sie lachte, irgendwer lachte wohl immer. *Logisch*, dachte ich, logisch war es auf Ewigkeit ein hoffnungsloses Unterfangen, als Pädagoge genau jenes Maß an sprachlicher Coolness zu treffen, das die Schüler einem durchgehen ließen.

Links an den Heizungen hob ein Schüler einen Camcorder in die Höhe, begann zu filmen. Mauss setzte einen Kopfhörer mit Headset auf, nach zehn Sekunden hatten es ihm alle Schüler gleichgetan. In die Tischplatten waren, sehr elegant unter Glas, Bildschirme eingelassen.

Nach dem Rumgealber herrschte nun eine erstaunliche Disziplin. Mauss rief *Frau Paulsen* auf, die sich als Projektgruppe entpuppte, aus jenen vier Mädchen, die direkt vor mir in Laborreihe fünf saßen. Alle trugen große Ohrringe und gestreifte Oberteile. Auf einer freigelegten Hüfte entdeckte ich einen Skorpion. Der einzige Junge in dieser Reihe hatte ein Tennisstirnband aus verwaschenem Frottee über die langen Haare gezogen.

Mauss war auf dem Gang in den Raum vorgerückt und formulierte kernige Fragen:

– Was tue ich, um publiziert zu werden? Wie suche ich offensiv nach einem passenden Label?

Er sei gespannt, wie die Gruppe die schwierige Marketingposition, in der sich *Frau Paulsen* nun einmal befinde, produktiv gemacht habe.

Aha. Eine Lerngruppe hatte ihre Ergebnisse zu präsentieren – darin erkannte ich zumindest eine Struktur wieder. Ich hörte außerdem heraus, dass sich *Frau Paulsen* der Aufgabe gestellt hatte, ein möglichst originelles Anschreiben zu verfassen, das ihrem neuen Demo beiliegen sollte.

Die Schülerin las so leise, dass ich, in ihrem Rücken sitzend, genau hinhören musste, um alles zu verstehen:

*Liebes Label,*

*Frau Paulsen hat auf einer Jahrmarktloopingfahrt mit ihrem Urenkel ihre Singstimme entdeckt. Mit aller Anmaßung, die der Rasse der Rentner zur Verfügung steht, singt sie sich seitdem durch die Tage. Mit ihren zweiundsechzig Jahren hat sie einen Produzenten kennengelernt. Er war gleich überzeugt von der Emotion in ihrem Gesang. Auch Frau Paulsen ist sehr froh darüber, diese Aufnahmen gemacht zu haben.*

*Sie wohnt schon ewig in Berlin. Jetzt trägt sie die fertigen Sticks in einer Plastiktüte spazieren. Ob sie sie verkaufen will? Oder hofft sie, von ihren Fans erkannt zu werden? Jedenfalls, Frau Paulsen meint, dass das Album ein Verkaufsrenner wird. Für ihr Debüt hat sich die noch unbekannte, aber umso selbstbe-*

*wusstere Rentnerin den stärksten aller Titel ausgesucht: «Greatest Hits».*

*Sollten Sie Frau Paulsen mit ihren größten Hits durch die Straßen ziehen sehen, zögern Sie nicht, ihr ein Album abzukaufen. Sie wird sich freuen. Vielleicht wohnt Frau Paulsen ja sogar über Ihnen. Sie erkennen die alte Dame daran, dass sie immerzu vor sich hin singt, oder sie schaltet in absolut hörbarer Lautstärke zwischen dem Küchenradio und ihren Songs hin und her, damit alle Nachbarn glauben, das Album wird bereits landauf, landab gespielt.*

Minutenlang fand ich keinen anderen Gedanken als die Frage, warum Mauss mich im Keller derart getäuscht hatte. Der Partiturenstapel, die Brandenburgischen Konzerte, sein Reden von der Sonatenhauptsatzform, und dann dieser Unterricht. Der Lehrer stand an der Tafel.

– Wenn ich euer Manager wäre, würde ich sagen: Das Konzept leuchtet ein. Ihr sucht ein Label für eine Außenseiterin, eine Frau, die eigentlich nicht ernst zu nehmen ist. Das ist schon mal gut.

– Ihr Alleinstellungsmerkmal ist ihr hohes Alter, rief eines der Mädchen, als läse sie den Satz vor.

Im Folgenden fand nun ein sogenannter Abgleich statt: Das Anschreiben wurde ergänzt durch das Artwork zur Tonaufnahme, zu dessen Beurteilung sich die Kursteilnehmer über die Tischplatten beugten. Auch auf meinem Bildschirm leuchtete das Material auf, vielmehr, es leuchteten blaue Augen oder Kontaktlinsen aus dem Gesicht einer alten Frau, Frau Paulsens gebräuntem, faltigem Gesicht. Ihre weißen (unechten?) Haare waren toupiert. Sie sah aus, als hätte sie in ihrem Leben zu wenig Aufmerksamkeit genossen: Ihre blauen Linsen hätten in das Antlitz einer dieser sehr jung schon Gescheiterten gepasst, die im Vorfeld der Castingshows auftauchten und jede gesunde Selbsteinschätzung vermissen ließen. Ich hatte kürzlich mit meinem Sohn DSDS geguckt.

Mauss sprach schon über Frau Paulsens Musik, hielt den Kurs aber hin, indem er die Arbeitsgruppe weiteres Verpackungsmaterial präsentieren ließ, das nur digital vorlag. Jetzt gab es Frau Paulsen ganz und gar: Für das Foto hatte sie sich in ein silbernes Kostüm gezwängt und eine beträchtliche Portion Rouge aufgelegt. Große rote Scheiben baumelten unter ihren Ohren, und ich wusste nicht, was entsetzlicher war – der Anblick selbst oder die Tatsache, dass ich die Augen nicht abwenden konnte. Nie hatte ich eine so unverhüllte Gier nach ewiger Jugend gesehen.

Direkt vor mir kicherte ein Mädchen, dessen Ohrringe identisch zu sein schienen mit denen von Frau Paulsen. Ja, wahrscheinlich war hier die Großmutter abgebildet. Und bestimmt gehörte es zum Kodex dieses Kurses, allein auf der fiktionalen Ebene zu diskutieren.

Dann endlich gönnte der Lehrer uns allen den Höreindruck, und ich hoffte, die Musik würde mich davontragen aus dieser Bildwelt, hoch hinaus über dieses von Falten zerklüftete Gesicht. Musik konnte doch so tragend sein. Den Auftakt des ersten Stücks, von einer Querflöte gespielt, bildeten sieben Töne, ausklingend in drei Viertelnoten, die eine identische Tonhöhe hatten. Wer in diesem Land lebte und nicht taub war, kannte die Melodie. Und Frau Paulsen hob in meinen Kopfhörern an:

Auf, du junger Wandersmann,
jetzo kommt die Zeit heran,
die Wanderszeit mit Freud und Leid.

Nicht der Liedtext erschien dazu auf dem Bildschirm, sondern eine editorische Notiz, urheberrechtliche Details, die wahrscheinlich erfunden waren, ich hörte:

> Willst dich auf die Fahrt begeben,
> das sei jetzt dein neues Leben:
> Große Wasser, Berg und Tal
> dir zu Füßen, mir zur Qual ...

las aber, dass Frau Paulsen das bekannte Volkslied bereits 1977 umgetextet habe, nachdem sie von ihrem – mittlerweile verstorbenen – Ehemann Konrad verlassen worden sei. Sie selbst habe ihr Leben in einer Wohnung im *wunderschönen Berliner Stadtteil Schöneberg* verbracht, *ein einsames Herz, das als gebrochen zu bezeichnen uns ihre Musik verbietet*. Das war zu schön abgeschrieben, um es nicht ebenso abzuschreiben.

> Und an einem klein'ren Fluss
> findest du zurück zur Lust.
> Wanderzeit, ich weiß Bescheid!
> Wo die Vöglein lieblich singen
> und die Hirschlein fröhlich springen.
> Dann kommst du vor eine Stadt,
> wo man Arbeit für dich hat.

> Mancher hat auf seiner Reis'
> ausgestanden Müh' und Schweiß,
> Not und Pein, das muss nicht sein;
> du trägst Vergang'nes auf dem Rücken,
> trägst es über ein, zwei Brücken,
> ohne Pause, ohne Rast,
> bis du mich vergessen hast.

In der dritten Strophe wurde deutlich, dass Oma Paulsen entweder ein Gebiss trug oder ihrer Aufnahmespur nachträglich ein entsprechender Effekt beigemischt worden war. Sie hatten an alles gedacht: s-Fehler und Phrasierungsschwächen bis hin zu gänzlich verschluckten Silben. Sprachlos machte mich die Stimme selbst. Sie mochte die Höhen eines Mezzosoprans erreichen, aber sogar der Vergleich mit dem Organ meiner längst verstorbenen Tante aus Köln, die ihr Leben lang Lehár-Operetten gehört und in tausend Küchenstunden verballhornt hatte, wäre für dieses affektierte Trällern schmeichelhaft gewesen. Und wenn ich hier und da ostasiatische Phrasierungen auszumachen meinte, so in dem Bewusstsein, dass ein solcher Brückenschlag jeder singenden Japanerin schwerste Beleidigungen zufügte.

Ein Instrumentalteil setzte ein: Eine ganze Strophe lang Harfenzupfen. Ich ließ meinen Blick über die Zuhörerschaft schweifen – achtundzwanzig aufmerksame junge Wesen, in fünf Arbeitsgruppen auf Reihen verteilt, mit Mickymausohren:

> Morgen, wenn der Tag angeht
> und die Sonn' am Himmel steht
> so herrlich rot, fast wie mein Blut:
> Musst du auf, dann musst du reisen,
> deinem Ego Dank erweisen.
> Grausam ist die Wanderzeit,
> tschüs, bis bald, in Ewigkeit!

> Ich bleib hier, bleib in Berlin,
> und werd' um die Häuser ziehn.
> Ich hab Zeit, ich hab Zeit.
> Vielleicht unter all den Linden

werde ich dich wiederfinden.
Aber wie viel Jahre Laub
fällt, bis ich den Unsinn glaub.

Becken rauschten heran, gesampelte Bläser. In orchestraler Steigerung wurde der zweite Teil der letzten Strophe wiederholt. *Ich bleib hier, bleib in Berlin ... bis ich den Unsinn glaub*, und schließlich hatte ich Schmerzen bis in die Zahnwurzeln hinein, weil der Stimme von Frau Paulsen eine weitere Dissonanz beigemischt wurde.

Es war der Schulgong.

Kleine Pause. Sofort wurden die Hörer abgesetzt und unter die Tische gestopft. Nur ich behielt meinen auf. Die ätzende Stimme, die Vielzahl der Instrumente, die unbeholfenen Arrangements, die hohe Aufnahmequalität – das alles stülpte sich mir in den Kopf, löste einen Kurzschluss aus zwischen Mittelohr und Sehnerv, der meine Blicke stumpf machte, fast blind, mein ganzes Erleben herabdimmte, ich beugte mich zwar über meinen Notizzettel, aber ich las nichts, erkannte keine Handschrift.

Auch nach der Absenz standen auf meinem Papier allein Datum und Uhrzeit, Unterrichtsbeginn. Unter dem Klemmbrett leuchtete noch immer das weiße Display, nun zogen dort Informationen auf: ... *Nutzer von Schließfach Nr. 12 beim Hausmeister melden ... sCOOL lädt zum Plenum ... Infektion & Impfung ...*

## 2

Es gab Mietskasernenblöcke, in deren Vorgärten, von Hecken abgeschirmt, Narzissen, Stiefmütterchen, Primeln wuchsen. Weiße Fensterrahmen, die allesamt wirkten wie frisch gestrichen. Straßen, nicht breiter als zwei Autos. Einen alten Mann gab es, der seinen Handwagen hinter sich herzog zum Supermarkt, vor dem Narzissen, Stiefmütterchen und Primeln zum Verkauf standen. Die Sonne schien, ich hatte mir die achte Schulstunde gespart und mein Auto auf dem Schulparkplatz zurückgelassen. Ich wollte meinen ersten Arbeitstag mit einem langen Spaziergang beenden.

Eine Katze huschte über die Straße. Links ein Laden für Restposten und Billigartikel, dahinter schon wieder ein Florist. In der ehemaligen Kaserne, zur Straße noch immer durch einen hohen Eisenzaun geschützt, war mittlerweile eine Grundschule untergebracht. Wie schnell sich alles wiederholte – Zuchtblumen, Kaserne, Schule –, das Städtchen bestand aus nur wenigen Versatzstücken, die man miteinander kombiniert hatte, wie um mich zu beruhigen. Wie um den zu beruhigen, der hergekommen war, um Listen zu schreiben. Auf einer Bank am Straßenrand las jemand Zeitung. Kein Hauch im Papier. Stillstand.

Fragwürdig, ob man sich hier entwickeln konnte. Hatten die Schüler mir durch ihre Volksliedvariation nicht zu verstehen gegeben, dass sie einfach nur wegwollten? In wenigen Wochen machten sie Abitur. Sie waren schon fast nicht mehr da.

Zwanzig Minuten Fußweg von der Schule entfernt, an einer Häuserecke, stand die Pension, in der ich am vorigen Tag ein Apartment bezogen hatte. Im Parterre gab es eine Bar, die jetzt vollkommen dunkel war. Der rustikale Tresen, die Rezeption, das muffige Treppenhaus, das ich bis in den zweiten Stock hinaufstieg, ließen bereits ahnen, was sich hinter dem Türblatt befand: zwei Zimmer, sauber, unmodern, übermöbliert. Ein gelb gestreiftes Raufasergefängnis, grundiert vom verstörenden Muster eines falschen Perserteppichs. In den Regalen wucherte Nippes, an den Wänden schäumten Blumensträuße in Öl. Zwischen den Fenstern zur Straße tickte eine Uhr.

Ich zog das Sakko aus, das einzige, das ich besaß, legte die Arbeitsmappe zu den Kopfhörern und meinem Player auf einen Eichentisch, der mir zum Schreiben dienen würde. Dass mir Professor Krantz schon wieder einen Arbeitsvertrag zugeschanzt hatte! Neben dem Stipendium, dem Lehrauftrag und einem Tutorium das vierte Gehalt, das ich seiner Vermittlung verdankte. Er war mein Schanzer, meine Sprungschanze.

Bloß nicht abheben. Ach was, das konnte ich gar nicht. Wir Musiker blieben auf dem Perserteppich, wir waren ein demütiger Menschenschlag. Demütig gegenüber den Meistern. Es war oft ekelhaft anzusehen. Auch anzuhören. Ich dachte an die Kollegen im Uni-Orchester und daran, wie lange es gedauert hatte, bis sie ihre Zurückhaltung aufgegeben und mich angesprochen hatten. Ich spielte nicht mehr sauber, hieß es. Ich spielte da schon lange nicht mehr mit.

Hinter einer Lamellentür befand sich die Kochnische, bestens ausgestattet. Ich setzte mir einen Kaffee auf, öffnete zum zweiten Mal den Kühlschrank, der vollgestopft war mit Produkten des Schulträgers BioQuaNa, jener regional überaus erfolgreichen Großmolkerei, die 40 % der Lehrergehälter und dessen zahlte, was an Zukunftsinvestitionen zu leisten war, dafür aber nicht nur ihre gesamte Produktpalette am Kiosk und in der Cafeteria darbot, sondern auch einen berühmten Dichter aus dem Namenszug der Schule verdrängt hatte. Die Kommune steuerte ihrerseits 40 % des erforderlichen Schulgeldes bei, die restlichen 20 % trugen die Eltern. Jede Familie wurde jährlich im niedrigen vierstelligen Eurobereich belastet. Die Oberschule übernahm damit ein aktuelles Modell aus der angelsächsischen Welt, von der Insel war auch die Betitelung als *Stadtakademie* herübergeweht.

Ich hatte das nicht zu bewerten, stellte die Milch auf die Arbeitsplatte. Unschön, der alten Kaffeemaschine dabei zuzuhören, wie sie mein Hirn absaugte und wegschlürfte. Brocken aus dem Unterricht hingen im Filter, nutzlose Details über Frau Paulsen. Schüler verdichteten sich zu einem Schwarm, der zwischen meinen Augen und Ohren lange nicht zur Ruhe kam.

Um halb acht war es noch immer warm, aber dunkel geworden in den Straßen. Ich empfand die Innenstadt als spärlich beleuchtet, sah wenig Backstein zwischen überwiegend klotzigem Beton. Das einzig ansprechende Gebäude, das sie hier nach dem Krieg zustande gebracht hatten, stand leer: *Musikhalle* hieß es dunkel auf dem gerundeten Dach. O Schwung der späten fünfziger Jahre! Ich verspürte eine kleine Wut, dass niemand gewillt war, den Strom für die Neonröhren zu bezahlen und das Gebäude leuchten zu lassen. Wut darüber, dass Dinge nur deshalb verschwanden, weil wir immer bequemlicher wurden. Und noch das Wort *bequemlich* verschwand.

Ich wünschte mir ein Livekonzert in der Musikhalle.

Ersatzweise betrat ich ein Restaurant mit hallenhohen Wänden und erstaunlicher Tiefe, die Lautstärke schallte und schwappte hindurch wie in einem Fußballstadion, obwohl nicht einmal ein Drittel der Tische besetzt war. Es gab mindestens fünf verschiedene Lampenarten zu besichtigen, dazu Möbelhausgemälde, Plastikblumen in Kübeln auf den Eckpfosten überflüssiger Sitznischen. Vor lauter Kinder- und Familienfreundlichkeit fehlte es dem Raum vollkommen an Kultur. Noch im Eingang machte ich kehrt.

Eine alte Apotheke trug den Segen der Medizin in goldenen Lettern über dem Portal, sie wirkte fremd, wurde bedrängt von zwei biederen Siebziger-Jahre-Fassaden. Aus Imbissen und Kneipen knallten mir die Farben der Plasmabildschirme ins Gesicht. Ich strich durch die friedliche Fußgängerzone, sah in jede Auslage. Der Einzelhandel schrumpfte, ich kannte die Entwicklung, war selbst in einer, wenn auch etwas größeren Kleinstadt aufgewachsen und besuchte manchmal meine Mutter, die noch immer dort wohnte. Die Auslagen ähnelten sich, Pullover in den beiden diesjährigen Modefarben waren auf die Schaufenster verteilt wie Leuchtbojen auf dem Wasser. Vor dem Laden einer Buchhandelskette musste ich an den Verkäufer denken, der einmal auf meinen Bücherwunsch *Bethofen* in seinen Rechner getippt hatte, wie zur Strafe dafür, dass ich ihn überhaupt gefragt hatte. Ich war ihm nicht einmal böse gewesen, eher dankbar, dass er ein Gedankenspiel in Gang gesetzt hatte. Wenn alle Menschen seit Mitte des 20. Jahrhunderts genau das geworden wären, was sie schon als Kind hatten werden wollen, so dachte ich damals, alle hätten sich ein Leben lang mit nur *einem* Aufgabenfeld beschäftigt, um es am Ende ganz zu durchdringen, ein Feld mit seinen Facetten und Funktionen, seinen Werkzeugen und deren Anwendungsmöglichkeiten, seiner Geschichte und seiner Zukunftsfähigkeit – wäre die Welt besser dran? Oder bloß langweiliger?

Ich hatte mal mit einem Komponisten darüber nachgedacht, wofür der arbeitende Mensch gemacht war. Über das Fachwissen und darüber, wie sich alles immer weiter ausdifferenzierte. Wo Überforderung zu entstehen begann. Dass es schwieriger wurde zu verstehen, wovon der andere eigentlich redete. Uns war dabei bewusstgeworden: Der überwiegende Teil der Menschheit floh und mied die Spezialisten. Denn viel lieber ließ man doch das Auge schweifen, die einzelne Hausfassade ging einen nichts an, man wollte von allem etwas. Schlagzeilen statt Artikel, Abklopfen statt Bohren, Inventur statt Inspektion. Die Dinge zählen. Woher sonst die Discounter, die auch diese Innenstadt säumten und in denen es *alles Mögliche* zu kaufen gab? Da lagen sie aus, in Plastikkörben nebeneinander, die Kartoffelschäler, Haarbürsten, Einweckgummis. Jedes einzelne Stück war seit Jahrzehnten gebräuchlich, weil es genau eine Funktion besaß. Danach sehnten wir uns: nicht mehr handhaben zu müssen als eine Funktion. Jedes Ding verwies auf seinen Nachbarn, der auch aus *einem Euro Plastik* bestand. Wer diesen Artikel kaufte, kaufte eben auch jenen Artikel. Wo war ich stehen geblieben? Ein Musikalienhandel, das Schaufenster hatte mich angezogen. Ich wusste auch, warum. Damit ich mich erholte beim Anblick klassischer Gitarren. Ein Spanier hatte ihnen ihre Form verpasst, seitdem waren über hundert Jahre vergangen und nur noch Nuancen in den Mensuren und an den Materialien verändert worden. Vieles verband sie mit den Restposten nebenan, wäre da nicht der Klang gewesen, jede Gitarre hatte doch ihren eigenen Klang.

In der Fußgängerzone hielten die Gebäude links wie rechts exakt die Traufhöhe ein, was den Himmel zum Deckel machte, die Straße zum Raum. Es war nun etwas kühler geworden. Ein Kehrfahrzeug kam mir entgegen. Der Fahrer grüßte, als kreuzten sich unsere Wege regelmäßig an diesem Ort, zu dieser Stunde. Er bog um die Ecke. Bürsten und Motor verklangen. Minutenlang war ich allein mit diesem Montagabend. Ein Unberuhigter, der noch nicht zurückwollte, seine kleine Pensionsstraßenkarte aus der Gesäßtasche zog und sich für einen Umweg entschied, um den größeren zweier Parks zu besichtigen.

Am Eingangstor war eine Eiswaffel zu Boden gegangen, ein weißer Klecks, der Konsistenz nach eher Frucht- denn Milcheis. Vielleicht Zitrone. Vereinzelt spendeten Laternen ihr Licht, auf der Wiese versanken weiß gestrichene Gartenstühle in der Tiefe, in der dunklen Stille, ein Kunstwerk. Eine einsame Ente pendelte mit jedem Schritt ihre Seele aus. Ich hörte sehr leise Musik und kam an einen Platz, auf dem weitere weiße Holzstühle in Reihen aufgestellt und verkettet waren. Zwanzig Meter entfernt: eine Konzertmuschel. Ein Halbrund aus Stein, von roten Stumpenkerzen nur wenig erhellt. Drei Jugendliche saßen im Schneidersitz auf der Bühne, der Junge und eines der beiden Mädchen spielten leise Gitarre. Niemand sang. Ich erkannte beim Näherkommen, dass es Oberschüler waren, aus dem Kurs, den ich am Mittag besucht hatte. Ich ging die Treppen zur Bühne hinauf, die Hände in den Hosentaschen.

– Hallo, sagte ich.
– Guten Abend.
– Ich bin Johannes, erinnert ihr euch.
– Vorhin hießen Sie noch Herr Engel.
– Engler.
– Engler, okay.
– Saskia.

– Max.
– Hi, ich bin Clarissa. Hab Sie auf dem Dach gesehen.
– Ach, ich dachte, du hättest mich gar nicht wahrgenommen.
– Logisch hab ich das.

Die anderen beiden lachten, und auch ich wusste, dass Clarissa Mauss zitierte.

– *Hier ist jeder willkommen*, sang Max zu einem G-Dur-Akkord. Es war eine improvisierte Melodie, auch er schien sich über seinen Lehrer lustig zu machen, weshalb ich fragte:

– Macht ihr euch über euren Lehrer lustig?
– Nein, sagte Saskia. Wir scherzen nur.
– Darf ich euch eine Frage stellen: Macht ihr *nur* solchen Unterricht wie heute, ich meine, das ganze Jahr schon, oder ist das sozusagen eine Belohnung jetzt am Ende?
– Ja. Ich meine, die dürfen Sie stellen, sagte Clarissa. Aber wir sind ein verschworener Haufen, wir sind misstrauisch und geben selten Auskunft, wenn uns einer begutachten kommt.
– Das ist schade.
– Jammerschade, sagte Max. Aber wenn Sie schon fragen: Wir finden's geil. Wir hätten gern nur solche Stunden wie bei Mauss.
– Er lässt uns halt machen, sagte Saskia.
– Und jetzt habt ihr hier Bandprobe?
– Wir wollen Ende der Woche noch Aufnahmen machen, sagte Clarissa. Aber ich glaub, ich werd krank, mir ist ständig so kalt.

Max lachte nur noch lauter. Er legte die Gitarre weg und sprang durch die Konzertmuschel.

– Du musst tanzen, Cla, dann wird dir warm. *Nicht immer so bedrückt sein, auch einfach mal verrückt sein*, sang er und lachte immer noch.

– Krieg dich ein. – Können Sie mir bis morgen Ihre Jacke leihen?

Sie meinte mich.

– Cla, hör auf mit der Scheiße, rief Max. Er stand mittlerweile auf einem Skateboard, fuhr über die Bühne, übte Sprünge. Saskia übte auch, zupfte immer dieselbe Melodie, summte dazu, wobei sie den Kopf seitlich in die Mulde des Gitarrenkorpus gelegt hatte, mit dem linken Ohr auf dem Resonanzkörper.

– Eine Band braucht doch einen Proberaum, sagte ich, während ich die Taschen meiner Jeansjacke auf Inhalte prüfte. Ich nahm den Pensionsschlüssel heraus und mein Kleingeld, gab Clarissa die Jacke, und statt meine Bemerkung zu erwidern, sagte Max:

– Sie sind bestimmt im Hotel Winckelmann.

– Nein. Ich hab ein Apartment in der Innenstadt.

– Winckelmann ist auch in der Innenstadt. Alles ist hier in der Innenstadt. Hey, das ist 'ne gute Zeile. *Alles ist hier in der Innenstadt.* Wie geht's weiter?

– *Genau das ist das Problem*, rief Saskia. Max sang beides hintereinander und lachte. Entweder hatte er was geraucht, oder er konnte das Leben nur genießen, wenn er im Mittelpunkt stand. Er schrie mitten im Sprung auf, und dann stürzte er bei der Landung vom Brett, was ich nur gerecht fand. Der Junge trug weder Knieschoner noch Handschuhe, und es sah böse aus, wie er da zu Boden ging, aber er stand ohne Gejammer wieder auf. Das Board rollte allein weiter über die Bühne.

– Darf ich euch was vorspielen? Saskia hatte einen leise gezupften Soundtrack unter unser Gespräch gelegt.

– Aber dafür müssten Sie gehen, ich kann nicht vor Fremden spielen.

– Wie wär's, wenn du das mal lernst? Wir wollen schließlich bald auf Tour, rief Max.
– Nein, also bitte, ich geh schon.
– Kommen Sie denn noch mal in unseren Kurs, fragte Clarissa, als ich auf die Treppe zuhielt. Oder war das heute zu anstrengend?

In jedem zweiten Satz eine Prise Provokation, dachte ich, blieb aber höflich. Anstrengend sei es schon gewesen und ich wisse noch nicht, müsse mir ja möglichst viele Eindrücke verschaffen. Wie vor Rektorin Sandmann sagte ich das, vollkommen souverän. Ich stand bereits vor der Bühne, zwei Meter unter den Schülern. Ich wünschte ihnen noch viel Spaß.

– Unsere Band ist ab Mittwoch dran. So wie heute Frau Paulsen. Wenn Sie uns Ihre Mail geben, können wir Ihnen was zukommen lassen, sagte Max.
– Wozu das?
– Dann können Sie sich auf die Stunde vorbereiten.
– Ich hab doch gerade gesagt, ich weiß nicht, ob ich –
– Schon klar. Wir zwingen Sie ja nicht, sagte Clarissa.

Man musste schon trennen: Mauss' Pädagogik mochte mich erstaunen, haltlos schien sie nicht zu sein. Hier erfuhr ich, wie eingenommen die Jugendlichen von sich und ihrem Bandprojekt waren. Ich holte meine Stadtkarte hervor, riss einen Streifen vom Rand und schrieb meine Mailadresse darauf. Entmutigen wollte ich sie auch nicht.

Clarissa nahm das Zettelchen entgegen, steckte es in die Tasche meiner Jeansjacke, die sie sich übergeworfen hatte. Ich verschwand seitlich auf einem Sandweg, blieb hinter einem Gebüsch in Hörweite der Bühne stehen. Es ertönte kein Lied, kein Gesang. Nur Max' missglückte Sprünge waren zu hören, ein ums andere Mal die knirschenden Rollen des Skateboards auf Beton.

## 3

Der Dienstag begann mit Klagen über den Hausmeister, der das Brummen der Deckenlampen nicht abgestellt hatte. Da nicht nur die Spulen der Neonröhren brummten, sondern sogar die Halterungen vibrierten, verzichtete man ganz auf künstliches Licht. Ich befand mich in einer Doppelstunde Französisch, Jahrgangsstufe sieben.

Die Tische im Klassenraum waren zu einem großen Hufeisen angeordnet. Bei Mauss im Sprachlabor war ich in der hinteren Reihe in den Unterricht integriert gewesen, hier saß ich außerhalb des Hufeisens, an der fensterlosen Seite, mit dem Rücken zur Rigipswand. Was die zwischen beiden Sprachen hin und her wechselnde Französischlehrerin an die Tafel schrieb, konnte ich auf die Entfernung nicht lesen. Auch den Schülern las sie es vor. Ihre Stimme gefiel mir nicht, aber ich musste nur ihren Rock sehen, ihre Stiefel, wie sie die Tafel hinabdrückte und sich dennoch recken musste, um mit dem Stift die obere Flanke zu beschreiben, schon verfiel ich in eine halb schläfrige, halb schmachtende Morgenstimmung, von der ich mir einbildete, sie habe bereits meinen Schulalltag vor einem Vierteljahrhundert geprägt. Wie unmotiviert man gewesen war. Und wie zugeneigt den Lehrkörpern, den Körpern der jüngsten erwachsenen Frauen. Wie unfrisiert auch. Wie hilflos man die Haarwirbel geglättet hatte, wie erzwungen die Scheitel im Badezimmer mit gewässertem Kamm. Ich fand diese Bilder vor allem in den Mädchen wieder, die mir gegenüber vor den Fenstern saßen, das einfallende Licht umströmte sie, dunkles Licht noch, gedämpftes Licht, es setzte ihnen eine diffuse Corona ins lockige Haar. Ihre Locken waren echt. Bei einem Mädchen versuchte ich im Gegenlicht einzelne Haare zu erkennen, widerspenstige Fasern, die sich aus der Frisur streckten, aber es gelang mir nicht. Früher hätte man ihren Haarschopf eine Wolle genannt, und vielleicht hatte das mit diesen Morgenstunden zu tun, wo alles konturlos wirkte und stumpf.

Ich hätte gern hineingegriffen in dieses Haar, nur um das Gegenteil zu beweisen. Ich hätte auch gern mein Abiturjahrbuch zur Hand gehabt, um manches verschattete Gesicht mit einem damaligen abzugleichen. Diese Schüler waren dreizehn Jahre alt. Die meisten Jungs hingen in den Seilen, die Köpfe beinahe auf Höhe der Rückenlehne ihrer Stühle, sie mussten einige Kraft in den Oberschenkeln und Fußsohlen aufwenden, um nicht hinabzugleiten und im Boden ihrer Unlust zu versinken. Souterrain. Halbschlaf. Ich war selbst derart gelangweilt, dass ich zu zeichnen begann, versuchte, in wenigen Strichen die Techniken zu abstrahieren, mit denen sie ihre Köpfe abstützten.

Wieder einmal unmerklich, wieder nur allmählich hatte am Ende der Stunde das Tageslicht zugenommen. Das Wunder Erdumdrehung, dachte ich. Das blieb. Alles andere war mit dem Gong vorbei.

In der großen Pause ging ich hinaus vor die Schule. Ein Lehrer hatte sich ein dunkelblaues Leibchen mit neongelben Reflektorstreifen übergezogen, auf dem Rücken stand *Konfliktlotse*. Er schlenderte abwesend herum. Die Sonne flutete die große Wiese. An der kürzesten Verbindung zwischen Schulgebäude und Turnhalle war der Grashang zur Sandpiste ausgetreten. Oben wurde ein Junge geschubst, er fiel absichtlich hin, kugelte den Abhang hinunter wie durch Neuschnee. Andere gaben Noten für den Sturz. Schon überschlug sich der Nächste, aber er kugelte nicht, weil er einen mit Plastik versteiften Schulranzen auf dem Rücken trug. Wie eckig so ein Mensch fiel, wenn man einen zweiten Körper an ihm festmachte.

Am Fuße des Hügels schnallte der Junge den Ranzen ab und schleuderte ihn mühelos hinauf zu den Wartenden. Das Gehäuse war also leer. Ein Dritter panzerte sich Brust und Rücken mit je einem Ranzen, einer trug einen Fahrradhelm herbei. Erst verlängerten sie den Anlauf, bald wurden die Stürze mit einer Skateboardfahrt eingeleitet, damit sich das Ausgangstempo erhöhte. Es war ein sportlicher Wettkampf, und zugleich hatte ich das Gefühl, dem langsamen Reifen einer Erfindung beizuwohnen. Sie erfanden ein Gesellschaftsspiel. Wie schon am Abend zuvor gab es kein Weh und Ach, keinerlei Empfindlichkeiten, nur das Bedürfnis, sich zu überschlagen und vor den anderen im Staub zu wälzen. Die Menge bewertete jeden Sturz: Mal applaudierte man zögerlich, mal brachen alle in frenetischen Jubel aus.

Sie waren keine Partei, keine Bewegung. Sie waren auch kein ausruhendes Heer oder der Superorganismus eines Ameisenstaates, in dessen Zentrum man womöglich auf Generäle oder Königinnen stieß, sondern ein Vielvölkerstaat aus Schlipsen, Seitenscheiteln und Schminke, aus engen Shirts, Hüten und nachgemachten Designerkleidern.

Wirklich auffällig, ihre Stylings. Diese Jugend verwandte viel mehr Zeit auf sich als wir damals. Da es sehr warm war für Ende März, sah ich schon Tops, Slips, Tattoos, auch Fettwülste. Die am meisten Haut zeigten, hatten nicht unbedingt die beste Haltung, fand ich. Ob hinter der neuen Freizügigkeit nicht doch die alte Prüderie steckte?

Ein Vorurteil, das ich mir gern hätte bestätigen lassen. Aber je länger die Pause andauerte, desto zahlreicher wurden die Gegenbeweise: bewegliche Menschen, klare Fingerzeige, eigensinnige Stimmführungen. Vielleicht war diese Altersgruppe die einzige im Lande, die noch auffallen wollte. Ich wusste zu wenig über ihre Coolnesscodes und hätte nicht sagen können, woran ich ihr Selbstbewusstsein erkannte, doch ich meinte es überall zu sehen: Die gehen wirklich ihren Weg.

Mit einem Becher Kaffee hatte ich in der Pausenhalle Platz genommen, auf der obersten Ebene. Wieder befand sich ein Bildschirm in Sichtnähe, allerdings liefen heute keine Meldungen durch, es war allein Werbung des Schulsponsors geschaltet. Standbilder. Ein sommersprossiges Kind löffelte sich Joghurt in den geöffneten Mund: *Felix fliegt auf frische Früchte* stand daneben, Weiß auf Blau. Ein zweites Bild zeigte groß das Logo von BioQuaNa. Dann wieder Felix, der auf frische Früchte flog.

Zwei mal vier Treppenstufen unter mir stand Musiklehrer Mauss. Perspektivisch zu addieren waren noch die zwanzig Zentimeter, die ich größer war als er. Ich sah auf Mauss' kahlen Schädel hinab. Er hatte einen unfassbar kleinen Kopf. Eine Juniorkegelkugel. Einige Schüler standen um ihn herum, auch die Schülerin, die gestern Abend Gitarre gespielt, aber nicht diejenige, die sich meine Jacke geliehen hatte. Ein anderes Mädchen trug eines dieser traurig tief hängenden Rucksäckchen, die bei jedem Schritt gegen das Steißbein pendelten. Mauss war der Einzige, der gestikulierte, er war auch derjenige, der sprach. Als noch ein Junge hinzukam, konnte man den Kreis als geschlossen bezeichnen.

Die Schüler reagierten stark auf das, was Mauss ihnen erzählte. Einige mit Lachern, andere verfielen auf unruhige Tanzeinlagen, Drehungen um die eigene Achse, Ausfallschritte. Sie konnten nicht einfach nur dastehen und zuhören, das wurde immer deutlicher. Zwei Jungs versteiften Arme und Rücken, knickten ein Knie nach innen, aber indem sie in dieser Verrenkung den Blick ins Nichts gehen ließen und den Mund weit öffneten, wirkte die Pose insgesamt spastisch. Einer bewegte sich, den Kopf schräg gelegt, in dieser Persiflage eines Behinderten durch die halbe Pausenhalle, vor dem Hausmeisterkabuff begann er sogar zu sabbern, das heißt, er wartete darauf, dass sich ein langer sämiger Spuckefaden bis auf den Fliesenboden hinabgedehnt hatte. Man lachte über die Nummer, bis der Junge zu sich kam, im nächsten Moment stand er wieder in der Gruppe, als wäre nichts gewesen.

Das größere Rätsel für mich war Mauss. Warum das Kellerdomizil, wenn er doch so gern hier oben stand und dozierte? Sein Vortrag schien kein Ende zu nehmen. Eines der Mädchen reckte ihm den Kopf entgegen wie eine hungrige Schildkröte. Er war fünfzig, vielleicht schon Mitte fünfzig. Ein Querdenker. Bestimmt veräppelte er gerade die anderen, die Masse, den musikalischen Mainstream, auch den geistigen, die Langweiler, die Nullchecker. Oder er sprach weiterhin über den Musikmarkt. Ich nahm an, er hielt sich für einen Pionier, einen der Ersten, der die Möglichkeiten eines Medienlabors wirklich ausnutzte und sich damit auf die Schüler zubewegte. Der erste kommende Rentner der Computergeneration. Bestimmt fand er, dass er viel mit der Jugend gemein hatte. Fühlte sich informiert, kritisch, mitunter ähnlich streitlustig wie sie. Auch Professor Krantz redete manchmal so. Reife Männer, die in die Achterbahn Internet stiegen, als hätten sie alle Ängste vor der Beschleunigung abgelegt. Sie sagten, sie glaubten nicht mehr an die Selbstheilungskräfte der Demokratie, sie gaben nichts mehr auf den Menschenschlag, der es gern etwas ruhiger hatte, der den sogenannten Volksparteien in ewiger Nachkriegsdankbarkeit die Treue hielt.

So redete jedenfalls mein Professor.

So sah das da unten auch aus. Sie glaubten sich auf der Höhe der Zeit, dabei befanden wir uns längst im nächsten Kapitel. Von wegen Globalisierung. Ausgebrochen war der Krieg um die digitale Hegemonie. Die Kinder wussten das, oder sie spürten es zumindest. Trotzdem hörten sie Mauss fasziniert zu, längst hatte der Gong geschlagen, und noch immer bewegten sich des Lehrers Arme, Hände, Finger.

Ich malte Mauss in Gedanken nacheinander die Umrisse der Erdteile auf seine Glatze, verspürte unbändige Lust, mit ihm über seinen gestrigen Unterricht zu diskutieren, schrak erst auf, als mich jemand von hinten antippte. Max, der Skateboardjunge vom Abend:

– Haben Sie unsere Mail schon gelesen?

– Habt ihr mir schon was geschickt?

– Klar, gleich heute früh. Aber die Musik wollten wir nicht anhängen, die bring ich Ihnen heute Nachmittag vorbei, wenn Sie wollen.

– Ihr seid ja fix.

– Gehört dazu, wenn man was werden will.

Er ging weg, und neben mir, eine Holzbank weiter, begannen zwei Schülerinnen zu kichern. Über mich? Über Max und mich? Ich konnte ihr Haarspray riechen. Hatte Max bemerkt, dass ich zu Mauss und seinen Jüngern hinsah? Ich dachte über die Bilder der vergangenen Stunden nach: im Halbdunkel am frühen Morgen die Siebtklässler in ihrer fast leblosen Schüchternheit, wie Hüllen von Menschen.

Dann die Demonstration leuchtender Kraft auf dem Pausenhof. Und im nächsten Moment diese Jugendlichen, die an den Lippen des Lehrers hingen, alles andere als eigenständig, beinahe devot. Drei Teile eines Puzzles.

Im Anschreiben zur Mail hieß es, sie wollten mir die Möglichkeit geben, mich *in das Profil einzuarbeiten. Anbei also einige Fotos, die Sie auch im Netz finden unter www.animalmuseums.com.*
Ich grübelte eine Weile, ließ die Anhänge ungeöffnet, legte mich aufs Sofa. Der Rechner summte. Ich konnte den sechs Megabyte keine Realität außerhalb des Hörlabors zuordnen. Warum taten sie, als wären ihre Fotos Bestandteil desselben Kosmos, dem auch Stars und anerkannte Musikbands angehörten? Fünf namentlich benannte Schülerinnen und Schüler eines Musik-LK fanden als *Animal Museums* zusammen und schrieben sich in das weltweite Netz ein, als habe man sie gebeten, Platz zu nehmen zwischen Abba und den Arctic Monkeys.
Ich setzte die Hände in die Luft über dem Couchtisch und spielte den Beginn des zweiten Satzes der *Appassionata*. Die Pension war unmenschlich still. Nur die Noten in meinem Kopf. Meine rechte Hand, die in der Temposteigerung der dritten Variation nicht mehr taktgenau blieb. Zu wenig Übung. Bist du dieser Idiot, der sich schon jahrelang mit seiner Doktorarbeit herumplagt? Und wer könnte dann der andere sein, der über den bunten Teppich zur Eichentischplatte schleicht, um sich durch fremde Digitalfotos zu klicken? Johannes Engler II, seiner Musikermatrix auf dem Sofa entstiegen?
Na gut, eine dreiköpfige Schülerband war in den Wald gefahren, um Fotos von sich zu machen. Die beiden Jungs tru-

gen Hüte, Westen aus Cord, einer davon war Max, den anderen kannte ich nicht. Und dann die Gitarristin, in geblümtem Kleid und Cowboystiefeln. Es gab Bilder, auf denen sie eine Violine an den Hals gesetzt hatte oder ein Junge eine Flöte an den Mund. Einmal trug Max einen Poncho. Weil sie ihre Positionen auf der Waldlichtung nicht wechselten, wanderte mein Auge bei schnellem Durchklicken der Diashow nur über diese kleinen Veränderungen – sogar auf dem Rechner stellte sich eine Art Daumenkinoeffekt ein.

Sie wollten alle älter aussehen, als sie waren, die Jungs verbargen ihre Hühnerbrüste, verdeckten ihre Stirnpickel. Auf ein paar coolen Bildern wirkte das Licht eher südeuropäisch, und die Krempen ihrer Hüte warfen auf Mundhöhe scharfe Schatten. Um 13.26 Uhr klingelte es an der Tür. Ich betätigte den Summer, jemand stapfte die Treppe herauf, nahm die Stufen doppelt. Ich erkannte das Mädchen erst, als es vor mir stand.

– Hi. Clarissa. Wegen der Jacke.
– Hallo. Komm rein.

Sie ließ ihren Rucksack zu Boden gleiten, einen rot gefärbten Militärrucksack mit allerlei Tintenflecken, und nachdem sie per Griff an den Schirm gegrüßt hatte, setzte sie ihre Basecap ab und warf sie dem Rucksack hinterher. Sie zog die viel zu große Jeansjacke aus, drückte sie mir in die Hand.

– War zwar mehr ein Zelt, aber vielen Dank.

Ich war zu dick, schon richtig. Unter dem Jeansjackenzelt trug Clarissa einen zweiten Umhang: Ein weites, schwarzgraues Basketballshirt mit der Nummer 16 hing an ihren Schultern herunter wie an einem Kleiderbügel, endete knapp oberhalb der Knie. Die schwarzen Haare hatte sie zu einem kleinen Zopf geflochten.

– Du bist gar nicht mit auf den Fotos, sagte ich, auf den Rechner deutend.
– Ach, da war ich krank.
– Ich kann dir leider nur BioQuaNa-Milch anbieten.
Das Mädchen lächelte ablehnend. Ich entdeckte Ansätze von Ringen unter ihren Augen, sie sah übermüdet aus, obwohl sie leicht geschminkt war.
– Oder Wasser aus der Leitung?
– Nein, gar nichts.
Clarissa griff unter ihr Shirt, der Hosenbund saß unterhalb der Hüftknochen, sie pulte einen Stick aus der Hosentasche. Darauf seien ihre Studioaufnahmen zu hören, die meisten vom Februar.
– Aber wir müssen das nicht jetzt hören, sagte sie, indem sie sich auf den Teppich fallen ließ.
Bevor der erste Ton erklang, setzte bereits ein ungezügeltes Rauschen ein, das nicht die einigermaßen taugliche Anlage auf dem Sideboard zu verantworten hatte. Ich konnte es mir nur damit erklären, dass die Schüler Kompressoren benutzten, die nicht für ihre Liedchen, sondern für weitaus komplexere und lautere Aufnahmen konzipiert worden waren. Was dann folgte, war Folkmusic: Animal Museums spielten von Gitarre, Flöte und Geige bestimmte Folkmusic. Ein bassbetontes Akkordeon setzte die Akzente balkanischer Polka, ohne dabei in ein allzu schweres Stampfen zu verfallen, das die Soloinstrumente angegriffen hätte. Bei den ersten beiden Liedern dasselbe: Nicht erst im Refrain, sondern bereits ab Mitte der ersten Strophe wurde der Gesang mehrstimmig, was insofern problematisch war, als mindestens zwei Schüler keinen Ton halten konnten. Das Grundrauschen und die Singstimmen waren verstörend – eigentlich auch die Instrumente, denen ich das aber nachsah, denn

sie verbreiteten trotz der fehlerhaften Harmonien jene ländliche Feierabendstimmung, die mir die Bandfotos bereits in den Kopf gesetzt hatten.

Ich saß auf dem Sofa, einen Arm auf der Lehne ausgestreckt. Im Grunde beobachtete ich die ganze Zeit nur das Mädchen, das im Schneidersitz auf dem Teppich saß und mir den Rücken mit der Nummer 16 zudrehte. Sie wiegte den Oberkörper hin und her, manchmal zeichneten ihre Arme weiche Bögen und Schlangenlinien in die Luft. Mädchenhaft, dachte ich, schon zu meiner Schulzeit hatten die Mädchen so getanzt.

Clarissa war wie berauscht vom eigenen Projekt. Irgendwann zog sie das Shirt über den Kopf, darunter kam ein enges schwarzes Polohemd mit schmalen roten Querstreifen zum Vorschein. Sofort bildete sich Gänsehaut über ihren Ellbogen. Ihre Unterarme sind fast so dünn wie Auspuffrohre, dachte ich. Und ihre Turnschuhe, welches Label war das? Ich war nicht auf dem Laufenden.

– Ist das eure Musik, ich meine, hört ihr so ruhige Sachen heute wieder?

– Ja. Kann ich Sie duzen? Das ist sonst so anstrengend.

– Johannes.

– Viel besser. Können wir noch eins hören, das Fünfte.

– Mach's an, klar.

Während dieses Liedes begann Clarissa mitzusingen, ohne Scham und ohne jede Begabung, selbst mein kleiner Sohn sang besser. Sie drehte sich dabei zu mir um, als müsste auch ich einsteigen oder zumindest die Tiefe des Textes begreifen. Der Song, hatte Clarissa angekündigt, heiße *It was raining all night long*. Dennoch bestand der Refrain erstmals aus vier deutschsprachigen Zeilen. Eine hohe Frauenstimme trat vor den Chor:

Kein Regenmantel ohne Lenni,
kein Regentropfen ohne Burt,
kein Regenbogen ohne Judy,
kein Schrot im Schädel ohne Kurt.

– Ist das etwa …?
– Das ist unser Duett mit Frau Paulsen. Magst du's?
– Na ja.
Clarissa stand augenblicklich auf und drückte auf die Stopptaste.
– Dann nicht.
Mir fiel nicht gleich eine Entschuldigung ein.
– Woher kennt ihr denn Judy Garland?
– Woher? Internet, glaub ich. Oder von Manuel, er hat 'ne ziemliche Plattensammlung. Woher kennst du sie denn?
– Versteh mich nicht falsch, ich finde ja gut, dass ihr die alten Sachen wieder hört. Aber das mit Kurt Cobain, das ist ziemlich geschmacklos.
– Er hat sich halt umgebracht.
Clarissa lachte. Dann, im Sprechgesang:
– *Alles ist hier in der Innenstadt / Und genau das ist das Problem / Wenn man alles schon irgendwie intus hat / wird der Output halt manchmal extrem.*
– Find ich viel besser. Ehrlicher. Das habt ihr noch gestern gedichtet?
– Ich find's nicht so toll. Ist von Max. Wird ein Rocksong. Jedenfalls, *It was raining all night long* wird am meisten angeklickt auf unserer Seite. Es ist ein ziemlicher Hit.

Ich wehrte mich dagegen, aber was die Schüler da machten, rührte mich. Eine Band zu entwerfen – natürlich hätte auch ich so etwas als Jugendlicher geliebt. Gleichzeitig erschreckte mich Clarissas Auftreten, ihre Musik sowieso.

Wenn die Schüler ein Halbjahr lang an einem einzigen Projekt arbeiteten, kam es da nicht zu einer übersteigerten Identifikation mit dieser Fiktion? Die Verantwortung des Lehrers schien mir bei dieser Unterrichtsform ungleich größer zu sein. Mauss wollte den Schülern das Musikbusiness in dessen Gänze, also Abgründigkeit vermitteln, aber er musste Animal Museums auch vor der Enttäuschung schützen, dass sie niemals Stars sein würden.

Ich sagte dem Mädchen, ich hätte noch einen Termin, und ging ins Bad. Überlegte, ob ich die Tür abschließen sollte, ließ es aber bleiben, weil ich nicht wollte, dass das Schließgeräusch zu hören war. Als ich mich gewaschen und umgezogen hatte, fiel mir ein, dass mein Auto noch an der Schule stand. Ich musste mich beeilen.

Clarissa saß auf dem Sofa, das Kinn auf den Knien. Sie wirkte gelangweilt. Ohne dass sie gefragt hätte, erzählte ich ihr, dass ich zur Milchanlage von BioQuaNa fahren wolle. Sie war erstaunt darüber, wie ernst ich meinen Job nahm, und steigerte damit nur meine eigene Verwunderung. Ich wusste doch selbst nicht, was ich mir von dem Treffen versprach.

Das Mädchen begleitete mich in Richtung Schule, aber mit welcher Begründung saß sie bald darauf neben mir im Auto? Vielleicht hatte sie gesagt, dass sie sich über einen Ausflug freuen würde. Ganz bestimmt fiel der Satz, sie sei noch nie bei BioQuaNa gewesen.

Der sollte sich nach dreißig Kilometern Landstraße als Lüge herausstellen. Clarissa schaltete einfach mein Navigationsgerät ab und gestand, dass alle Schüler die Milchveredelungsanlage zu Beginn der Sponsorenschaft einmal besucht hätten. Sie wüsste den Weg, sie habe ein gutes Orts- und Raumempfinden. Sie sagte *Empfinden*, nicht *Gedächtnis*,

fing plötzlich an zu lachen. Es kam mir vor wie ein Angriff, auf mich, der ich das Auto in der Spur zu halten hatte. Mindestens zwei Minuten lang war es dem Mädchen vor Lachen unmöglich zu sprechen, bis sie endlich hervorpresste:
– Was will ... ey ... ich frag mich ... was willst du denn da?
– Ich find's spannend. Wer hinter der Schule steht.

Unter weiteren Lachsalven, erinnerte sie sich an den eigenen Besuch. Clarissa lachte über die Bewunderung, die sie damals all den sterbenslangweiligen technischen Veredelungsgeräten gezollt hatte, zollen musste. Sie würde sich zum zweiten Mal ein Haarnetz aufsetzen und einem Angestellten durch die Kühlhallen folgen. Sie meinte genau zu wissen, was passieren würde, und sie fand es zum Brüllen komisch, etwas zu wiederholen, für das man sich beim ersten Mal schon nullkommanull interessiert hatte.

Ihre Laune wirkte hysterisch, aber sie war ansteckend. Sie veränderte die Luft. Als würden Lachatome durchs Auto fliegen. Dies war eine Autobahn, man überholte einander, allen Fahrern klebte der Blick an der Windschutzscheibe, vor der die Zukunft begann. Wie neugierig sie alle waren, alle einen Ort vor Augen, dem sie zustrebten. Wie schwoll die überfüllte Welt mit jedem Weg um weitere Daten an! Wie lange war ich nicht in dieser Stimmung gewesen, in der die alltäglichsten Dinge urkomisch wurden, einer Stimmung, in der man am besten versuchte, etwas zu komponieren?

Meine Beifahrerin befand, dass man mit einem Weingummikauf gegen den grauen Himmel vorgehen müsse. Ich nahm die Abfahrt zur nächsten Raststätte, tankte, wartete an der Zapfsäule. Wind zog vorüber, Autos, ich sah ihnen hinterher. Als erwachsenem Mann fiel mir wohl die Aufgabe zu, dieses Mädchen, mit dem ich hier durch die Pampa fuhr, zu unterhalten. Ein bisschen Humor zeigen, Intelligenz, zumindest Aufmerksamkeit. Die Initiative übernehmen ... Mir fiel ein, dass es das Schuldach gewesen war, auf dem wir uns zum ersten Mal begegnet waren. Ich könnte sie nach ihrem Verhältnis zu Meret Kugler befragen.

Clarissa kam aus der Ladentür gesprungen, eine Weingummipackung hoch in die Luft gereckt. Sie schüttelte sie wie einen Schlüsselbund, lachte.

– Yes, kann weitergehen.

Sie wollte auch ablenken. Davon, dass sie die letzten fünf Minuten auf der Damentoilette zugebracht und sich die Augen dunkel gerahmt hatte. Ich verstand nicht, warum. Immerhin trug sie keinen Lippenstift.

– Weißt du, was mir gerade eingefallen ist? *Die hohen Kühltürme sind weithin von der Autobahn sichtbar.* Das ist aus der Broschüre von BioQuaNa, die lag am Anfang überall rum in der Schule.

Ich sagte nichts, Clarissa kaute schmatzend Weingummi.

– Manuel, also Mauss wollte die Broschüre mal im Unterricht analysieren.

– Weil sie so doof war?

– Sicher. Oder nö. Eher so als Textsorte. Wie so was gemacht wird. *Weithin* ist doch ein tolles Wort, findest du nicht? Wie ein Unternehmer Selbstbewusstsein zeigt und trotzdem auf volksnah macht, darum ging es.

Clarissa drückte die Schuhsohlen gegen das Handschuhfach, und als ich nur ansetzte, es ihr zu verbieten, lachte sie wieder, lachte mich an oder aus oder beides. Es war noch nicht mal mein Auto, es war der Zweitwagen meines Professors. Aber warum sollte ich ihr das erzählen.

– Erzähl mal, was du im Leben machst, Johannes.

– Ich schreib an einer Doktorarbeit. In Berlin.

– Berlin. Da wollt ich schon lange mal hin.
– Ja, da wollen viele hin.
– Guck, da, rief sie und wurde von einem neuen Glucksen erfasst.

Da standen die Kühltürme, o ja, obwohl es diesig geworden war und sogar Nieselregen eingesetzt hatte – sie waren weithin sichtbar. Clarissa zerknüllte die leere Weingummitüte und schob sich eine Hand in den Nacken. Sie blickte auf die BioQuaNa-Werke, ungläubig, als wäre sie eben aufgewacht aus einem tiefen Schlaf:

– Soll ich da echt noch mal mit rein?

Weil ich ihr die Antwort nicht abnehmen konnte, saßen wir fast fünf Minuten im Wagen. Sie wand sich, ich war mit den Gedanken beim bevorstehenden Gespräch. Dann stieg sie mit mir aus, ging mit mir quer über unsinnig viele eingezeichnete Parkboxen, und ich merkte, dass ich mich darüber freute. Ich hielt ihr sogar die Tür auf.

Dr. Olaf Hansen war einer der beiden BioQuaNa-Geschäftsführer. Er gab mir die Hand und begrüßte Clarissa als Fräulein Winterhof. Er kannte ihren Vater. Ich war nicht bloß überrascht, ich fühlte mich ertappt bei einer Tat, die ich erst noch begehen musste, und der Schweiß war eine Wasserbombe, die auf meinem Rücken zerplatzte. Auf meine Nachfrage erfuhr ich, dass Clarissas Vater Software entwickelte und selbst Sponsor der Stadtakademie war. Die Rechner im Labor und im Medienraum der Schule, die technische Aufrüstung der letzten Jahre gingen auf Winterhofs Konto.

Hansen ließ sich nichts anmerken. Oder doch. Er schien Clarissa zuzublinzeln, freundschaftlich, als würden sie sich regelmäßig sehen. Was sollte der Geschäftsführer darüber denken, dass ich eine Schülerin zum Termin mitbrachte? Mir ging das alles zu schnell, aber dann musste ich mir bereits das

Haarnetz über den Kopf stülpen, weil die halbstündige Führung begann und der Betrieb keimfrei zu halten war.

Als die liberale Politik erstmals flächendeckend zuließ, dass staatliche Oberschulbildung privat organisiert würde, hatte Dr. Hansen, selbst Vater von zwei Kindern, schnell gehandelt. Er habe BioQuaNa das so wichtige Aufmerksamkeitsprivileg gesichert, das nur Pionieren zukomme, wodurch die Expansion der Marke auf norddeutschem Terrain in hohem Tempo vonstattengegangen sei. Starkes Interesse beziehungsweise eine starke Presse erhöhe aber gleichzeitig das geschäftliche Risiko. Aufmerksamkeit sei eine Medaille mit zwei Seiten.

Das erzählte er alles, das heißt, er schrie es gegen das Surren und Wummern der Kühlanlagen an. Ich war zu angespannt, um zu kommunizieren, auch war die Geräuschkulisse für meine Ohren eine Qual. Seit einem Schülerjob vor über zwanzig Jahren hatte ich nie wieder einen Betrieb von innen gesehen. Wir gingen durch eine kathedralenhohe Halle, die Tanks für die Milch standen in drei Etagen. Ohne sich zu entschuldigen oder zumindest abzumelden, hatte Clarissa plötzlich Stöpsel im Ohr und hörte Musik. Die Abfüllanlage wurde gerade gesäubert. Dann ging es über einen Hof, es regnete jetzt stärker, Clarissa tanzte zur Musik, und ich musste darüber lächeln, dass sie so anwesend war in ihrer Abwesenheit, lächeln über das leicht Irre in ihrer Intelligenz, sah aber Hansen aus dem Augenwinkel mit einer Hand herumfuchteln. Die folgende Halle sei sein ganzer Stolz, sagte er, Nanofiltration mittels Membranen aus Keramik gebe es deutschlandweit nur ein paar Mal. Der Raum schrie mich an: Globalisierung. Modernisierungszwang. Arbeitslosigkeit. Dabei wurde hier nur Molke verarbeitet.

Später, im Büro, hatte Clarissa ihre Ohrenstöpsel wieder herausgenommen, und Hansen behauptete, die Neugründung der Firma habe achthundertsechzig Arbeitsplätze geschaffen. Ich kam mir dumm und nutzlos vor angesichts dieser Zahl. Auf der anderen Seite des Tischs saß ein Firmenchef um die fünfzig, der unter lauter planwirtschaftlich orientierten Genossenschaftlern ein *Machtwort* gesprochen und daraufhin ein Megaunternehmen *zum Florieren* gebracht hatte. Es floriere, sagte er.

Hansen war ohne Frage ein mutiger Mann. Ich aber fragte mich, ob man so einen Betrieb noch mit Millionenkrediten aufzog oder ob es bereits Milliarden brauchte. Und wie viel Dr. Hansen wohl schlief. Wie viel Clarissas Vater schlief. Ob sie womöglich gar nicht schliefen, seit Jahren oder Jahrzehnten auf Dauerstrom liefen wie die Milchkühlung, die ich soeben besichtigt hatte. Wie oft wusch sich Hansen täglich die Hände. Konnte nur ein Fetischist so abgöttisch von der Keimfiltration reden? Und warum schüttelte er immerzu die goldene Uhr an seinem Handgelenk zurecht, eine Bewegung, die ich zuletzt in den achtziger Jahren des letzten Jahrhunderts gesehen hatte.

– Das ist doch alles Scheiße.

Clarissas Attacke kam aus dem Nichts, sie fuhr mir in die Nebensächlichkeiten wie ein Messer.

– Jeder weiß aus der Zeitung, dass bei der Fusion zu BioQuaNa irrsinnig viele Stellen gestrichen wurden. Warum reicht es dir eigentlich nicht, dein eigenes Berufsfeld aufzumischen, Olaf? Du bist doch Bauer.

– Clarissa, ich bin Agrarwirt, und ich weiß, dass du gerade eine schwere Zeit hast, aber entweder du gehst jetzt mal raus oder –

– Oder was?

– Oder du lässt mich was erklären. Eure Schule, deine Schule, Clarissa, ist ein großes Wagnis, sie ist in den ersten

Jahren hervorragend angelaufen, und es gibt bislang überdurchschnittlich gute Abschlussquoten mit durchweg zufriedenen Elternverbänden.

Er sah nur mich an, aber Clarissa sprach:
– Merkst du's eigentlich noch, Olaf?
– Komm, geh raus! Es geht hier nicht um dich. Es geht darum, Clarissa, möglichst vielen, möglichst allen Schülern die bestmögliche Bildung zukommen zu lassen –
– Achthundertsechzig Arbeitsplätze! Wenn ich das höre!
Hansen sprach einfach weiter.
– Und dafür braucht es Kontrollmechanismen, Evaluationen, die in der Marktwirtschaft längst gang und gäbe sind, damit auch die Pädagogik –
– Du merkst es nicht, ey. Wie mein Vater. Wir sind hier, weil sich eine meiner Freundinnen vom Dach gestürzt hat, und du kommst mit Kontrolle und –
– Geh bitte vor die Tür, Clarissa.

Erst jetzt fing Clarissa an zu schreien. Sie erhob sich dabei und ging Richtung Tür. Sie brüllte:
– Erzähl doch mal von den fucking hohen Schulgebühren. Und wie du am Anfang allen Lehrern gesagt hast, dass sie übernommen werden, aber stattdessen wurde die Hälfte ausgetauscht. Du laberst dem armen Mann hier deinen Werbezettel vor, aber den haben wir schon gelesen. Hab ich das nicht vorher gesagt, Johannes. Ich hab genau gewusst, dass das hier so läuft. Olaf, deine Sätze sind wie die Milchflaschen da unten. Schön geschliffen. Und alle gleich.

Abgang Clarissa. *Baff* machte die Tür. Sehr gedämpft hörte ich das *Na, na* der Sekretärin. Ich schwitzte am ganzen Körper. Auch Hansen wirkte jetzt verlegen. Die Medaille zeigte ihre Kehrseite. Der Mensch, der es genoss, ein Vorreiter zu sein, wurde zum Außenseiter. Er hätte sich einen

Whisky genehmigen müssen, auch ich konnte einen brauchen. Ich meinte, Bluesmusik zu hören, sie floss durch den Raum, aber als Hansen sagte, dass ihn der Tod der Schülerin selbst gehörig quäle, klang es nach einem gut gemeinten deutschen Schlager.

Ich hätte aufstehen können, es gab keinerlei Verpflichtungen, dies war ein freiwilliger Besuch. Wir befanden uns im dritten Stock mit nichts als Grau vor der Fensterfront. Davor stand eine Glasvitrine, in der Produkte ausgestellt waren. Die Leute wollten das Milcheiweiß, nicht mehr so viel fette Butter aufs Sandwich. Stattdessen Fitnessprodukte, Molke, fruchtige Kombinationen, Innovationen. Schließlich würde man aus einem Eisladen, der nur die drei Sorten von Fürst Pückler anbot, auch rückwärts wieder hinauslaufen. Ich kam aus dieser Sprache nicht heraus, spann die Werbetexte weiter. Dabei hatte das Mädchen mich gewarnt.

Hansen machte sich irgendwelche Notizen, dann hielt er seinen Bleistift in die Luft.

Warum lassen Sie sich von der Schülerin duzen.

Dasselbe könnte ich Sie fragen.

Diese Sätze fielen nicht, ich schob sie nur im Kopf hin und her, wie Schachzüge. Bloß nicht mit dem ersten eröffnen, damit man mit dem zweiten parieren konnte.

Eine Weile saßen wir da wie ein Zufallspaar in einer Wartehalle. Dann lehnte Hansen sich nach vorn, streckte die Hände aus und legte sie flach auf den Tisch. Es sah ganz danach aus, als hätte ich mir für meinen Ausflug ins BioQuaNa-Werk einen kurzen Moment der Vertraulichkeit verdient, einen Unter-uns-Satz in aller Stille, der mir weiterhelfen würde, diesem Besuch einen Sinn geben, irgendein Fazit erlauben.

– Sie haben mir eine Menge zu verdanken, Herr Engler. Sie wissen es nur noch nicht.

Ich schluckte das runter.

– Sie sind doch jemand, der von der Modernisierung dieser Schule profitiert. Die Schüler gehören evaluiert, die Lehrer, und auch die Schule gehört evaluiert. Dafür sind Sie da. Ihren Arbeitsplatz habe ich quasi mitgeschaffen. Oder sehen Sie das anders?

Ich sah zum Fenster hinaus, wo die schwarze Wut war. Ich war wütend auf diesen grauen Mann, wie er da badete in seiner weißen Milch. Vielleicht war die Schülerin gar nicht freiwillig in den Tod gesprungen, die Polizei hatte etwas übersehen bei ihren Ermittlungen, und Hansen war dabei, etwas zu vertuschen mit seiner Rundführung und seiner Rhetorik.

– Haben wir noch etwas zu besprechen, Herr Engler?

Oder er hatte mich eingeladen, um mir Geld zu zahlen, um mich zu bestechen. Hansen wusste von meiner Geldnot, meiner gescheiterten Beziehung, meinem fordernden Sohn, er wusste, dass ich nicht im eigenen Auto gekommen war, weil ich mir gar kein Auto mehr –

– Herr Engler, Sie zittern.

Warum öffnete er nicht seine Schreibtischschublade und zog einen Umschlag heraus? Zehntausend, mehr müsste es gar nicht sein.

– Dann geleite ich Sie hinaus, ja?

Das Mädchen saß auf der Motorhaube. Sie rauche sonst nicht, habe sich eine Zigarette von der Sekretärin geschnorrt. Ich nickte und stieg ins Auto. Über Kurt Cobain hatte Clarissa mit nur einem Satz geurteilt: *Er hat sich halt umgebracht.* Gegenüber Hansen hatte sie die These vertreten, wir seien hier, weil sich ihre Freundin vom Dach gestürzt hatte. Ich sah mich auf dem Dach der Schule stehen, neben mir die blaue BioQuaNa-Fahne im Wind. Es regnete nicht mehr. Aber mir passierte zu viel. Und ich konnte nur zusehen.

– Weißt du, was ich gern machen würde. Ich würde jetzt gern Minigolf spielen.

– O Mädchen.

Sie lachte schon wieder, verschluckte sich, hustete.

– Das hat mein Vater immer gemacht mit uns, wenn er am Wochenende mal Zeit hatte.

– Statt zu reden, meinst du.

– Echt jetzt, Minigolf. *O Mädchen* war 'ne schöne Antwort. Heute spielt er natürlich Golf.

– Woher kennst du Hansen?

– Der ist oft bei uns zu Hause. Unternehmerskat. Die sind sogar zu geizig, um in die Kneipe zu gehen.

– Vielleicht wollen sie nicht zusammen gesehen werden.

Sie wirkte überrascht.

– Guck, da sieht man dein Alter. Ich hab Monate dafür gebraucht, um das rauszufinden.

Ich tat, als müsste ich mich auf den Verkehr konzentrieren. Alle Spesen werden erstattet, dachte ich. Neben Pension und Vollverpflegung gab es eine Kilometerpauschale. Was genau hatte ich mir von dem Ausflug versprochen. Was genau war da eben geschehen?

– Ey, ich hatte grad eine wahnsinnige Angst. Dass ich's nicht hinkriege. Als ich da geraucht hab vor diesem Riesenmonster von Kühlturm. In drei Wochen sind die ganzen Abiklausuren, und ich krieg nichts in die Birne. Weithin nichts. Null Komma null. Stattdessen hör ich mir diesen Scheiß von Olaf Hansen an und fahr hier mit dir durch die Gegend.

Ja, das wunderte mich auch. Was nicht hieß, dass ich der Meinung war, eine *wahnsinnige Angst* müsse unbedingt zur Konsequenz haben, dass man sofort mit dem Lernen fürs

Abitur begann. Ich war selbst oft genug wie gelähmt, wenn die Arbeit rief.

Auf dem Rückweg hatte ich spontan in zweiter Reihe zu parken, damit Clarissa als letzte Kundin vor Feierabend in eine Bäckerei stürmen konnte. Ich hatte ihr nicht angeboten, sie abzusetzen. Nach siebzig Minuten Fahrt saßen wir in meinem Apartment am Rechner und aßen Streuselschnecken mit Mohn. Mit der linken Hand tippte Clarissa ihr Passwort ein und zeigte mir das Online-Schülerforum.

Man gab sich da Tipps, wie Geld zu verdienen war, tauschte allerhand Adressen, vor allem von Text- und Grafikagenturen, bei denen sich die Schüler unter Pseudonym und mit gefälschtem Alter einloggten. Ein Junge hatte im Forum seine Comicstrips verlinkt, die er für Schulabgangs- und Berufsbildungsmagazine zeichnete. Alles sehr harmlos. Ich hatte erwartet, Stimmen zu Meret Kuglers Tod zu finden, aber wenn es die je gegeben hatte, dann waren sie längst wieder von der Seite verschwunden.

Clarissa lud mir nebenbei die neueste Version eines Videoplayers aus dem Netz. Sie klickte sich durch die Ordner, die Max geschickt hatte.

– Komm mal Freitag in den Unterricht, das wird spannend. Da les ich aus meinem Blog vor, *Unser erstes Konzert*. Hier, ich zeig dir unsere Band.

Es schmeichelte mir, dass sie mich weiterhin duzte. Diesmal hatte ich ihr einen Wollpulli geliehen, sie musste ständig die Ärmel hochschieben, um die Maus zu bedienen.

Sie sagte, die Band sei jetzt ihr Lebensinhalt. Sie schrieb die Blogeinträge, gemeinsam planten sie ihre erste Tour. Das würde zwar in der Schulzeit nicht mehr klappen, aber Clarissa wollte weiterschreiben. Und mit großer Selbstverständlichkeit sagte sie noch:

– Wir fahren nach dem Abi zusammen weg. Die Reise schreib ich um zur Tour. Also die Eindrücke von dort, die verarbeite ich dann.
– Erst mal wolltest du das Abi bestehen.
– Ach jaaa!
Sie tat erstaunt, schlug sich mit der Hand an die Stirn.
– Und dann will ich Aufnahmen machen, Songs schreiben.
Ich mochte ihre Entschlossenheit. Eine Sängerin war das Mädchen nicht, aber vielleicht eine Dichterin, eine, durch die Phantasie floss, die womöglich auflebte in Welten, die sie nicht besucht hatte und nie besuchen würde. Irgendwann schloss Clarissa alle zuvor geöffneten Fenster. Wir saßen nebeneinander in der Stille, als der Sternenhimmel über den Bildschirm kam.
– Und, was machen wir jetzt, fragte sie.
– Ich mach mir noch ein paar Notizen, sagte ich, aber das war eine Unwahrheit, denn Clarissa begann, mit dem Scheitel gegen meinen Oberarm zu stoßen. Ach komm, Notizen, sagte sie bei jeder Berührung. Sie tat das so lange, bis ich den Arm hob und sie unter meiner Achselhöhle hindurchtauchen ließ. Dabei drehte sie den Kopf, lag mit dem Hinterkopf auf meinem Schoß, sie rieb ihre Schultern über meinen Schoß.
– Hier ist es schön.
Sie rekelte sich, strich sich die Haare aus dem Gesicht.
– Oder wir gehen noch raus auf ein Bier, sagte ich, ohne sie anzusehen.
– Sehr großstädtisch.
– Was genau daran?
– Weiß ich auch nicht.
– Ein Bier kann man doch überall –
– Fass mich mal an, flüsterte sie.

Wie eine Katze hatte sie sich zwischen meinen Armen eingerollt. Ich streichelte ihren Kopf, griff in ihre Haare, und tatsächlich schnurrte sie.

Später war sie noch einmal vor den beiden Stillleben an der Wohnzimmerwand zusammengebrochen und hatte gelacht, bis sie kaum noch Luft bekam, doch als wir im Bett über den Tod des Mädchens zu sprechen begannen, erlebte ich sie ernst und verbindlich, überlegt ihre Sprache, kraus ihre Stirn. Sie hielt die Mitschüler für *trauerresistent*. Mauss habe versucht, die Ignoranz und Selbstbezogenheit der Jungs bloßzulegen, ein richtiges Lager hätten sie vor Weihnachten bei ihm abgehalten auf dem Land, aber der Lehrer habe es dann viel zu schnell aufgegeben. Nein, niemand könne mehr stehen und bleiben, alle müssten immer weiter. Abi machen. Studieren. Geld ranschaffen. Kinder. Das sei alles so sinnlos. Ob ich das verstünde, dass ihr das alles so sinnlos erscheine jetzt.

Wir hatten den Rechner nicht mehr heruntergefahren, waren einfach übereinander hergefallen.

Ja, ich verstand, dass ihr das alles so sinnlos erschien jetzt.

Ihr Gesicht war so nah, dass ich die winzigen Fältchen an ihren Schläfen sah, nur Anflüge davon, als hätte jemand mit einer Stecknadel Erinnerungen hineingeritzt, die wieder verblassen würden. Ja, die Fältchen wirkten auf mich, als könnten sie gleich wieder verschwinden, so fein waren sie, so wenig tief.

Ich hatte versucht ihr zu sagen, dass es gegen Trauer keinen Wirkstoff gab, und dafür auszugsweise das Lied von den Uhren zitiert. *All unsere Uhren, die anders ticken.* Jeder musste seine eigene Zeit synchronisieren. Ich erzählte vom Tod meines Vaters. Indem ich Clarissa tröstete und gleichzeitig zum Ausdruck brachte, dass Trost zu manchen Zeiten nicht gelingen konnte, hatte ich ihr imponiert, das spürte ich. Sie fühlte wohl ihre schwarze Seele erkannt.

– Du kannst den anderen nicht vorschreiben, wie sie zu trauern haben. Oder welche Wunschzettel sie sich schreiben, mit wie viel Geld und wie vielen Kindern.

– Ich wäre die Letzte, die das tut. Aber die sind halt in der Mehrheit. Deshalb denken ja alle, *ich* muss mich anders verhalten.

Wir konnten beide nicht einschlafen, und vielleicht war es das Summen des Rechners, das Clarissa verleitete, noch einmal aus dem Bett zu springen und hinüber an die Tastatur. Sie klickte auf die Homepage der Schule und im Menü auf *Abschied*. Als sie mich an den Bildschirm winkte, war darauf mittig, sehr klein, der Grabstein von Meret Kugler abgebildet, per Klick öffnete sich die Originalauflösung des Fotos. Es gab keine Bilder vom Begräbnis, was ich taktvoll fand.

Clarissa drängte mich, die Grabrede zu lesen; eine Lehrerin hatte sie gehalten, ihr Name sagte mir nichts. Die Rede war voller Floskeln, glatt wie eine Grabplatte, kein Eingeständnis, nicht einmal der Versuch einer Selbstbeobachtung. Sie klang nach Schulpolitik und schloss mit dem Aufruf, genauer darauf zu achten, was abseits des Unterrichts geschah.

– Erzähl mir von Meret.

– Weiß nicht. Das macht mich immer so traurig.

– War sie denn ein trauriger Typ?

– Meret war ein Freak.

Sie wiederholte das Wort, mehr sagte sie nicht.

# 4

Am Vormittag sah ich mir drei Einzelstunden an, Erdkunde und Biologie in der siebten Klasse, danach Geschichte in der neunten. Auch wenn Clarissa mir versichert hatte, es nicht zu tun: Ich sah sie da draußen in der Pausenhalle von unserer Liebesnacht erzählen. Ich hatte tief geschlafen, selbstzufrieden irgendwie, ich hatte sie nicht gehen hören am Morgen, nur einen Zettel auf dem Tisch gefunden: *13 Uhr, Hochsitz.*

Der Geschichtslehrer verteilte einen von ihm korrigierten Multiple-Choice-Test zur Bundesrepublik und legte auch mir einen Blankozettel hin. Der Test mischte Institutionen und Politikernamen, er war insgesamt so dämlich, dass ich mir zusätzliche Fragen ausdachte. *Bruno Ganz ist* a) *Kapitän Nemo,* b) *ein Bär in Bayern,* c) *Adolf Hitler.* Wie ein Schüler gab ich mich meinen Tagträumen hin, starrte auf die Tafel, ohne den Stift auch nur zur Hand zu nehmen. Seit Jahren hatte keine Frau mehr eine Kondomverpackung neben mir aufgerissen. Drübergezogen hatte ich es selbst. Ich roch unauffällig an meinen Fingern, aber der lockende, ätzende Gummigeruch war verschwunden.

In der großen Pause ging ich in die Cafeteria. Ich hatte Appetit auf ein warmes Essen bekommen, wollte aber nicht angesprochen, am liebsten nicht gesehen werden. Barzahlung gab es nicht. Am Kartenautomaten fand ich lediglich einen Zwanzig-Euro-Schein in meiner Hosentasche, atmete schwer unter der Last des Gedankens, mich länger an diesen

Ort zu binden als nötig, und war dann eher erleichtert als frustriert, als ich feststellte, wie hoch die Essenspreise waren. Es gab täglich drei Mittagsmenüs, ausschließlich Bioessen, nur für die Schüler waren die Speisen verbilligt, mich aber kosteten Huhn, Reis und Brokkoli mit Salat und Kaltgetränk neun Euro.

Die Sonne legte einen Streifen durch die Cafeteria, nur ein Ärmel und meine rechte Hand wurden beleuchtet. Fast drei Jahre hatte ich mit keiner Frau geschlafen. Ich legte das Messer zur Seite und gabelte mit der Sonnenhand, ich umspielte jedes Brokkoliröschen einzeln mit der Zunge. Das Huhn zerkaute ich gründlicher als sonst. Der Blick zur Zimmerdecke, danach. Clarissa war seit sieben Monaten volljährig. Ein zierliches, kräftiges Wesen. Ich hatte ihre Kraft im Bett unterschätzt. Dünne Frauen hatten mich immer angezogen. Sie war danach sofort in der Dusche verschwunden. Schrecklich. Am Morgen hatte ich das Kondom in der Hofmülltonne entsorgt, weil ich die Putzfrau am ersten Tag auf dem Korridor getroffen hatte. Auch schrecklich.

Auf dem Nebentisch lag die lokale Tageszeitung. Sie steckte in einem achtseitigen, mit Hilfe der Deutschen Presseagentur vorgenähten Mantel aus Innenpolitik und Weltgeschehen, darunter die neuesten Klatschmeldungen. Vielleicht wurde ganz Norddeutschland von denselben Artikeln und Panoramablicken umhüllt. Im Lokalen, dem eigentlichen Textkörper, folgten auf acht Seiten Stadt und Umland sieben Seiten regionaler Sport, eine Seite Kultur. In Stadt und Umland ging es um Schützen und Züchter, um Umweltthemen, Parteienscharmützel und Bauauflagen; die Berichte führten bereits mitten hinein in jene Vereinskultur, die der Sport schließlich mit seinen Tabellen auf die Spitze trieb.

Ich nahm mir Zeit fürs Blättern, hatte mir einen Cappuccino neben die Lektüre gestellt. Die Zeitung als Bild der Gesellschaft, 15:1 das Seitenverhältnis, das der Bedeutung von Kultur entsprach, oder den oft so deprimierenden Ergebnissen von Bildungsumfragen. Ich spürte, dass mich das alles nicht mehr aufbrachte, ich hatte meinen Zorn in den letzten zehn Jahren gegen Stolz getauscht, vielleicht auch bloß zu einem Wechselkurs von 15:1, aber egal. Zur lokalen Zielgruppe würde ich nie und nirgendwo gehören. Deshalb galt es darüber hinwegzusehen, dass im Sockel der einzigen Feuilletonseite eine BioQuaNa-Anzeige geschaltet war und in der Kritik darüber ein Blockbuster besprochen wurde.

Die Cafeteria war mittlerweile gefüllt mit Jugendlichen. Sie lachten, redeten, fluchten, schaufelten sich ihr Mittagessen in den Rachen. Andere aßen nur den Schokoriegel *JaQuar*, mit dessen Folienverpackung (im Raubtierdesign) sie danach herumspielten. Ich schloss die Augen, die Sonne schien mir jetzt ins Gesicht, und die Fragen stellten sich doch: Würdest du darum kämpfen, dass die *eine* Seite Kultur nicht verschwindet, wärst du bereit, dafür in diese Kleinstadt oder jene, aus der du kommst, zurückzukehren? Ist es denkbar für dich, im Namen der Musik, der Wissenschaft und Kompositorik vor eine größere Öffentlichkeit zu treten, könntest du das denn, eine Diskussion eröffnen oder weitertragen, auf Leserbriefe reagieren, Konzerte besprechen oder Interviews mit tourenden Musikern führen. Oder bist du zufrieden damit, die anderen fünfzehn Seiten dieser Zeitung zu ignorieren, weil sie dich selbst nicht betreffen?

So saß ich und sinnierte, bis alle Fragen zusammenschnurrten zu der einen, aus der sie hervorgegangen waren. Bist du den Menschen zu Diensten, oder ehrlicher: Liebst du sie denn?

Man musste einen weiten Bogen schlagen, um sich dem Hochsitz durch den Wald zu nähern. Einen Zaun gab es auf dieser Seite nicht. Ich hatte noch Zeit, legte mich in die Wiese. Ein paar Minuten schlief ich sogar, einen dieser *Power naps*, die mal in Mode gewesen waren. Mir halfen sie, Energien aufzuladen. Ich hatte das oft zu Hause trainiert. Der Hochsitz stand nah an einer hohen Rotbuche. Ich rüttelte an der Leiter, die mit dicken Zimmermannsnägeln oben am Häuschen befestigt war. Sie schien für meinen schweren Körper stabil genug zu sein. Beim Aufstieg der Gedanke an Kästners Klassenarbeitshefte, an verbrannte und versehrte. Untrainiert wie ich war, begann ich zu schwitzen.

Innen war das Gehäuse über und über mit Ritzungen versehen. Nicht die üblichen Schultoilettensprüche, sondern fast durchgehend Zeichnungen. Ich machte Pferde und Katzen aus, Bäume und Sterne. Ein kindlicher Kosmos, und ich in seiner Mitte. Die Sterne umgaben mich am helllichten Tag. Ich fand rote Kerzen, von Wachs umringt, eine leere Flasche Bier, eine Handtrommel.

Es war zum Lachen. Da so zu hocken. Mal hörte ich ein Ratschen, mal senkten sich Zweige über meinem Kopf, vibrierten sirrend, und ich stellte mir vor, wie sie einen Meter über mir hing mit den Händen im Baum, sie ließe sich in den Hochsitz herab, fiele mir um den Hals, während der Ast zurückschnellte in die Höhe. Wir küssten uns, knutschten, ich fasste sie hart an, fand ihre Zunge, fand mich wild, ungezügelt, erfand mich neu.

Clarissa erschien nicht. Zog keine Kondomschachtel aus dem Rucksack. Sie riss die Folie nicht auf.

*Saskia und Ying haben auch hier oben gefickt.* Hatte sie das gesagt, oder stand das auf dem Zettel, den sie hinterlassen hatte?

Da ertönte ein Pfiff. Aus dem Wald? Nein, er war nicht zu orten, konnte auch von der Wiese aus Richtung der Schule gekommen sein. Für einen Vogel etwas zu laut. Da, noch einer. Was beim ersten Mal nur angeklungen war, wurde in der Wiederholung deutlich: Es war die widerliche Art von Anpfiff, den Machos auf wildfremde Passantinnen losließen.

*Wir sind aber nicht Saskia und Ying.*
*Johannes, das ist ja ein erbärmlicher Satz.*
Sie war nicht erschienen. Ich saß geduckt, mein Körper ein einziges Fragezeichen. Sie zog die Schultern hoch, die Brauen. Ich fror ein wenig, atmete durch die Nase, und alles sprach dafür, dass das Mädchen über unsere gemeinsame Pantomime zu lachen anfangen würde.

Kein dritter Pfiff ertönte. Minuten in absoluter Stille.

Ich glaubte nicht, dass Clarissa ruhig bleiben konnte. Aber sie schaffte es, nein, sie war gar nicht erschienen.

Später schlug ich mit dem Kopf auf. Unter einer Kanalbrücke, oder warum flimmerte über mir Licht, als würde es von unruhigem Wasser hinaufgespiegelt? Die Gewissheiten kamen nacheinander zurück, ein Summen, aus dem aufgeklappten Fischmaul eines Rechners, ein Apartment, in einer deutschen Kleinstadt, eintausendvierhundert Meter Luftlinie entfernt von der schüler- und elternbestimmten *BioQuaNa-Stadtakademie*. Im Kühlschrank stand seit meinem Einzug eine Flasche Milch vom Schulsponsor, links vorn in der Tür, ich sah sie vor mir, das grünblaue Logo auf dem Etikett. Der Kühlschrank summte jetzt auch.

In diesem Bett war es passiert. Um uns geschehen. Gegen dieses Bettgestell war ich gestoßen, vielleicht wäre ich sonst gar nicht aufgewacht. Clarissa hatte sich für ihr Fernbleiben am Nachmittag entschuldigt, sie hatte angerufen, bevor ich eingeschlafen war.

Ich öffnete im Wohnzimmer wie im Schlafzimmer die Fenster, ließ den milden Abend einfließen. Die Sirene eines Krankenwagens wehte herein, auch Kirchenglocken. Drei Schläge. Als ich mir den Bart einschäumte, rief jemand unten auf der Gasse, er lasse sich das alles nicht länger gefallen. Die Stimme wurde innerhalb des Satzes immer lauter, aber niemand antwortete, und jetzt war sie schon eine Wolfsstimme, heulte den Mond an. Ein Greinen. Die große Verbrüderung von Suff und Verzweiflung. Dafür war es eindeutig zu früh. Ein dumpf knallender Laut, als fiele eine Ledertasche auf die Straße, dann schlug eine Tür zu.

Ich lauschte in der Erwartung, auch Glas zerschlagen zu hören, aber es geschah nicht. Immerhin krachte noch eine Tür, jemand stolperte aus der Pension, es freute mich, in einem Film zu leben, in dem man die Lederabsätze von Schuhen auf Asphalt hörte. Die Stadt wurde dadurch älter und schöner, die warme Luft färbte die Geräusche mediterran. Hinter den Absätzen Stille wie nach einer Schießerei.

Viertel vor zehn, ich war spät dran, hatte mich mit Clarissa für zehn Uhr in einer Kneipe verabredet. Ich zog Jeans, Oberhemd, Turnschuhe an. Das Aftershave glotzte, als hätte es nur auf seinen Moment gewartet.

Ich kannte den ersten Teil des Weges: durch die Innenstadt, in den Park, an der Konzertmuschel vorbei. Auf der anderen Seite war der Park bereits geschlossen, ich musste über das Tor klettern, was mir überraschend mühelos gelang. Ich stand an der Straße, entdeckte in einiger Entfernung die Kneipe, denn es hingen Lampions über dem Fußweg. Sie leuchteten in den Ampelfarben.

An der Theke traf ich auf ein bekanntes Gesicht. Neben

mir stand der Hausmeister der Schule inklusive einer leichten Alkoholfahne und sagte:
– Der Herr Gutachter. Schöne Sache.
Ich sah mich um. Keine Clarissa, kein einziger junger Mensch. Diederichs wollte rauchen, er griff nach der Bierflasche, drängte hinaus auf die Straße. Wir hockten uns auf das Fenstersims, die Scheibe im Rücken, die Füße auf dem Bürgersteig.
– Was führt Sie noch aus, fragte er.
– Das weiß ich auch nicht so recht. Ich kann nicht schlafen.
– Ich kann seit Jahren nicht schlafen. Schon wegen meinem Arm nicht.
Diederichs ließ den rechten Arm baumeln. Er nahm einen großen Schluck Bier und begann unvermittelt von einem schweren Autounfall zu erzählen. Damals habe er mit seiner Familie noch einen Bauernhof in Schleswig-Holstein bewohnt, aber als er aus dem Krankenhaus zurückkehrte, waren seine Frau und seine Tochter verschwunden. Er war alkoholisiert gegen einen Baum gefahren.
– Danach war nichts mehr mit Arbeit.
– So schlimm?
– Eigentlich nicht. Viele Brüche. Und eben auch ein paar Nerven. Ich brauchte ja als Restaurator beide Hände.
Ich blickte hinüber in die Sträucher des Parks, legte den Kopf in den Nacken, sah hinauf in die Sterne, ließ das Bier mit Diederichs Redseligkeit in mich hineinlaufen. Sie würde nicht auftauchen. Zum zweiten Mal an diesem Tag wurde ich versetzt.
– Mein Vater lebte noch auf unserem Hof. Der hat auf sie eingeredet, sie überredet, vor mir abzuhauen. Der hat meine Frau und meine Tochter richtiggehend vom Hof gejagt.

– Warum denn?
– Weiß ich doch nicht. Ich hab halt hin und wieder einen genommen.

Diederichs erzählte, sein Unfall liege sechseinhalb Jahre zurück. Sein halber Körper sei eingegipst worden. Er war damals einer von drei Teilhabern einer erfolgreichen Firma gewesen, Restaurationen im Außenbereich. *Plein Air*, Monumente, Denkmäler, auch Kirchenportale. Die Firma arbeitete mit neuester Lasertechnik, er organisierte und betreute die Projekte – mehr als das, bis zum Unfall war er oft vor Ort an der Ausführung beteiligt gewesen. Danach habe er eine große Antenne auf dem Dach installieren lassen und vom Hof aus die elektronische Buchführung übernommen, ohne dass ihn das habe ausfüllen können. Dem Vater gegenüber zeigte er sich sarkastisch, sagte er, auch aufbrausend. Ihm fehlte die Familie, da flippte man eben mal aus. Kehrte er nachts von irgendwoher auf den Hof zurück, führte er laute Selbstgespräche. Er sei auch wieder Auto gefahren. Bleifuß.

Natürlich Bleifuß, was sonst, dachte ich unbeteiligt.

Die Nachbarin habe ihn damals anzeigen wollen, weil eines ihrer Schafe von seinem Neufundländer gerissen worden sei, was aber nicht stimmte. Diederichs habe ihr ins Gewissen geredet, bis sie von ihren Unterstellungen abließ.

Jetzt lachte er mal. Ich sah die Chance, bat ihn, mich kurz zu entschuldigen, ging in die Kneipe. Ich suchte jeden Winkel mit den Augen ab, strich einen Vorhang zur Seite, fand nur einen Zigarettenautomaten. Ich tippte ein Fragezeichen ins Handy und schickte es Clarissa. Der Akku war fast leer.

Diederichs fühlte sich behindert – das war das Nächste, was ich wieder bewusst aufnahm –, er sei jetzt ein Behinderter, immer verbitterter geworden, habe immer weniger gearbeitet. Sein Vater riet ihm damals, die Anteile an der Firma zu verkaufen, solange sein Ruf als tatkräftiger Restaurator vorhielt und ihm die beiden anderen Eigner noch Vertrauen schenkten. Diesen Rat, immerhin, nahm Diederichs an. Der rechte Arm hing an ihm herunter, sagte er. Das wurde ja nicht besser. Er humpelte, Treppen waren schwierig, denn das Becken war an drei Stellen gebrochen gewesen. Man hatte die Knochenteile verschraubt.

Nach Tagen und Wochen vor dem Rechner hatte er herausgefunden, dass sich die beiden, die nicht mehr seine Familie sein wollten, in Hamburg aufhielten. Damals sei er zum Friseur gegangen, habe sich einen Haarschnitt verpassen lassen. Auch Kontaktlinsen. Er habe einarmig Liegestütze gemacht, sein Fahrrad umgebaut, um stundenlang neben dem Hund spazieren zu fahren. Er habe nachts die Regentonne geleert, Holz darin aufgeschichtet und ein Feuer entzündet, um in einem Ritual Flaschen gegen die Scheunentür zu werfen und lauthals dem Teufel Alkohol abzuschwören. Keine Hand habe er mehr gegen seinen Vater, den Altbauern, erhoben, er sei im Gegenteil oft erst nach Hause gekommen, wenn sein Vater schon wieder aufstand, dann habe er Kaffee gekocht und die Thermoskanne aufgefüllt, schon um seine Nüchternheit unter Beweis zu stellen.

– Ich war ein neuer Mensch, sauber, verstehst du.

Wir duzten uns mittlerweile. Es war fast Mitternacht. So, dachte ich, er ist mal sauber gewesen, und jetzt trinkt er wieder. Tolle Lebensgeschichte.

– Dann hab ich einen Zettel auf den Küchentisch gelegt, bin nach Hamburg, Charlotte und meine Tochter überraschen. Dann kam die Annäherungsphase. Ooh, und die dauerte lange. Die dauert noch immer.

Kurze Stille.

– Nee, es ist alles umsonst. Sie wohnen jetzt auf einem Dorf ganz in der Nähe. Weißt du, was sie gemacht hat?

Wie sollte ich das wissen.

– Sie hat mir meine Tochter auf die Schule geschickt. Aber nicht, damit ich sie öfter sehen kann, sondern um mich zu erniedrigen. Durch ihre Nähe.

– Erniedrigen?

– Ja sicher. Wie wunderbar sie die Kleine erzogen hat. Allein. Ohne mich. Bis aufs Gymnasium. Und da noch eine der Besten.

Diederichs gedämpfter Ton senkte sich über der schmerzhaften Vergangenheit. Alles wurde nachtschwer. Ich musste schnellstens verschwinden und wusste plötzlich, dass es jetzt nur noch schlimmer werden würde.

– Wie viel Geld glaubst du, kann einem eine Ehefrau so über fünf Jahre abluchsen.

– Ich lebe auch von Freundin und Sohn getrennt.

– Ach. Dann weißt du ja Bescheid.

– Nur was die Alimente angeht.

– Don't drink and drive! Das ist mein Rat. Das ist so viel Geld, Mensch, so viel Geld. Weil ich ein Mal einen Baum erwische.

Diederichs blickte abwesend auf das feuchte Flaschenetikett, glättete es mit dem Daumen.

– Weißt du, meine eigene Tochter darf sich nicht mal einen Kakao bei mir kaufen.

Dieser Satz stach mir tief in die Brust, direkt dorthin, wo das Herz sich empörte. Diederichs bückte sich und nahm beide Bierflaschen in seine starke linke Greifhand. Ich hatte zu lange gewartet, mich nicht gelöst. Und dachte jetzt darüber nach, ob es nicht noch schlimmer wäre, wenn sich seine Tochter jeden Morgen vor dem Kiosk in die Schlange stellen würde.

– Man müsste die Stadt verlassen, sagte er. Ziellos umherlaufen, das wär's doch. Auf Wanderschaft gehen. Und einfach kein Geld mehr überweisen.

Er machte eine Pause, dann sagte er:

– Ich hol uns mal zwei Neue.

Der Hausmeister trat ab ins Innere der Kneipe. Ersatzweise drang jetzt Musik heraus, Flippergeräusche, ein Spielautomat, Fetzen eines Tresengesprächs. Das hatte ich zuvor alles überhört. Ich war nicht mehr ganz nüchtern. *Ich hol uns mal zwei Neue*, darüber hätte Clarissa sich ausgeschüttet vor Lachen. Kinder, wen sonst, ich hol uns zwei neue Kinder. In mir spielte jemand Säge, das Gejammer nahm gar kein Ende. Übermannend. Ich sah mich mit Diederichs über einen Adoptionsbasar schlendern, er hatte eine Tochter, ich einen Sohn an der Hand. Sie sprangen umher und ließen sich herbeirufen. Zwei Neue für den Neuanfang, Kinder, die wir ab jetzt jeden Tag sehen dürften. Sie aßen Weingummi und tranken Kakao.

## 5

Die Unterrichtsstunden am Donnerstag halfen mir, aus dem Vaterloch zu krabbeln, aber sie vergingen viel zu langsam. Semipermeable Membranen, irrationale Zahlen, das Kriegswesen 1917, das fünfte Kapitel im *Grünen Heinrich*. Hin und wieder schnappte ich einen Dialog zwischen Lehrer und Schülern auf, der sich nicht aus irgendeinem Lehrbuch ableiten ließ, das meiste aber war gepaukt, wurde wiedergekäut und ließ sich katalogisieren. War es wissenswert? Es kam mir vor, als wollten sie mir weismachen, dass sich seit Ende des Zweiten Weltkrieges weder in den Natur- noch in den Geisteswissenschaften Grundsätzliches bewegt hätte und dass es so etwas wie Geschichte nur mehr innerhalb der Methodik der Fächer gäbe. Von Strukturalismus und Mauerfall keine Spur, Fragen zu Energieversorgung, Umweltschutz oder Migration stellten sich in keinem Fach.

Aber nicht nur die Stoffe waren abgerissen, auch die Zeit im Klassenzimmer schien stehengeblieben zu sein. Indem sie Papierkugeln schnipsten und auf Stühlen kippelten, gaukelten mir die Schüler vor, ihre Kindheit sei mit meiner in Einklang zu bringen. Noch immer liefen Tafelstifte aus, Einsatzwille zeigte sich nur in Kombination mit Störgeräuschen, auf jeden guten Witz folgten zwei blöde Sprüche. Vieles empfand ich als inszeniert. Warum drehten sich so viele Schüler nach mir um und glotzten mich an? Warum sahen sie nicht aus dem Fenster, wo ein Vogel in den Himmel aufstieg und in den Wolken verschwand? Warum blickten sie nicht verstohlen auf einen digitalen Gruß, der in der Hosentasche vibrierte und gelesen werden wollte, warum kritzelten sie nicht auf dem Papier herum, wie ich es tat, Johannes Engler, 35, zur Schuleinschätzung gekommen, zur Selbsteinschätzung geblieben, ein Versager in Sachen Distanz, ein Mädchenficker. Ich hatte diese Schule verändert, und sie sahen es mir an. Sie sahen, dass ich nicht an mich gehalten hatte und dass ich in Gedanken unterwegs war, durch die vergangenen zwei Tage wie durch einen Irrgarten: Clarissa Winterhof setzte sich in mein Auto, das nicht mein Auto war, sie lief in eine Bäckerei. Sie goss Tee auf und zeigte mir eine Trauerrede. Sie lachte und war todtraurig und kritisierte ihre Freunde und küsste mich und saß auf mir und lag unter mir und stöhnte, sie duschte und schlief und verschwand. Und jetzt noch einmal von vorn. Sie hatte gefroren und ich ihr meine Jacke geliehen. Ihr Mitschüler Max kündigte sich bei mir an, aber sie war es, die in der Pension erschien.

Alles eingefädelt.

Bestimmt wusste Max von unserer Affäre.

Dann wussten es auch andere Schüler.

Und Mauss.

Mit jeder Unterrichtsstunde wuchs das Gefühl, dass sich die Schule mir und meiner Einschätzung entzog. Eigentlich mit jeder Minute. Ich hätte ausgeschlafen dasitzen müssen und den Lektionen mindestens so aufmerksam folgen wie den Zeigern der Uhr in der Pausenhalle. Es fehlte mir an Disziplin. Dies ist eine Prüfung. Ich hatte ihr standzuhalten, musste mich zusammenreißen. Mehr Kaffee. Und nicht so viel herumkritzeln. Indem ich mir derart zuredete, redete ich mir auch ein, dass ich nur jener dünne Strohhalm der Ablenkung war, nach dem alle Schüler der Welt zu allen Zeiten und Unterrichtszeiten gegriffen hatten, griffen, greifen würden. Aber verdammt noch mal, warum glotzen sie dich alle so an?

Im Medienraum gab es einen Rechner, der über Eck stand, sodass außer dem Nutzer niemand auf den Bildschirm blicken konnte. Ich suchte nach Clarissas Vater, fand sofort Fotos. Keines zeigte ihn ohne Krawatte. Ein Dickhals, der Ähnlichkeit mit Bill Murray hatte. Hier und da am Mikrophon, auf Podien, in Rednerpose. Ein Artikel bezifferte Dr. Hans-Herbert Winterhof als vielfachen Millionär. Die Software seines Unternehmens werde in mehr als dreißig Länder exportiert.

Ich versuchte gleichmäßig zu atmen. Beruhige dich. Die Seele tanzt in altbekannten Mustern. Ganz normal, niemand möchte von mächtigen Vätern erwischt werden, von den Mächten der Welt verspeist. Gefahr wuchs, weil Geld wog, Geld hatte nun einmal Gewicht. Wie schon im Büro des BioQuaNa-Geschäftsführers trat mir dieses merkwürdige Szenario vor Augen. Nur dass es jetzt Winterhof war, der mir Geld gab, viel Geld, und nicht fürs Gutachten, sondern damit ich seine Tochter in Ruhe ließ.

Am Rechner schräg gegenüber lachte ein Mädchen schrill auf.

Mauss war es, der mich heranwinkte, als ich die Pausenhalle durchstoßen wollte. Er gab mir die Hand, hatte dann aber nichts zu sagen. Um uns herum standen Schüler. Auch sie war darunter, ich konnte sie nicht ansehen. Schließlich fragte mich der Lehrer, ob ich selbst Kinder hätte. Ich verleugnete meinen Sohn, wie ich ihn schon Clarissa verschwiegen hatte, doch Mauss interessierte sich gar nicht für

die Antwort, er wollte nur einen Bericht vom gestrigen Elternabend einleiten, der ihm allem Anschein nach zugesetzt hatte. Er sprach viel zu laut und vehement, als dass ich allein der Adressat dieses Vortrags hätte sein können.
– Wissen Sie, Herr –
– Engler.
– Herr Engler, ja, pardon, früher hatte ich es hier mit eingesessenen und erzkonservativen Ärzten, Anwälten und Architekten zu tun, denen der berufliche Erfolg immerhin ein gewisses Recht gab, Erfolg auch von den Stammhaltern zu verlangen. Heute ist die Elternschaft ein Bund neureicher Schwätzer, die den Arbeitsmarkt anpreisen wie einen Fetisch und allein darin *up to date* sind, sich mit den neuesten Mobbingmethoden gegen uns Pädagogen zu bewaffnen.

Seine Sätze waren selbst Waffen, und er wusste, dass ihre Schärfe Eindruck hinterließ, allerdings mehr bei mir als bei den Jugendlichen. Keiner von ihnen schien die Schelte auf die eigenen Eltern zu beziehen, nur Clarissa löste sich aus dem Pulk, fiel hinten heraus, ohne mir ein Zeichen zu geben. Ich sagte zu Mauss:
– Vielleicht kompensieren die Eltern über die Verbände den Druck, dem sie selbst ausgesetzt sind.

Eine diskussionswürdige These, aber er ging einfach darüber hinweg.
– Was sind das für Erziehungsberechtigte, frage ich Sie, die ihre Energien allein darauf verwenden, verdiente Lehrer zu verleumden oder einspringende Feuerwehrlehrer zu Heilsbringern zu stilisieren! Drei Mal haben die Elternverbände solche Springer mit aller Macht an das Gymnasium zu binden versucht, obwohl es weder Geld noch Platz für sie gab. Und das Schlimmste ist: Zwei Mal haben sie sich auch noch durchgesetzt.

Mauss war sehr aufgebracht, aber ich konnte ihm nicht die Aufmerksamkeit geben, die er verlangte. Als mein Handy klingelte, wandte ich mich entschuldigend ab, fast euphorisch, dass Mauss mich herangewunken und so grundlos ins Vertrauen gezogen hatte. Denn im Gegenzug schenkte ich ihm ein solches Vertrauen nicht, warum auch.

– Bist du eigentlich bescheuert, Johannes? Ich sitz gefühlte vier Stunden gegenüber im Gebüsch und seh euch beim Biertrinken zu.

– Claris–

– Du musst doch merken, dass ich nicht einfach in die Kneipe spazieren kann.

– Was soll ich denn machen, wenn der mich da so verhaftet.

– Das ist Laberdidi. Den muss man sich nicht anhören.

– Das musst du schon mir überlassen, weißt du. Er ist ein einsamer Mensch. Sein Unfall –

– Jaja, seine Sauferei, seine Reue, hör bloß auf.

– Kennst du seine Tochter?

– Nee.

– Er sagt, sie geht bei euch auf die Schule.

– Die ist schon vor ein paar Jahren abgegangen.

– Ach, er hat es so erzählt –

– Ey, Johannes. Merkst du noch was? Wir waren verabredet. Laberdidi, der hat nichts zu tun, säuft und läuft wegen jedem Staubkörnchen zur Rektorin. Der sorgt bald dafür, dass wir unten im Keller in der Werkstatt nichts mehr machen dürfen.

– Und nun?

– Heute hab ich keine Zeit.

– Dann sehen wir uns morgen?

– Frühestens.

Ich dachte darüber nach, ob es ein Fehler gewesen war, bei Mauss stehen zu bleiben, mit ihm zu sprechen. Was wusste ich schon über Clarissa. Wie eifersüchtig war sie, wie viel Aufmerksamkeit benötigte sie, wann fühlte sie sich zurückgesetzt?

Den Nachmittagsunterricht knickte ich. Zurück in der Pension, zögerte ich lange, Hauptgutachter Dammann anzurufen, ich hatte seine Nummer gespeichert, aber es stellte sich keine Haltung ein, in der ich ihm hätte gegenübertreten können. Ich brachte es dann doch hinter mich. Dammann hielt es für angemessen, dass wir uns Ende der Woche über unsere Erfahrungen austauschten, also am Freitag. Morgen. Mir blieb nichts anderes übrig, als dem zuzustimmen und ihm einen schönen Tag zu wünschen.

Kaffee. Mit Untertasse und Zuckerdose und Löffelchen. Das Gutachten unterforderte, ja demütigte mich. Ich hatte mich vertan. Auf den Blättern fand sich keine einzige verwertbare Notiz, vor mir lagen ausschließlich Kritzeleien. Sie riefen etwas wach. Ein Defizit. Ich hatte mich schon als Junge in Räumen oft verschätzt, weil ich die dritte Dimension nicht begriff. Ich ging geradeaus, bis es rumste, dann war ich überrascht, dass ich etwas übersehen hatte. Irgendwann wurde mir das linke Brillenglas abgeklebt. Aber die Zeit war noch nicht reif gewesen, alle Ecken und Kanten der Haushaltsmöbel durch Gummiaufsätze zu runden und vor mir zu schützen, und ich lief noch jahrelang schmerzhaft in Möbel hinein.

Damals war es das karierte Mathematikheft gewesen, in dem ich diesen Mangel zu kompensieren versuchte. Ich hatte in der Schule und auch zu Hause wie besessen gezeichnet, zunächst ein Quadrat, indem ich die Linien eines Heftkaros nachzog, dann verlängerte ich die Eckpunkte nach hinten, ließ sie aufeinander zulaufen, sich vereinigen. So entstanden dreidimensionale Figuren, Körper eben, zumeist billige Würfel, gestapelt, aber auch Tunnel, Bunker, Korridore. Wenn ich jetzt daran dachte, schien es mir, als hätte ich fast jede Unterrichtsstunde mit solchen Zeichnungen verbracht, jede Fläche hatte zum Körper werden wollen und ich ständig jene Tiefen des Raumes ausgelotet, zu denen ich im Alltag keinen Zugang fand.

Mehr als zwanzig, fünfundzwanzig Jahre später lagen die gleichen Zeichnungen wieder vor mir. Kugelschreiber auf Karopapier. Ich hielt sie gegens Licht. Ich hatte mich am Vormittag an Würfeln abgearbeitet, an Pyramiden, Kegeln, Kegelstümpfen, sogar an Oktaedern, aber kaum eine Ansicht, kaum ein Verhältnis stimmte.

Die linke Hand vor dem linken Auge, ging ich durchs Apartment. Und dabei musste ich plötzlich lachen, weil es nicht nur ein Gedanke war, der sich aufdrängte, sondern im selben Maße eine Pointe: Ich war in Clarissa hineingelaufen, weil ich sie gar nicht richtig hatte sehen können.

# 6

Am Freitag zur dritten Stunde kam der Musikkurs zusammen. Alle waren da, alle mit schweren Kopfhörern auf den kleinen Köpfen. Wieder staunte ich aus der letzten Reihe über die hohe Disziplin. Clarissa trug eine karierte, eng anliegende Bluse, dünner Stoff, unter dem sich ein BH abzeichnete. Lehrer Mauss lehnte am Pult, unrasiert im grauen Kapuzenpullover. In einer kurzen Einleitung rekapitulierte er die schriftliche Aufgabenstellung der Gruppe. Ich dachte an *Frau Paulsen*, die Suche einer Rentnerin nach dem späten Lebensglück. Diesmal ging es um ein Trio. Das meiste wusste ich schon von Clarissa, und sie war es auch, die nun durch das freigeschaltete Mikrophon aus ihrem Bandblog vortrug.

*Wir müssen wohl erst mal erzählen, wie das alles angefangen hat mit uns. Als Straßenmusikanten. Auch später wollten wir weiter durch die Fußgängerzonen ziehen, aber dann war ja unser erstes Album so erfolgreich gewesen.*

*Wir hatten alle ziemlichen Schiss vor der Großstadt, also vor der Landeshauptstadt. Die Straßen so breit. Ob da jemand anhielt, ob sich die Menschen da stauten? Wir spielen doch ziemlich leise. Wir sitzen also mit Verstärkern im Zug, machen bestimmt einen merkwürdigen Eindruck auf die Leute. M., ein dünnes Mädchen im Rüschenkleid, schweißnasse Hände, weil sie erkältet ist, nicht bloß aufgeregt. Daneben Max O'Reilly, der schwergewichtige Riese mit seiner Juniorgitarre vor dem Bauch. Er daddelte drauf rum, Solozeug, bis ein Fahrgast sich beschwerte. Und ich hatte meinen Hut auf, Hosenträger über dem Hemd. Ich übersetzte den anderen was von diesem Bob Dylan, um sie aufzuheitern: Es gab keinen größeren Erfolg als den Misserfolg, und dass Misserfolg natürlich überhaupt kein Erfolg war. Dann waren wir da. An einem Sommertag bei fettester Hitze.*

*Aber jetzt erst mal, wie Max O'Reilly und ich uns kennenlernten. Bei einer Party hat er Klavier gespielt, ziemlich filigran. Mitten im Spiel machte er sich über sein Spiel lustig, ein Clown für die Gäste, er fing an, weiter auszuholen mit den Armen als nötig, spielte Triller, reizte sie aus, bis er wieder mit dem ganzen Körper in die Melodie reinfiel. Extrovertiert, hab ich gedacht. Aber auch: Wie süß. Obwohl er ja ziemlich dick war. Ein Spinner, der hier in der verschissenen Kleinstadt keine Chance hat, er wird jedenfalls niemals ein Publikum finden.*

*Später am Abend hat Max sich neben mich aufs Küchensofa fallen lassen, das Gelassenheitsgebet gesprochen und leise gesungen* Your famous blue raincoat was torn at the shoulder, *weil ich tatsächlich einen blauen Mantel anhatte, und abgewetzt war er auch, nur eigentlich kein Regenmantel. Max kam aus Irland, das heißt vor allem, er trank mehr als ich, aber ich trank ja auch überhaupt nichts. Bandnamen tauschten wir aus, er bestaunte meinen neuen Player, ich erzählte von meiner Gitarre, aber ich sagte nicht, dass ich erst sechzehn war und gerade in die Elfte kam, dafür fand ich ihn zu cool. Um vier oder fünf ging ich mit einem Zettel nach Hause, auf dem geschrieben stand, was ich Max auf einen Stick zu packen hatte.*

*Ich dachte, er sei älter, einundzwanzig oder so. Weil er meinte, er hätte gerade die Aufnahmeprüfung für die Tontechnikerschule vergeigt. In Deutschland, nicht in Irland. Das war sein Lebenstraum, Tontechniker. Irgendwie war er in den Prüfungen gescheitert, wo man Hörproben bekam und die einzelnen Stimmen zu einer Partitur ausnotieren sollte.*

*Wenn er davon erzählte, war's mir schnell zu hoch. Aber toll fand ich, dass er von seinem Vater eine große Sammlung Songwriterplatten hatte, viel Vinyl. Das hatte er alles in Holzkisten per Schiff mit rübergebracht. Er meinte, für die Tontechnikerschule bringen die Platten alle nichts, da zählt nur Klassik.*

*Wie war Max in dieser Kleinstadt gelandet? Er kannte den Musiker, bei dem die Party gefeiert wurde. Das war schon das ganze Geheimnis. Er wohnte vorübergehend dort und war dann danach ganz anders drauf als auf der Party. Jedenfalls war der Witzbold am Klavier nur gespielt, im Innern war Max mehr Philosoph. Ich spielte ihm was auf der Gitarre vor, das ihm gefiel, und ich fühlte mich gleich wohl bei ihm in der WG. Nur die leeren Flaschen zeigten noch, dass hier diese Party gewesen war.*

*Max wurde mein bester Freund außerhalb der Schule, und als ich ihm das einmal sagte, fing er an, mich noch mal anders anzusehen, mich mehr zu beachten. Vorher war ich einfach zu Gast gewesen zwischen seinen Platten, ein bisschen Musik hören. Er war wohl trotzdem erleichtert, dass ich keine Beziehung wollte. Und ich hatte auch seine Eitelkeit getroffen. Vielleicht meinte Max, endlich erkannt worden zu sein und dass die Welt ihm überhaupt mehr Aufmerksamkeit schenken soll, dann würden alle einsehen, wozu er fähig war: ein guter bester Freund zu sein. Er hatte jetzt ein helleres Gemüt als am Anfang. Er meinte, er sei sich in Irland immer selbst zu trübselig gewesen.*

*Ich ging mittlerweile in die Zwölfte. Er holte mich manchmal von der Schule ab, wo natürlich alle glotzten. Wir spielten gemeinsam Musik. Wir beide und M., sie war eine Freundin von mir, wir waren damals in einer Diskothek zusammen aufgetreten, aber das ist eine andere Geschichte. Einmal stand sie vor der Tür, als wir probten, und dann machte sie mit, zuerst an einer kleinen Quetschkommode. Und das war dann das Zeichen, dass wir zu dritt losziehen mussten. Max O'Reilly glaubte an solche*

*Zeichen. Ich überzeugte ihn davon, dass M. cool war. Vier oder fünf Tage haben wir nur geprobt. Max sagte, er würde kündigen und keine Zeitungen mehr verteilen, und ich lachte. Ich hatte ihn noch nie arbeiten sehen.*

*Und jetzt stehen wir also in der Fußgängerzone der Landeshauptstadt. Keine Mikros, keine Verstärker. M. mit ihrem Akkordeon, Max und ich mit Gitarren. Wir spielen Blöcke von zwanzig Minuten, machen dann Pause. Max und ich schreiben die Texte, er singt meistens die erste Stimme, ich die zweite. Aber die Coversongs kommen besser an, ist ja klar, man versteht gleich, worum es geht, wenn man so als Passant durchläuft. M. ist schon erkältet losgefahren, aber sie fühlt sich jetzt immer schlechter. Es passiert erst am Nachmittag, beim vierten Durchlauf, wir haben zwischendurch Burger gegessen, danach ist nicht mehr viel Geld übrig. Jedenfalls hat M. sich überzeugen lassen, auch mal ein Bier zu trinken nach dem Essen. Dann wird das besser mit der Erkältung, sagt Max, aber im Gegenteil. Sie trinkt sonst gar nichts. Wie ich. Und ich guck schon immer so misstrauisch zu ihr rüber. Wie sie den Mund verzieht, sie hat gleich gemeint, der erste Schluck haut total rein. Sie will aber durchhalten. Es ist richtig warm, die Leute sind gut drauf, Sommerabend, Asphalt, Kaugummigeruch, Fritteuse. Davon wird ihr übel. Also machen wir eine längere Pause. Mir fällt auf, dass M. schwitzt. Aber deshalb schlägt man ja nicht vor, ein Konzert abzubrechen, und das erste schon gar nicht.*

*Ein Fußgänger war Arzt. Es war gleich eine Menschentraube da, als sie umfiel. M. war mit dem Kopf aufgeschlagen, auf die Kante von so einem Blumentrog aus Beton. Der Mann hat dann gleich den Kopf überstreckt. Oder stabile Seitenlage, was weiß ich. Der Notarzt hat endlos gebraucht. Wir tragen sie so, wie es der Arzt uns sagt. Dann hat sie sich sogar noch eingepinkelt, vor den Leuten, nicht mehr vor allen Leuten, weil wir uns da schon mit ihr in einen Hauseingang zurückgezogen hatten. Es war eine Art Koma, schon dort, aber eines, aus dem man gewöhnlich im Krankenwagen oder zumindest auf der Station –*

Ein lautes Krachen unterbrach die Lesung, alle rissen sich die Kopfhörer herunter, hielten sich die Ohren, stöhnten. Mauss hatte sein Schlüsselbund auf Clarissas Tisch geworfen. Jetzt ging er vorn auf und ab wie ein Hospitalist, presste Daumen und Zeigefinger gegen die Nasenwurzel, so heftig, dass helle Druckpunkte entstanden, die erst nach einigen Sekunden wieder durchblutet wurden.

– So, sagte Mauss, er wollte sanft sprechen, und doch wirkte jede Silbe wie hervorgewürgt: Was machen wir jetzt.

Die Schüler blieben still, entweder waren sie eingeschüchtert oder diszipliniert.

– Wie lange, meint ihr, kann und sollte man sich solche Geschichten anhören? Versetzt euch mal in meine Lage als Lehrer, oder besser noch: als Bandmanager, der mit euch *weitermachen* will. Wie oft soll ich mir noch anhören, dass irgendwo irgendwer vom Felsen springt oder hinunterstürzt oder im Hotelzimmer an der eigenen Kotze erstickt oder auf der Bühne zusammenbricht oder verbrennt oder das Jagdgewehr ansetzt oder beim Tauchgang stirbt oder am Neujahrsmorgen mit der Flasche in der Hand umkippt oder den Kopf in den Gasherd steckt. Clarissa, ich rede mit dir. Ich hab genug von diesen Geschichten.

Das Pathos seiner Aufzählung lähmte alle Anwesenden, niemand rührte sich. Mauss drehte sich zur Tafel und ließ sehr langsam einen Satz entstehen.

*Wir holen sie nicht wieder.*

Dann sprach er den Satz laut aus, variierte ihn.
– Wir holen sie nicht ins Leben zurück. Wir können Meret nicht zurückholen. Wir wiederholen Meret nicht.

Clarissa stand auf, als wollte sie quer durch das Hörlabor laufen und zur Tür hinaus. Doch sie schien keine Kraft zu haben, nicht einmal ihre Fingerspitzen lösten sich von der Tischplatte.

– Du bleibst hier, rief Mauss unbeherrscht, und tatsächlich setzte sie sich, was die Szene nur noch theatralischer machte.

– Wir wollten Max und Clarissa –, begann Ying, aber Mauss schnitt ihm das Wort ab:

– Ihr wolltet ihnen den Tod und die Trauer geben, um daraus Kunst werden zu lassen. Ich weiß genau, was du sagen willst, Ying. Ich habe aber keine Lust mehr darauf, dass du das sagst. Ich nehme euch Meret nicht weg. Ich lasse euch euren Schmerz und eure Trauer. Ich weiß, dass es nicht zu verstehen ist. Ich akzeptiere auch, dass ihr nicht ohne sie sein wollt.

– Lüge, rief Clarissa. Alle machen weiter, als wär sie gar nicht hier gewesen. M. ist doch nicht gestorben jetzt. Sie ist bloß abgehauen.

Irgendein Schüler rief:
– Ey, ich hab keinen Bock mehr, mir das anzuhören.
– Musst du aber, fauchte Saskia ihn an.

Mauss stoppte den Schlagabtausch.

– Sie ist in euren Köpfen, sie ist in euren Herzen, und das ist gut so, und jeder muss auf seine Weise aushalten, dass es weiterhin Bilder von ihr gibt. Aber, Clarissa, jetzt kommt das große lehrerhafte Aber, das du so gerne hörst: Du instrumentalisierst ihren Tod. Du machst deine Mitschülerin zu einem Instrument. Und damit tust du Meret großes Unrecht. Du gibst ihr eine Funktion.

Mauss wartete auf ihre Zustimmung, und als keine kam, bog er auf einen Nebenpfad ab.

– Glaubt ihr wirklich, dass ein Musiker den Tod gesehen haben muss, um einfühlsame Songs schreiben zu können?

Zwei Schüler verließen den Raum, ohne dass der Lehrer ihnen nachsetzte. Er war obenauf. Ich starrte auf seinen energischen Mund und wie er mit der Lautstärke spielte, sie jetzt wieder erhöhte:

– Max, hab ich recht und der Tod wird nur herbeizitiert, damit das uralte Klischee aufgeht, dass aus Leiden Kunst entsteht?

– Sie ist ja nicht tot.

– Wieso denn Klischee, rief jemand.

– Ach, das ist an dieser Stelle doch gar nicht die Frage! Mauss wurde noch bestimmter: In eurem Selbstmitleid – hier regte sich starker, raunender Widerstand im ganzen Kurs –, doch doch, Moment, ich spreche jetzt vor allem von Animal Museums, da sind wir angekommen, bei eurem Selbstmitleid. Weil ihr es im Grunde unzumutbar findet, in diesem Jahr nach Merets Tod noch irgendeinen Stift anzufassen oder eine Taste zu drücken, ruft ihr sie immer wieder auf. Clarissa, ich setze mich für euch ein. Wir haben noch ein paar Wochen. Aber schreiben müsst *ihr* die Klausuren, das kann euch niemand abnehmen.

Das war zu viel für die Schüler, alle redeten durcheinander. Sie wehrten sich, aber sie sprachen den Lehrer nicht direkt an.

Mauss schien das Chaos zu genießen. Er setzte sich, senkte den Blick. Dann winkte er den Kurs wie ein großer Bühnenschauspieler hinaus.

Eine Entladung. Die Schüler verließen den Saal.

Mauss packte gemächlich seine Tasche, wischte den Satz

von der Tafel, und als er sich umdrehte, hatte sich der Kurs aufgelöst, war verschwunden, ich allein saß noch da, in Bankreihe sechs. Er zog die Schultern hoch, es wirkte wie ein Reflex, der deutlich machte, wie gleichgültig ihm meine Anwesenheit war. Mauss warf sich die Ledertasche über die Schulter, eine mutwillig lässige Geste. Halb hatte er sich schon abgewandt, als ich ihn sagen hörte:
– Glauben Sie, mich strengt das nicht an?
Einen Moment blieb er stehen, als erwarte er eine Antwort. Ich hatte keine, aber mein Handy piepte.
*14 Uhr Werkstatt.*
Ich klappte das Gerät zu, sah auf, da hatte auch Mauss den Raum verlassen. Mein letzter Arbeitstag war abgelaufen, ich würde keine weitere Stunde besuchen und nahm Abschied vom Sprachlabor, indem ich mit der Hand die Wand entlangfuhr, bis ich die Türöffnung erreichte.

Die Stufen hinunter, vorbei an den Wandmalereien, um die Ecke. Zuverlässig strahlte der Heizkessel seine Wärme ab. Ich wartete erneut auf Clarissa. Zum wievielten Mal? Der Leimgeruch drang durch die Werkstatttür. Ich drückte die Klinke. Nicht abgeschlossen. So sah der Raum also aus, wenn Schüler darin gearbeitet hatten: wie ein Aktivspielplatz am Abend. Es dauerte keine Minute, bis ich Kopfweh bekam und mich auf das Sofa vor der Werkstatt setzen musste. Ein Zupfen am Goldkettchen, der grüne Lampenschirm leuchtete auf.
Clarissa hatte mir erzählt, Mauss sei seit dem Tod seiner Frau nicht mehr gern zu Hause. Aber flüchtete man sich deshalb unter die Erde? Ich sah mich auf dem Schreibtisch um, als könnten dort – zwischen Büchern, Partituren und Post-it-Zettelchen – auch seine Beweggründe auslie-

gen, fand aber nur Zeilen von einem HNO-Arzt, der dem Lehrer eine Knirscherschiene verschrieben hatte und *erholsamen Schlaf mit der Plastik* wünschte sowie *etwas Geduld bis zur Öffnung des linken Gehörkanals* und den *erwünschten Auswirkungen auf den Malleus*. Mauss hatte also auch empfindliche Ohren. Komisch, dass er das Summen in den Lüftungsschächten und Rohren hier unten dauerhaft ertragen konnte.

Die Kellertür, Schritte. Ich ließ mich aufs Sofa fallen.

– Mich macht das alles gerade so fertig.

Die aggressive, fast feindselige Stimmung während der Schulstunde war Clarissa aufs Gemüt geschlagen. Damit hatte ich gerechnet.

– Wieso, du hast den Laden doch richtig aufgemischt.

Sie sah mich müde an, vielleicht verständnislos.

– Mauss hat sich doch entblößt. Wenn du mich fragst, Clarissa: Man hat gemerkt, dass er trauert. Nachtrauert. Er wünscht sich, ihr hättet eurer Meret wirklich nahegestanden. Wahrscheinlich auch, um sich selbst zu entlasten.

– Ich muss noch aufs Dach.

– Redest du da oben mit ihr?

– Findest du das komisch?

– Mhm. Denke schon, doch.

– Hier, ich geb dir den Stick mit. Da ist der ganze Text drauf.

Sie strich sich die Haare aus dem Gesicht, ging in die Hocke und legte mir eine Hand aufs Knie. So saßen wir vielleicht drei Minuten, ohne ein Wort.

– Mauss ist der beste Lehrer, den wir hier haben. Er kann superlocker sein. Er hilft mir auch ständig.

Sie vergrub ihr Gesicht zwischen meinen Knien.

– Aber?

– Ich weiß auch nicht. Er ist gerade irgendwie so ...
– Selbstgerecht?
– Weiß nicht.
– Euer Bandmanager ...
– Weil wir halt Bandprojekte bei ihm haben.

Alles, was sie sagte, sagte sie zu meinen Knien.

– Aber doch keine echten.

Darauf reagierte sie nicht.

– Wahrscheinlich steht er auch unter Druck, wie die anderen Lehrer.

– Ach ja? Wie sieht dieser Druck aus, wie sieht der aus, steht der hier hinter der Tür in der Werkstatt und tut einem Gewalt an oder –

– Nun schrei nicht so. Ich meine nur, wegen des Abis.

– Ach, Scheißabi.

Wieder legte sie ihren Kopf in meinen Schoß, ich griff ihr in die Haare. Auf mich wirkte unser Zusammenspiel im Dunkel mechanisch. Alles war wie in der Pension. Ich hatte mir vorgenommen, sie besser kennenzulernen, aber Clarissa drückte ihren Hals gegen meine Hand, wand sich unter meinen Berührungen, sie küsste mich, sah mich direkt an, fuhr plötzlich auf wie aus einem Traum.

– Ich wollte mit dir in die Werkstatt. Komm, wir gehen noch kurz in die Werkstatt, ja?

Ihr Lächeln verstand ich nicht.

– Saskia und Ying haben auch hier unten gefickt.

Im nächsten Moment schob sie mich durch die Tür und wischte die Holzleisten und Bretter, die auf der Werkbank lagen, zur Seite. Erhitzt wirkte sie, fordernd, gar nicht mehr niedergeschlagen, während ich nichts darstellte als eine Ansammlung weicher, unverbundener Knochen, irgendwo unter meiner Haut. Ich war nicht in der Lage, sie abzuwehren. Ich wusste nicht, was ich hier machte. Wohin Clarissas gedämpfte Stimmung entwichen war. Manches fiel auf den Boden, auch die unfertige Laute, die ich bei meinem ersten Kellerbesuch gesehen hatte. Ein Span splitterte, ich wollte den Bruch begutachten, aber sie riss mir das Instrument aus den Händen, riss mir am Gürtel herum.

Ich hatte die Augen geschlossen, verbohrte mich in das Wunder ihres Stimmungswechsels, lag unter ihr auf der Werkbank, spürte unsere Bewegungen, und es war, als bewegte sich das ganze Gebäude mit all den Klassenräumen über uns, die ich bereits inspiziert hatte. Ich sah die Augen, die aus diesen Räumen hinabgerichtet waren auf uns, auch die des Hausmeisters oder wer sonst kommen mochte, den Heizkessel zu warten, den Kellerschacht zu reinigen, das war anstrengend und ängstigte mich, aber es ließ sich nicht umdenken, nicht umschiffen, es erregte mich und verursachte zugleich einen stechenden Schmerz in den Schläfen, und als ich die Augen öffnete, hing über mir an der Wand der Engel mit der Laute, eigentlich von Dürer, sagte Clarissa, die sich nach meinem Blick umdrehte, hat Meret nachgezeichnet, schöne Flügel, dachte ich, grandiose Flügel, und diese Innerlichkeit, und ich hörte Clarissa stöhnen, ein schönes lautes Stöhnen, ich wusste nicht, warum die Kellerwände so viel Hall erzeugten, bis ich auf dem Boden den unfertigen Korpus sah und zwei andere Gitarren, verschwommen an der gegenüberliegenden Wand. Diese kleinen Räume waren es, sie gaben Clarissa den Klang, und ich schloss die Augen wieder und gab mich hin, unsere Körper klatschten aufeinander, noch Luft oder schon Wasser, wir waren unter Tage, im Halbdunkel schaukelnd, lagen zu zweit allein in einem riesigen Schiffsbauch, im Klangkörper, im Laderaum einer Lautenmuschel.

# 7

Wenn ich unter den gehäkelten Halbgardinen auf die Straße sah, schwammen dort die Unterleiber von Passanten durch den Feierabend. Das Parterre meiner Pension war ein dunkler, muffiger Raum ohne Ansprechpartner. Am ersten Tag hatte ich die Putzfrau gesehen, danach niemanden mehr. Ich stieg die Treppe hinauf, machte mir einen Tee, nahm den USB-Stick aus der Hosentasche und öffnete auf dem Rechner das Dokument *Unser erstes Konzert*, aus dem Clarissa vorgelesen hatte, bis Mauss sie unterbrach. Ich fand die Anschlussstelle.

*Dann hat sie sich sogar noch eingepinkelt vor den Leuten, nicht mehr vor allen Leuten, weil wir sie da schon in einen Hauseingang gezogen hatten. Es war eine Art Koma, schon dort, aber eines, aus dem man gewöhnlich im Krankenwagen oder zumindest auf der Station erwacht, meinte der Arzt.*

*Das Bier war keine gute Idee gewesen, wir hatten sie dazu gedrängt. Aber wie sie dann mit dem Kopf aufgeschlagen war, das hab ich gar nicht gesehen, das war einfach Unglück. Max und ich sind mit ins Krankenhaus, das war ja nun das einzig Gute an dem katastrophalen Nachmittag, dass wir so wenig Zeug dabeihatten und in den Notarztwagen springen konnten. Ich hatte ein angebrochenes Bier ausgetrunken und hab mich geschämt neben den Sanitätern, ihrer Blütenweiße und dem knalligen Orange, der ganzen Hygiene, ich mit meinen Fransen am Handgelenk, mit durchlöchertem Hut und Hosenträgern (in den irischen Lan-*

*desfarben, Geschenk von Max). Jedenfalls dachte ich da, ich sei irgendwie verkleidet, aber die anderen auch, und M. war die Einzige, die halbwegs normal aussah, trotz ihrer Atemmaske.*

*Sie kam dann wieder zu Bewusstsein, noch im Krankenwagen, ich habe ihre Hand gedrückt, wonach sie nickte, und der Arzt meinte: «Das wird wieder.» Max und ich sind im Krankenhaus mit rein in die Intensivstation, aber nur bis zur zweiten Tür, da mussten wir warten. Zwei Stunden danach haben sie dann Entwarnung gegeben, Gehirnerschütterung, leichtes Schädeltrauma. Sie würde so eine Manschette tragen müssen, und dann sei noch was mit ihrem Blut, ob wir von einer Krankheit wüssten. Aber Max und ich hatten uns schon darüber verständigt, dass wir nein sagen würden, falls sie uns auf M.s Lebenswandel oder Medikamente ansprechen. Sie hält es ja selbst geheim. Einmal hat sie mit der Medibox Percussion gespielt, als man ihr gerade die Tabletten für eine neue Woche zugeteilt hatte, das weiß ich noch. Ein Krankenpfleger wollte wissen, wen man jetzt anrufen kann, und Max meinte, wir würden der Mutter Bescheid geben, die Nummer hätten wir aber nicht dabei, was schlau war, aber nicht schlau genug, denn über ein Telefonat mit irgendeinem Amt bekamen sie heraus, dass M.s Mutter entmündigt worden war.*

*Wir durften kurz ins Zimmer, um das Akkordeon abzustellen, und da schlief sie neben einer viel älteren Frau, die in einer Zeitschrift las und so aufsehermäßig über ihre Lesebrille guckte, als hätte sie noch nie junge Menschen mit Akkordeon und Gitarre gesehen. Ich hab M. über die Haare gestreichelt, sie bekam Schmerzmittel.*

*Auf der Rückfahrt im Zug haben Max und ich uns in Musik verkrochen. Ich wollte ihm was vorspielen, da hat er mir seine Füße (mit Schuhen dran) auf die Oberschenkel gelegt: Ich könne ihm mal an die Füße fassen. «Nicht sehr irisch, Ihre Sprüche, Mister.» Wir fuhren in den Sonnenuntergang des 21. März.*

*Frühlingsbeginn. Erstes Konzert, erste Katastrophe. Daran habe ich die beiden Tage immer gedacht: Was für ein schlechtes Zeichen.*

*So viel zu vorgestern, jetzt Zeitsprung: Heute um sechzehn Uhr komme ich zurück zur Station – die hatten schon bei meinen Eltern angerufen, als ich noch in der Schule war, und von der Schule bin ich direkt zum Bahnhof und los –, da holt mich der Chefarzt persönlich in sein Zimmer wie zum Verhör.*

*M. war abgehauen. Sie kann vor Schwäche und Kopfschmerzen kaum aus dem Bett gekommen sein, der Kreislauf wird das nicht mitmachen, das denke nicht ich, der Arzt hat das gesagt, ich wiederhole es nur. Seit vier Stunden schon wird sie vermisst, sagt der Chefarzt. Sie kann jetzt nicht klarkommen da draußen, sie fällt nur noch mal hin, ich solle mir ihren Kopf vorstellen, ein Motorradhelm aus Blei, so ungefähr sei das.*

*Ich fühle mich geschockt und bedroht und sage das auch. Wir haben schon längst die Handynummer probiert, die wollte er natürlich zuallererst wissen, aber M. geht nicht ran. Versuchen Sie es später noch mal. Das ist oft so, sage ich, das hat nicht viel zu bedeuten bei ihr und dass sie eher ein zurückgezogener Typ ist, nicht sehr nahbar. Sie wird zurückgefahren sein, sage ich, wir gehen ja zusammen zur Schule, Oberstufe, Abijahrgang. Aber das weiß der Arzt schon alles von meinen Eltern.*

*Machst du dir überhaupt keine Sorgen, fragt er mich. Doch. Total. Ich weiß nur nicht, was ich sagen soll. Sie bekommt Antidepressiva, sagt er, das wusstest du doch. Ja, schon. Nein, kein Telefon bei ihr zu Hause, hat sie nicht, nur Handy. Das Jugendamt hat schon jemanden in ihre Wohnung gesetzt, sagt der Arzt. Ich nicke blöd, denke darüber nach, ob sie die Tür aufgebrochen haben, aber irgendjemand muss ja wegen der Medikamentenausgabe einen Schlüssel haben. Es klingt alles wie ein Krimi jetzt, Fangschaltung, Ringfahndung, oder wie heißt das, und ich höre*

*sie lachen, wie sie immer lacht, einnehmend, aber eben nicht nahbar, immer mit Tuch oder Schal und ihrer dicken Lederjacke, die hat sie nicht mal in der Diskothek ausgezogen.*
 *Dann schickt mich der Arzt aus seinem Sprechzimmer, mit so einem herablassenden Winken, als hätte ich gar nicht mit ihm gesprochen. Ich zieh mir eine Cola am Automaten. Einige Patienten schlurfen den Gang entlang, ich kann mich an das Zimmer erinnern, in dem sie gelegen hat, und geh einfach hinein, wie man das in Krankenhäusern macht: klopfen und sofort eintreten. Ihr Bett schon gemacht. Leer. Die alte Dame schläft. Ich sehe aus dem Fenster. Wiese, Gebüsch, Leitplanke, Ausfallstraße. Sie ist einfach abgehauen.*

Nachdem ich die Lektüre beendet hatte, klingelte Clarissa, und ich hätte beinahe schon durch die Gegensprechanlage gefragt, was ihr Text bedeuten solle. Von der Tür führte unser Weg dann aber ins Schlafzimmer. Pension Schulz, zweiter Stock, Apartment 8. Meine Finger zwischen ihren Fingern. Ich ließ mich gehen in ihrem Blick. Na, mein Prinz, sagte sie und schaute zu mir auf. Sie erzählte mir davon, wie sie ihre Freundin Saskia auf einer Fahrradtour mit Ying Bartels verkuppelt hätte. Und dass dadurch eine Mädchen- und eine Jungenclique zusammenfanden, die vorher ihr eigenes Ding gemacht hatten. Bis Anfang der elften Klasse seien sie ja alle beinahe asexuell gewesen. Clarissa lag auf dem Rücken und lachte.
 Sie bekam Anrufe von ihren Freunden, ließ das Handy klingeln. Wir duschten gemeinsam, ich cremte ihr den Rücken mit einer Lotion ein, die sie mitgebracht hatte. Sie hatte auch zwei Tiefkühlpizzen dabei, Spinat-Frischkäse. Das improvisierte Abendessen, bei gedämpftem Licht in beiden Zimmern, ließ die Wohnung konspirativ wirken.

Wir konnten an einem Freitagabend unmöglich in der Kleinstadt zusammen ausgehen. Clarissa fragte mich zum ersten Mal, wie lange ich eigentlich bliebe, und ich log ihr ins Gesicht, dass der Gutachterjob bis Mitte nächster Woche dauern werde, bis Mittwoch. Ihr Nicken konnte alles bedeuten. Vielleicht durchschaute sie mich.

– Dein Bandblog ... ich hab eben noch weitergelesen.
– Schön.
– Hast du das Gefühl, Meret gerettet zu haben?
– Du meinst M.
– Ja, pardon. Du versuchst sie zu erreichen.
– Und?
– Es ist nur, weil ich auf dem Schuldach auch einen Brief gesehen habe. In einer Filmdose.
– Das war Teil des Blogs.
– Du legst ihn Meret an die Gedenkstätte.
– Wem denn sonst.

Sie hatte ihre Pizza nicht aufgegessen. Ich trug die Teller ab, füllte ein Glas mit Wasser, trank.

– Und dann schreibst du: *Sie ist einfach abgehauen*. Aus dem Krankenhaus. Also, wenn du mir sagst, das ist deine Art zu trauern und du spielst damit herum, wie ihr ja auch mit der Musik herumspielt, wenn du sagst, du verwechselst Meret nicht mit M., lass ich dich sofort in Ruhe damit –
– Du redest wie Manuel. Das ist eben meine Art.

Abgang Clarissa ins Badezimmer. Ich wusch mir über der Spüle die Hände. Sie war doch nicht irre, nein, irre war sie nicht. Ich hörte mir auf dem Rechner einen Song von Animal Museums an. Als sie aus dem Bad kam, ging ich auf sie zu und nahm sie in die Arme. Sie drückte mich. Küssen ließ sie sich geschminkt nicht mehr.

Sie fuhr mit dem Fahrrad vor in eine Großraumdiskothek,

wo, wie sie meinte, viel weniger BioQuaNa-Schüler abhingen als im kleineren *Contra* in der Innenstadt. Ich nahm das Auto, und als ich eine halbe Stunde nach ihr abgestempelt wurde und in den kaugummihaften Trockennebel der Disco eintauchte – sie hieß *Fool's Garden* –, meinte ich beinahe ausschließlich bekannte Gesichter zu sehen. Vielleicht nicht Clarissas Mitschüler, aber doch sicher welche vom Gymnasium.

Ich sah ihr beim Tanzen zu, sie tanzte kaum allein, bewegte sich auf Freunde und Freundinnen zu. Umarmungen, Arme auf die Schultern, Hände um die Hüften. Kleine Kreise, die sie in ihre Mitte nahmen und anfeuerten, wilder zu tanzen. Je länger ich hinsah, desto tiefer grub sich der Übertragungskanal für diese Tanzbilder: Sie hatte mich verarscht. Sie hatte hier Leute. Sie kam klar.

Als ich mich zu ihr stellte an die Bar, warfen wir uns nichtssagendes, im Grunde unwürdiges Zeug an den Kopf. Aber wie konnte es an diesem Ort anders sein. Wer hier ein Gespräch suchte, suchte Geschrei. Ich kannte klassische Musiker, die richtiggehend Angstzustände in Diskotheken bekamen. Ich dämpfte Bild und Ton mit zwei Schnäpsen. Dass man sich an einer solchen Theke älter fühlte, lag nicht an der Einsamkeit, dachte ich, sondern weil das Hirn mit dem Rücken verbunden war, den man dem Geschehen zudrehte. Alles an mir war demonstrativ. Runterschütten, den Fusel, so verlangte es doch die Westernromantik.

Ich verließ die Halle, setzte mich mit einem Bier in ein Séparée. Ein dummes Spiel, auf das Clarissa nicht einging. Statt von ihr bekam ich Besuch von meinem Sohn, per SMS. Ich starrte aufs Display, konnte weder lachen noch antworten, holte mir ein weiteres Bier und verließ mit der vollen Flasche die Disco.

Ich weiß, dass ich am liebsten noch in der Nacht abgereist wäre, aber dafür hatte ich zu viel getrunken. In die Innenstadt fuhr ich dennoch mit dem Auto, die Flasche zwischen den Beinen. Ich hatte eine Woche lang keine Sekunde daran gedacht, am Wochenende den Jungen abzuholen. Abholen zu müssen. Nicht einmal als Hausmeister Diederichs mir sein Elend dargeboten hatte, war mir die Verabredung mit Lukas in den Sinn gekommen, und jetzt fragte er, ob morgen alles klargehe.

Sarah würde mich fertigmachen, wenn ich nicht erschiene. Sicher hatte sie die späte SMS geschrieben – um diese Uhrzeit schlief der Junge doch längst. Ich überlegte, Diederichs in der Kneipe am Park zu besuchen und mir richtig die Kante zu geben, hielt mich dann aber doch an die Minibar im Kühlschrank der Pension. Ich masturbierte, noch immer in den ätzenden Lärmschaum der Disco gehüllt, warf meine Sachen danach in den Koffer, ungestüm, wie ein bockiges Kind. So ähnlich war ich damals bei Sarah ausgezogen.

Auf den breiten Straßenfluchten von Potsdam wartete alles auf meine Erinnerung. Die Sonne stand zwischen einigen Quellwolken über der Havel, westlich lag der Park mit dem Schloss. Eine Ampel, noch eine Ampel, der Zebrastreifen vor der Abzweigung, die Mietskaserne, in der Sarah seit zwei Jahren wohnte. Die letzte Ampel war neu, das Rot brannte im Auge.

Ich wünschte mich auf die andere Seite des Sees.

Wir holen sie nicht wieder. Wir holen sie nicht zurück.

Ich hol uns zwei Neue, sagte Hausmeister Diederichs.

Sie ist einfach abgehauen, schrieb Clarissa.

Die Antwort darauf, ob sie glaubte, dass ihre ehemalige

Mitschülerin zurückkehren würde, war sie mir schuldig geblieben. Ich begann zu begreifen, wie schlecht es ihr ging. Worunter sie litt. Es kam einiges zusammen, ein ganzer Katalog an Mutmaßungen, aber nichts wog so schwer wie die Freundin, die abgehauen war und nicht wiederauftauchen würde.

Immerhin fand ich einen Parkplatz vor der Wohnung; umso schneller konnten Lukas und ich hier wieder verschwinden. Ich klingelte, nahm die Stufen im Treppenhaus wie ferngesteuert, war, als Sarah die Tür öffnete, derart außer Atem, dass ich mich abwenden musste. Sie sagte, ich hätte eine Fahne, da nütze kein Aftershave. Oder sie dachte es wenigstens.

Auf dem Tisch standen verblühte Tulpen, sahen aus wie zu klein geratene Lilien. Sonst aber war alles aufgeräumt: Sarah gab sich keine Blöße. Ich fand nicht, dass sie gut aussah heute. Sicher, das verwaschene blaue T-Shirt, die breiten Schultern, dazwischen ihr Pferdeschwanz, in dem ohne Tönung drei verschiedene Haarfarben auszumachen waren, von hinten ihre schönen Beine in der Jeans – das war alles noch da. Doch sie wirkte überarbeitet, immer häufiger wirkte sie so, sie verlor Haare an den Schläfen, oder wurden diese Haare nur dünner, sie konnte besser aussehen, sie hatte das besser gekonnt.

Die Schuleinschätzung erwähnte ich nicht, und als Sarah fragte, was ich mit dem Jungen vorhätte, verwies ich auf meine Handynummer. Wir würden einen Ausflug machen. Falls etwas sei, könne sie sich ja melden, das habe ja gestern Abend auch geklappt. Es klang wie ein Reflex, nur worauf? Ich suchte Streit.

– Aber gegessen hat er noch.
– Nein.

– Und wonach riecht es?
– Das überlässt du bitte mir, wann ich mir und meinem Sohn was koche, ja.
– Ich wollte mit ihm essen gehen.
– Das ist ja ganz was Neues.
– Also, hat er nun gegessen?
– Nein. Du kannst ihn übrigens auch selber fragen.
– Lukas, nimm dir 'ne Badehose mit, ja?
– Er war gerade Mittwoch im Hallenbad.
– Vielleicht fahren wir in die Therme.
– Aber er schwimmt nicht nach draußen.
– Weißt du, wie warm es ist?
– Es ist März, Johannes.
– Boah, ist das wieder anstrengend.
– Echter Männersatz.
– Ach, das sagen die anderen auch?
– Johannes, wirklich, ich hör mir das nicht länger –
– Mama?

Der Junge kam aus dem Bad, stand einen Moment unschlüssig im Wohnzimmer.

– Lukas, gehst du bitte zurück auf dein Zimmer.

Er drehte sich um und folgte der Anweisung.

– Sarah, bitte!
– Meinst du, du kannst hier einmal im Monat auftauchen und mich dann noch beschimpfen?
– Das ist doch *deine* Entscheidung, wie oft ich hier –

Ich stand da, begann zu zittern. Sie sagte:
– Du gehst jetzt, oder ich ruf die Polizei.

Elf Jahre kannten wir uns. Wie uncool durfte man sein als Expaar. Was der Junge wohl dachte über das ganze Theater, über dieses Reich der Schikanen, in dem sich seine Eltern seit geraumer Zeit eingeschlossen hatten wie in einen

schwarzen Würfel. Wie auf Autopilot war dieses Gespräch gelaufen. Mit jedem Satz ließ sich ein Unrecht zufügen, das es zu kontern galt. Ich durchschaute alles, ändern konnte ich nichts.
– Irgendwann flipp ich noch aus, sagte ich.
– Ich auch, sagte Sarah.
Sie ließ sich nicht drohen. Das war schon immer so gewesen, sie besaß eine unglaublich harte Verteidigung. Ich lief in ihrer Wohnung auf und ab. Die Tür von Lukas' Zimmer blieb geschlossen, als sei alles von Anbeginn abgesprochen gewesen.
– Weißt du, ich hab echt andere Probleme, sagte ich.
– Ich auch, wiederholte Sarah.
– Was ist bloß aus dir geworden.
Darauf antwortete sie nicht mehr, was ich später als Anflug von Fairness empfand. Sie ließ zu, dass ich sie hasste.
Ich hatte die Tür zugeschmissen.

*Wo waren sie denn gestern? Mail nicht bekommen? Bitte um rückmeldung. Gruß, dammann.* Schön, dass mir der Hauptgutachter in der SMS gleich eine Ausflucht bot. Natürlich hatte ich seine Mail bekommen, gelesen, mich gegen das Treffen entschieden. Ich dachte an meine Wohnung in Berlin, an das schnelle grüne Blinken des Anrufbeantworters als Zeichen einer angestauten Liste. Nachricht eins. Sarah. *Es soll Männer geben, denen es gelingt, die Badesachen des Sohnes aufzuhängen und sie am nächsten Tag trocken zurückzugeben.*
Auch so eine unserer Geschichten. Ich hatte Sarahs Stimme vom Anrufbeantworter über ein Mikrophon in meinen Rechner eingespeist und einen Song programmiert. Midi-Files für Schlagzeug und Bass, eine coole Basslinie, Upbeat, und

drüber, im Loop, ihr meckernder Refrain: *die Badesachen des Sohnes trocken zurückzugeben.*

Die war doch verrückt.

Da konnte mir niemand was anderes erzählen.

Die Einsicht beruhigte mich. Ich hätte Lukas anrufen und mich heimlich mit ihm verabreden können. Oder meinem Professor den Wagen zurückbringen und mit der S-Bahn nach Hause fahren. Aber das Auto lenkte sich wie von selbst auf die Autobahn.

Am späten Nachmittag war ich zurück in der Pension Schulz. Draußen das allerbeste Wetter, nur ein paar kleine Wolken am blauen Himmel, drinnen aber fühlte man sich wie in einem Keller. Ich schlug an der Rezeption zweimal auf die Serviceglocke, hämmerte beim dritten Mal mit der Faust drauf, wodurch die Resonanz der Klingel aber nur gedämpft wurde. Auch mein Rufen beantwortete niemand. Ich wusste, dass ich unter der Woche der einzige Gast gewesen war, auch am Wochenende schien sich daran nichts geändert zu haben. Nur mein Schlüssel mit der Nummer 8 war vom Tisch, auf dem ich ihn zurückgelassen hatte, ans Brett gewandert. Ich angelte ihn mir und ging nach oben. Als ich die Zimmertür öffnete, hatte ich das Gefühl, ich sei länger als ein paar Stunden weg gewesen. Wie viel länger, wusste ich nicht, nur dass ich, um die Dinge wiederzuerkennen, sie nicht nur anschauen, sondern durchdringen musste. Das Teppichmuster schien mir jetzt komplexer zu sein. Hatte ich die Kissen nicht aufs Sofa zurückgelegt? Ich ging durch die beiden leicht ausgekühlten Räume. Das Bett war gemacht, aber in der Küchennische lagen Brotkrümel auf dem Schneidebrett. Ich hatte nichts gegessen, bevor ich gefahren war.

Clarissas letzte Nachricht war vom Mittag: Dass sie *dann doch noch ins Contra* gegangen sei, weil sie mich dort vermutet habe. Wohin ich plötzlich verschwunden sei. Was für ein verkorkster Abend. Ich rief sie an, zum dritten Mal, seit ich Potsdam verlassen hatte. Es meldete sich wieder nur ihre Mailbox.

Ich durchsuchte den Tresen, das gesamte Parterre nach einem örtlichen Telefonbuch, um die Adresse von Winterhofs zu finden. Erfolglos.

Ich sammelte am Rechner weitere Informationen zu Clarissas Vater. Er hatte sein Geld in eine Stiftung ausgelagert, um den Fiskus zu umgehen. Ich verstand nichts von Software, nichts von Innovationen im IT-Bereich, und begann mir dennoch die Stiftungssatzung durchzulesen, bis ich vor der fehlenden Musikalität der Sprache kapitulierte.

Ich rief unter falschem Namen im Hotel an, das Dammann bewohnt hatte, und erfuhr zu meiner Beruhigung, dass er abgereist war.

Ich rief meinen Sohn an. Auch er ging nicht ran. Sarah hatte es ihm wohl verboten.

Ich ging auf die Straße, um eine Runde durch die Innenstadt zu drehen, mich irgendwo reinzusetzen. Heute war Markttag gewesen, ein paar Spanholzkisten standen vor einem Müllcontainer. Die Ausfallstraße führte auf ein Waldstück zu, kein reger Verkehr, aber regelmäßig Autos. Wenn sie in einiger Entfernung vor mir bremsten, glaubte ich, es hätte nicht mit dem Straßenverlauf zu tun, sondern mit dem Weg, der mich hierher geführt hatte, und dass mich die Fahrer erkannten als die skurrile Figur, die in der Schule mit einer Schülerin und so weiter. Es ging nicht. Es ging sich nicht gut. Nach zehn Minuten kehrte ich um, suchte einen Supermarkt und kaufte Kekse, eine Orange und zwei Flaschen Bier.

Zurück im Apartment, überlief mich eine Gänsehaut. Im Bad war – durch die Erschütterung meiner Schritte? – eine zuvor fest zwischen den Wänden verkeilte Plastikstange heruntergefallen, und ich fand den Duschvorhang ausgebreitet, wie drapiert, halb in der Badewanne, halb auf dem Fliesenboden, eine hellgrüne Skulptur.

Es war niemand da.

Ich öffnete die Tür und rief in den Korridor hinein.

Stille.

Eine Flasche in der Hand, stand ich wenig später über dem fast dreieckigen Hinterhof. Alle standen wir auf solchen Balkonen, schwebten zwischen Himmel und Staub. Meine Gedanken kreisten um die Väter. Um Winterhof und Diederichs und mich. Winterhof warf der Tochter seinen Erfolg hin wie eine Orange, aus der sie sich Respekt pressen sollte. Die Orange war reif und süß, und sie strahlte. Sie war perfekt wie Sonne und Mond. Clarissa aber suchte lieber, suchte ihren eigenen Weg.

Und jetzt ich. Was hatte ich hier zu suchen, auf ihrem Weg, was suchte sie in mir? Ein wenig Liebe, ein wenig Vater, ein wenig Lehrer, bestimmt. Von allem ein wenig, im Ganzen zu viel. Klang wie ein schlechter Schlagertext. Ich durfte das, ich durfte auch den zweiten Kronkorken in den Hof der Pension Schulz schnipsen. Die Form von Liebe zu lehren, die das Mädchen suchte, das wär's. Sie hatte mir begeistert von einer Fahrradtour mit Mauss erzählt, vom englischen Regen, schlammigen Schuhen, gestauten Bachläufen, von Geschichten, die sie am Lagerfeuer erfanden und vor dem Einschlafen. Sie hatte mich dabei angesehen, als wollte sie überprüfen, ob ich eher Mauss ähnelte oder ihrem Vater, der von alldem nichts verstand. Ich beneidete Clarissa um Mauss. Das hatte ich ihr nicht gesagt. Noch eine Vaterfigur. Ein Ersatzvater. Einer, dem die Kinder wichtiger waren als die Kollegen und Elternräte.

Ich setzte mich an meinen Arbeitstisch und versuchte, ohne Selbstbezug aufzulisten, woran Clarissa zu tragen hatte, worunter sie litt. Weil ich mich immer wieder ablenken ließ, dauerte es eine ganze Weile, bis eine Liste entstanden war.

- Unter der Zeit, die nicht anhält.
- Darunter, dass Eltern, Lehrer und Freunde ihr zum Trauern zunächst alle Zeit der Welt versprochen, es aber gar nicht so gemeint haben.
- Unter dem erfolgreichen Vater und dessen Abwesenheit.
- Unter einer «Sprache am Nullpunkt», wie sie die Werbesprache einmal im Bett genannt hat.
- Unter der Gleichgültigkeit der Mitschüler.
- Unter der eigenen Gleichgültigkeit gegenüber Meret Kugler?
- Unter Mauss' gespielter Lockerheit?
- Unter einer Einfühlung, die womöglich zugleich Bevormundung ist.
- Unter einem Lehrplan, der zu viele Vorschriften macht, der über den ersten Anstoß hinausgeht. Sie will nur einen Impuls, alles Weitere selbst entwickeln.
- Darunter, dass sich immer alle jünger geben, als sie sind (Kommentar zu meinen Turnschuhen).
- Unter der höchst generellen Erwartung von Reife.
- Unter Liebesentzug. Oder Wärmenot. Max hatte ihr einen Korb gegeben, so viel habe ich herausgelesen aus ihrem rätselhaften Blog.

Mit jedem Punkt erhöhte sich der Respekt, den ich vor Clarissa empfand. Man konnte auch Abstand dazu sagen oder Furcht. Die Nacht hat viele Gesichter. Etwas auf den Punkt bringen, auf den einen, gültigen Punkt, war eine der unsinnigsten Metaphern in unserer Sprache. Und doch thronte wie ein Titel über meiner Liste: Eine Freundin, die nie wiederauftauchen würde, weil sie nicht abgehauen war, sondern vom Dach gesprungen.

Das Ticken der runden Uhr, die zwischen den Fenstern im Wohnzimmer hing, war so laut, dass ich die Batterien herausnahm. Das Plastikgehäuse in der Hand, starrte ich auf die starr gewordenen Zeiger. Wie viel zählte in Clarissas Alter ein Lebensjahr, wie viel in meinem? Man konnte Zeit nicht Zeit gegenüberstellen, aber es war eine grauenhafte Wahrheit, dass sie weniger Lebensjahre von meinem Sohn Lukas trennten als von mir.

In dieser Nacht schreckte ich aus einem Traum auf, der eine Erinnerung enthielt. Mit meiner ersten Freundin war ich in den großen Pausen um unser Schulgebäude gegangen, Hand in Hand, anderen Paaren begegnend und nur Paaren, Runde um Runde, bis der Gong uns zurück an unsere Bänke rief. Nach drei Wochen hatte sie sich für einen anderen interessiert. Auch ihr Name kam jetzt zurück, Claudia Finke, und meine feuchte linke Hand.

Der Name führte mich an den Rechner. *Amsel, Drossel, Fink und Star / und die ganze Vogelschar.* Ich suchte im Netz nach einem digitalen Vogelatlas, verglich die dort abrufbaren Samples mit dem Pfiff, den ich im Hochsitz gehört hatte. Mit viel gutem Willen war es der Mittelteil eines Pirolrufs gewesen, aber der Pirol galt als selten. Zudem war nicht bekannt, dass er sich auf den Mittelteil seines Pfeiflauts beschränkte. Nein, da hatte einer von Clarissas Freunden gepfiffen. Was dachten die von mir, dem Schulgutachter, der in ihrer Disco auftauchte. Es war doch ihre Disco. Einigen hatte ich, an der Bar sitzend, sogar zugeprostet. Mit einem verschämten Lächeln. Ein schamloses Lächeln wäre nicht besser gewesen. Einen Sohn verleugnen, das ging in Ordnung, aber ihr in die Disco nachlaufen und beim Tanzen zugucken, die Blöße hätte ich mir niemals geben dürfen.

Überhaupt, auf sie warten. Ich musste mich doch hier nicht verstecken! Mein Job an der Schule war seit dem gestrigen Tag erledigt, das Mädchen außerdem volljährig. Vielleicht hatte sie meine Nummer verlegt, ihr Handy verloren. Bestimmt hatte sie ihrer Freundin Saskia längst ihren süßen Po gezeigt und gefragt, wer oder was wohl diese kleinen roten Punkte auf der Haut verursacht hat. Antwort B war richtig: das Sägemehl auf der Werkbank im Schulkeller. Saskia und Ying hatten auch da unten gefickt. Und Saskia sagte: *Ach, du jetzt auch, wie geil, nee, mit wem denn*, und so weiter.

Es war wieder sehr still, ohne das Ticken der Uhr, ohne die Stimmen der Vögel. Ich hörte Clarissa lachen, dann muss ich zum zweiten Mal eingeschlafen sein.

# 8

Am Sonntag war die kleine Stadt toter als tot. Die mobilen Einkaufsbuden waren verrammelt. Warmer Wind strich über klebrige Gegenstände. Fünf in Beton geschraubte Holzbretter ergaben eine Sitzbank. Graffitiverunzierte Parkgaragen, in denen nur die Autos derer standen, die gestern durchgezecht und ein Taxi genommen hatten. Gab es hier überhaupt Taxen? Ich sah eine Luxuskarosse, die Fahrertür schlammverspritzt, und musste an Abiturienten denken, die solche Autos aus der Garage ihrer Väter entführten und darin Wald-und-Wiesen-Touren unternahmen. Vielleicht war der Wagen auch Papas Geschenk zur Volljährigkeit, das der Junge nach Belieben einsauen konnte.

Ich trug die Jacke, die ich Clarissa vor ein paar Tagen geliehen hatte, ging darin in den Park, legte mich darin auf eine Wiese, verschloss die Augen vor der Welt und wandte mich einer anderen zu, die nur aus Grasgeruch bestand.

Wenn ich sie nicht mehr sah, wie viel Zeit würde vergehen, bis das Gras über ihr Gesicht wuchs; unter dem rechten Auge, auf der Stirn. Aus einem Planquadrat nach dem anderen müsste Gras sprießen, bis nur die Sprache übrig wäre und die Stimme. Wenn ich mir Mails und Anrufe versagte, wenn ich nichts mehr hinzufügte, wie lang bliebe sie anwesend?

Ich war aufgestanden, blinzelte in die Sonne. Der Sandweg führte zur Konzertmuschel. In einem Glaskasten war zu lesen, dass die Sonntagskonzerte erst im Mai beginnen würden. Ich setzte mich auf einen weißen Holzstuhl, den Blick Richtung Bühne. Und da wusste ich plötzlich, dass ich meine Schuleinschätzung nicht fertigstellen würde. Nicht einmal anfangen könnte ich damit. Ich sah sogar Einzelheiten: Das Kultusministerium forderte mich brieflich dazu auf. Die Stimme von Hauptgutachter Dammann, den ich nie kennengelernt hatte, befand sich zu Hause auf meinem Anrufbeantworter. Vielleicht schon jetzt.

    Keine Rückmeldung von mir.
    Keine Rückmeldung von ihr.
    Keine Rückmeldung von Meret.

Alles drehte sich umeinander und zeigte seine Leerstellen, so wie mein Blick hineinführte in das schwarze Halbrund, in diese gähnende Muschel, die Perlen hervorbrachte und Perlen verschluckte.

Wünsche und Träume und fehlende Rückmeldung. Ich war mir sicher gewesen, dass sie zum Frühstück in der Pension klingeln würde. Es musste doch herauszufinden sein, wo Clarissa wohnte.

Ich kritzelte aufs Papier, denn Papier hatte ich immer dabei. Als die Sonne hinter die Bäume sank, war ein Lied entstanden. Der Titel war «Depot», es handelte von Listen und Leerstellen, von Tun und Lassen, von Festhalten und Vergessen, von Annehmen und Ablegen, von den zwei Seiten der Münze Gedächtnis.

Ich widmete es zu gleichen Teilen Lukas, den ich nicht abholen durfte, und Clarissa, die sich vor mir versteckte.

*Strophe*

Ein Loch gegraben,
tief im Wald, tief in der Nacht.
Alles mitgebracht,
was wir konnten.

Ein Loch gegraben,
alles, was wir miteinander haben,
drin verstaut.

*Refrain*

Alles soll uns überdauern,
nichts darf uns verlorengehn.
Unsere Kinder, deren Kinder
sollen diese Welt verstehn,
wie sie einmal war.

*Strophe*

Ein Loch gegraben,
nur wir beide wissen, wo,
ein gemeinsames Depot
höchster Ordnung.

Ein Loch wie ein Staat
vor dem Ende aller Staaten.
Es gibt alles, was wir taten,
in Kopie.

*Refrain*

Alles soll uns überdauern,
nichts darf uns verlorengehn.
Unsere Kinder, deren Kinder
sollen diese Welt verstehn,
wie sie einmal war.

*Bridge*

Alle Handlung, alles Denken,
alles aus den Datenbänken,
der Respekt, den wir uns zollten,
was wir voneinander wollten,
was uns voneinander trennte:
Luft und Liebe, Temperamente.
Jede Geste, das Verlangen,
deine Flüche, was wir sangen,
jeder Eid, den wir uns schworen:
Nichts und niemand geht verloren.

*Refrain*

Alles soll uns überdauern,
nichts darf uns verlorengehn.
Unsere Kinder, deren Kinder
sollen diese Welt verstehn,
wie sie einmal war.

# III

Clarissa Winterhof

**17. Juni, 09.20 Uhr**
Es ist geschafft. Mehr aber auch nicht. «Wenn man bedenkt, wie du vor zwei Jahren noch dagestanden hast», sagt meine Mutter kopfschüttelnd.

Am Ende bin ich eben geschwommen.

Mit geschafft meine ich, dass wir losgefahren sind. Wochenlang hab ich meine Eltern im Vorbeigehen angestoßen, bis sie endlich umkippten, und auch Saskias Eltern haben eisern auf der Nervensäge gespielt. Wir haben irgendwann zu Hause nur noch gefragt, ob sie uns für fünfzehn halten.

Den Bus, fand mein Vater, den Bus aus seiner Firma solle jemand fahren, der auch weiß, was ein Kreisverkehr ist. Ich hab Mama und ihm also erzählt, dass unser Tourmanager Manuel fährt. Dann noch die Checkliste mit ihnen durchgehen: vier Kontokarten, drei Führerscheine (nur ich selbst hab noch keinen), drei Zelte (alle von Manuel), Kocher, Kondome (seit wann interessieren sich Eltern für Verhütung?), Schwimmflügel, Ersatzreifen, Wagenheber, Verbandskasten. Wahrscheinlich haben wir jetzt einen Zentner Übergewicht an Bord, plus die Verantwortung. Wenn wir jetzt noch irgendwelchen Mist machen, haben wir wirklich selber Schuld.

Mein Vater musste heute früh zu einem Termin, sonst hätte er wahrscheinlich noch mit uns gepackt. Von ihm stammt auch der Tipp, die Luftmatratzen aufzublasen und vor die Instrumente zu stellen, also direkt an die Kofferraumklappe, falls uns wer von hinten erwischt, als Airbag. Ich musste versprechen, dass der Beifahrer immer *mitfährt* (so sagt mein Vater), also so aufmerksam auf die Straße achtet wie der Fahrer. Ein Tempolimit gibt es auch, wir dürfen nicht schneller fahren als 120, was mir recht ist, ich kriege bei schnellem Autofahren sowieso Angst. Außerdem sind wir ja die *Generation der Vernunft* (wo das jetzt wieder stand, keine Ahnung), dann wollen wir dem mal gerecht werden. Aber das ist genau die Art von Spruch, die ich mir an diesem Morgen und schon in den letzten Wochen gegenüber meinen Eltern verkneifen musste. Sie finden mein Verhalten, zu Hause wie in der Schule, nicht so vernünftig.

### 12.20 Uhr
Busfahren ist super, solange nur Freunde dabei sind. Die rechte Spur ist verstopft von Lastzügen, und über der A2 schwebt eine Glocke. Ich frage, was das sein soll. «Ein Wahrzeichen wohl.» Ein Schild an der Autobahn sagt aber, es sei die Porta Westfalica.

«Wenn ich ein Wahrzeichen sein wollte», meint Saskia, «dann eines für die Bands, die nicht mehr den Gitarrenhals über den Bühnenrand recken oder auf die Boxen springen.» «Nee, das ist vorbei.» «Übler Männlichkeitskult.» «Ich hätte gern die ... die abgequetschten Eier im Jeansmantel. An der nächsten Tankstelle, bitte.» Wir gackern rum, die Mädels von der Rückbank, dabei haben Saskia und ich uns in letzter Zeit nicht sonderlich gut verstanden, weil wir gestresst waren von den Vorbereitungen auf die Fahrt. So im Bus die A2 langzuckeln ist erholsam. Niemand kennt einen, alle dürfen überholen, niemand erwartet was oder textet. Und man ist trotzdem dabei. Ich ahne das nur, aber unterwegs sein ist bestimmt erholsamer, auch für die berühmten Bands. Da sind ja viele Musiker und Musikerinnen dabei, die im sozialen Leben ihre Schwierigkeiten haben. Manuel meinte einmal zu uns: Wer krank ist, gehört nicht auf die Bühne. Das ist aber im Grunde weltfremd, wenn man sieht, wie viele Stars ständig durchdrehen.

**13.30 Uhr**
Zur Abreise haben wir nicht nur meinen Vater, sondern auch alle anderen Eltern ausgeladen, was dringend notwendig war. Weil nämlich nicht Manuel fährt, sondern Ying. Manuel ist schön zu Hause geblieben, er meinte, eine so junge Band sollte auf der ersten Konzertreise für sich sein. Wobei auch klar ist, dass wir ohne ihn gar nicht auf der Straße wären, denn er ist unser Manager, er hat uns ja entdeckt, in der Fußgängerzone, als wir uns gerade erst raustrauten unter Leute.

Glücksgefühlshöhepunkt: 14.07 Uhr. Auf Reisen! Auf Tour! Wir ziehen jetzt in zwei Tagen runter bis Frankreich, geben auf dem Weg ein Konzert in Süddeutschland. Die letzten Wochen rauschen vorbei, ich meine damit, wir rauschen an ihnen vorbei, und sie bleiben zurück. Am Anfang konnten wir noch bei Bartels proben, also im Keller bei Yings Eltern, und sie fanden uns nicht einmal zu laut, aber erstens stank es da so sehr nach ihrer Katze, auch nach Katzenpisse, und dann hat noch seine Schwester, das kleine Biest, uns mehrfach die Saiten gekappt und einmal sogar ein Loch in den Balg des Akkordeons geschnitten (und es auf die Katzen geschoben). Sie ist bloß zwei Jahre jünger, aber Vernachlässigungsgefühle sind wohl ein weites Feld, um es mal schief auszudrücken.

Irgendwann sind wir in den Schulkeller umgezogen, über Manuel haben wir einen Schlüssel bekommen, aber wir mussten erst die Kamera an der Nordseite der Schule unschädlich machen, weil wir da eigentlich nicht abends reindurften. Im Frühling dann, als es wärmer wurde, sind wir rüber in den Stadtpark auf die Muschelbühne.

## 19. Juni, 01.45 Uhr

Es geht alles viel zu schnell, plötzlich ist man da und sitzt hinter der Bühne, man zählt die Minuten runter, trinkt süße Biobrause, muss dauernd aufs Klo. Ich hätte nie gedacht, dass die Aufregung so groß sein kann, Hilfe! Schweißhände und Durchfall, mein Körper öffnet sich. Und für wen eigentlich? Ich kenn doch hier niemanden. Mit hier meine ich *da draußen*. Ich rede vom Auftaktkonzert unserer Tour, vor dem ich sogar ein halbes Glas Wein getrunken habe, um den Stress zu lösen.

Also, Max O'Reilly schreitet auf die Bühne, mit großen Schritten, um möglichst schnell das Mikro zu erreichen, aber dann spricht er nach einem «Hallo» nicht weiter, senkt den Blick auf sein Gitarrenbrett und auf das Stimmgerät. Ich steh hinterm Vorhang und wisch mir die Stirn damit ab. Alle sind gespannt und nervös, weil wirklich endlos Zeit vergeht, in der er nur mit seiner Gitarre und seinem Stimmgerät beschäftigt ist.

Es sind etwa siebzig Leute da, mehr passen gar nicht rein in den Club, der sich schlicht *Kulturhaus* nennt. Sie haben schönes Licht, an den Wänden echte Kerzenleuchter, und es passt gut, dass Max seine italienischen Schuhe trägt, dazu den schmalen braunen Cordanzug, sogar seine Taschenuhr an der goldenen Kette. Unter dem Anzug das hellgelbe Hemd mit den dunkel abgesetzten Nähten und Druckknöpfen. Das Hemd, der Vollbart, der rötlich schimmert, und der Strohhut – super Outfit. Jedenfalls sieht er irischer aus, als er denkt, oder auch südstaatenhaft, jedenfalls nicht gerade deutsch.

Max legt den Hut auf den Verstärker, tritt auf das Stimmgerät, damit wird der Sound vom Tonabnehmer bis zu den Boxen freigelegt. Er nickt den Menschen zu – wie kann er nur so cool sein beim allerersten Mal –, dann dreht er ihnen den Rücken zu, während er mich auffordert, ans zweite Mikro zu treten. Max sieht so ernst aus dabei, allerdings sehe ich mehr Schatten als sein Gesicht. Ich komme aus dem Dunkel, zwei Leute finden das zum Klatschen, die anderen sind schon eher ungeduldig oder sauer. Unfair eigentlich, dass ich während der ersten Stücke kein Instrument habe, an dem ich mich festhalten kann. Ich zeige also bloß, dass ich da bin, spanne meinen Körper auf, als hätte ich breite Schultern. Auch die Arme fallen nicht einfach nur an mir herunter, ich achte drauf (Königin Drauf die Achte), versuche Kraft auszustrahlen. Ich trage ein dunkles Kleid, das über dem Bauchnabel geschnürt ist, damit man nicht ganz so sieht, wie klein meine Brüstchen sind.

An der Stelle fällt mir was ein. Ich frage durchs Mikrophon, ob das berühmte Konservatorium in W. tatsächlich am Nachmittag in Flammen aufgegangen ist. Ich hab das im Radio gehört. Aber erst nachdem ich die Frage wiederholt habe (Wiederholung verlangt Mut, finde ich), traut sich jemand im Publikum, mit Ja zu antworten. Und ich weiter: «Und hat dann ein Musiker, der draußen stand, wirklich gesagt, das ist, als würde die eigene Tochter verbrennen?» Ein paar Leute lachen, aber jetzt schon echt angestrengt, sie leiden unter den ausbleibenden Klängen.

In so einem Moment merkt man selbst, warum man sich für die Musik entschieden hat, schon unter all den Schwerpunktfächern in der Schule. Weil sie Erwartungen weckt, weil sie ein Brüstchenlöser ist (klingt wie Brötchenholer).

Wenn sie denn mal anfinge, die Musik! Max schlägt einen Akkord an, wendet sich mir zu, und dann wieder: er aufs Stimmgerät, ich ins Mikrophon: «Wir haben natürlich noch nie da gespielt. Aber die Akustik in diesem Konservatorium soll supergut sein. So gut, haben sie im Radio gesagt, dass sie jeden Singvogel, der sich da hineinverirrt, mit einer Hundertschaft herausjagen müssen.» Pause. «Da muss man fragen, ob sich der Vogel überhaupt verirrt hat. Oder ob er dort nicht seinen Ort gefunden hat, seine Bestimmung.» Pause. O Mann, Max, werd mal fertig! «Man kann ja wohl auch nicht auf die Vögel schießen in dem Konzertsaal von dem Konservatorium. Ein kleines Loch in der Wand, und schon wäre die ganze Akustik hin.»

Ich würde Max nie freiwillig so lange reinquatschen, aber er lässt mir keine Wahl, sein Geplingel reizt mich. Und dann, nach einer halben Ewigkeit, zupft er den Song von der Sonne, die über allem steht, ein echter Lagerfeuersong, den wir alle zusammen geschrieben haben. Deshalb auch die Volksliedakkorde. D-Dur. Es ist komisch bei uns: Wenn alle vier an einem Lied beteiligt sind, wird das Stück umso einfacher.

So ging das erste Konzert los.

### 11.10 Uhr

Die Instrumente sind noch im Club. Wir frühstücken im Garten bei den Veranstaltern, vielleicht zehn Minuten von der Stadt weg, einer von ihnen war der Barkeeper im Kulturhaus. Sonne durch Bäume, Buchengrün, Vogelgezwitscher, Butterblumen. Wir sind in der sogenannten Pfalz.

Ying, Saskia und ich auf Holzbänken, weil wir alle auf dem Dachboden gepennt haben. Saskia sieht am fittesten aus, aber sie trinkt ja auch fast nichts, was ich ziemlich bescheuert finde. Wir reden da weiter, wo wir gestern Nacht aufgehört haben. Wie wir den Auftritt fanden. Max ist noch nicht wach, er liegt zwanzig Meter entfernt im Zelt. Mir ist schleierhaft, wo er seine Reserven herholt, heute Nacht hat er begeistert vom Garten geredet, obwohl man schon gar nichts mehr sehen konnte, und dann hat er das Zelt irgendwie und gar nicht mal schlecht aufgebaut bekommen. Jetzt hat er die beiden Reißverschlüsse, die über Nacht seinen Torbogen oben zusammenhielten, zu den Seiten gezogen, also lappt uns eine Zeltzunge entgegen. Vom Frühstückstisch sieht es aus wie ein hängendes Augenlid. Das Auge selbst ist aber ein Mückennetzfenster.

«Herrlich, wenn die kühle Luft über die Schultern fließt und runter in den Schlafsack.» Max hat den Kopf durch den Ausgang gesteckt. «Großartiger Zeltplatz», ruft er in unseren Milchkaffee, und dann, alle Achtung, streift er den Schlafsack ab, steigt aus dem Zelt wie ein Panther, also nicht, wie es jetzt meine Art wäre, die Plane mit Fuß und Rücken traktieren, um draußen über die erste sich anbietende Zeltschnur zu stolpern. Ich bin manchmal superpaddelig bei so was, aber Max macht keinen Laut, tippelt barfuß rüber zu uns über den nassen Rasen, er hat bloß seine Turnhose an und lächelt.

### 14.00 Uhr

Erst waren alle glücklich über das Konzert gestern, aber noch vor der französischen Grenze brechen heftige Diskussionen los, vor allem über die Setliste, weil sich zeigt, dass wir alle verschiedene Highlights erlebt haben. Welcher Song kommt an welcher Stelle am besten? Wir einigen uns darauf, es noch ein zweites Mal in dieser Reihenfolge zu versuchen, um unsere Ansichten zu überprüfen (sehr weiser Vorschlag von Saskia).

Ying fährt wieder, Max kauft im Tankstellenbistro von der Gage irgendwelche übertreuerten Schokoriegel und Bockwürste für alle. Ich lehne meine ab, er frisst sie, als hätte er ohnehin mit zwei gerechnet. Saskia fängt dann damit an, noch mal über unseren Bandnamen zu reden. Sie fragt in die Runde, ob wir bei *Animal Museums* bleiben wollen, weil der Name ja eher zufällig entstanden ist, und das stimmt, es war ein DVD-Abend, als wir nach dem Film wieder auf TV umgeschaltet haben und in einen Dokubeitrag über Zoos geraten sind, da kamen wir erst auf *Animal Offices* und dann auf *Animal Museums*, alle fanden das gut. Das war irgendwann im Winter. Saskia bringt jetzt einen neuen Namen ins Spiel: *Spinner's Workshop*, aber der Metaphernfaden (Spinnrad, Spinner, Rumspinner) reißt bei mir sofort ab, und dann kommt *The Unfinished Lute* auf, was ja «vom Spinnen noch den Arbeitsprozess übernimmt» (meint Max). Ich grüble, schlecht ist das nicht, Musik ist ja nun mal *work in progress*, außerdem unendlich. Die unendliche Melodie, davon hat Manuel mal erzählt und auch ein altes Lied aus den Anfängen der Elektronik vorgespielt, *Music Nonstop*.

*Lute* ist die Laute, sie ist ja ein Urahn der Gitarre, und sie trifft schon den Geist unserer Band, auch wenn wir sie nicht benutzen. Max O'Reilly hatte sich mal eine alte Laute von Manuel geliehen, aber auf Tour hat er sie nicht dabei. Manuel hat alles Mögliche zu Hause, unendlich viele Platten, auch eine unvollendete Laute, daher die Idee. Saskia hat ein Wörterbuch auf ihrem Telefon aufgemacht, mit dem sie noch Variationen vorschlägt, *Lute Incomplete* und *The Immature Lutenists* zum Beispiel. Dann kommt plötzlich *O.C. Folksy* auf (Ying), das hatte er schon mal irgendwann vorgeschlagen, er will sich zu «freien Inhalten» bekennen (O.C. = Open Content). Und schließlich meint Saskia, das sei alles viel zu verkopft für das, was wir eigentlich sein wollen, und sie sagt *Flying Girl*, wegen der ausgeflogenen M. und weil es zwei der Oldies zusammenzieht, die sie auf ihrem Player immer hört, der eine handelt von fliegenden Schuhen und der andere von zwei Mädchen, von denen eines im Himmel ist und das andere auf Erden.

Erst klang es wie ein echtes Machtwort, ich fand's super, aber die Jungs wollten nichts, was mit M. zu tun hat. Das hab ich unterschätzt, da war überhaupt kein Durchkommen, vor allem Ying fand außer Kopfschütteln keine Art, damit umzugehen, dass sie einfach aus dem Krankenhaus abgehauen ist, und das kam jetzt bei *Flying Girl* wieder hoch.

Ying selbst fing dann in einer Pinkelpause an mit seinem Anagrammgenerator, so einer App auf seinem iPhone, mit der er auch Zufallsrhythmen bastelt. Er ist halt unser Frickler. Den Generator speist man mit Buchstaben, und der sucht dann neue Kombinationen. Die Jungs suchten nach allen möglichen Namen, die auf ein einleitendes *My* funktionierten, weil das ja ihre Initialen sind. Das musste wohl sein, dass sie mit dem ganz großen Ego-Shoot dagegenhielten, aber unsere Vornamen brachten sie nie in einem Anagramm unter, schon gar nicht mit einem *My* davor, das gab immer nur gewürfelten Schwachmatismus. Am Ende rief Manuel an, ob wir schon in Frankreich seien, und fragte dann, ob wir spinnen würden, er buche doch längst Konzerte, da gebe es Ankündigungen und «Werbemittel». Da kann man doch nicht mal eben den Namen ändern! Wir waren ziemlich kleinlaut, weil er mal wieder recht hatte. Und bedrückt, ich jedenfalls, weil die Herumspielerei ja auch so viel Spaß machte.

**17.20 Uhr**
Fronkreisch! Ich schreib lieber gleich mal, dass ich ganz schlecht in dieser schönen Sprache bin, ich hab's früh versucht und früh abgewählt. Eigentlich sind wir über Ma-

nuel alle eher auf die englischsprachige Welt fixiert, gerade was die Musik angeht. Ich kenne jedenfalls kaum Chansons.

Die Zeit war schön, die Welt ist groß,
Und jetzt lass mich einfach nur los.

Das ist von mir. So einen einfachen Zweizeiler müsste man ja eigentlich übersetzen können, ohne dass einem der Reim flötengeht. Aber ich krieg's irgendwie nicht hin, so schlecht ist mein Französisch, nur deshalb zitiere ich das hier.

Hinter der Grenze müssen wir eine fette Mautgebühr zahlen, das wusste mein Vater vorher, dafür hat er uns eine Menge Geld auf unser Bandkonto überwiesen. Die dicke Ader fahren wir runter bis Lyon, und dann müssen wir uns nach Westen durchschlagen.

## 18.15 Uhr

Der Besitzer des Clubs ist nicht da, und er hat seine Musikanlage verliehen, überall liegen Kabel rum, ohne Geräte. Man telefoniert ihm hinterher. Als er ankommt, mit schwarzem Cowboyhut und Lederweste, lacht er uns erst mal aus, wahrscheinlich, weil wir jung sind. Total viel erlebt, der Mann, und jetzt möchte er bitte nicht mehr genervt werden, sondern nur noch das Geld aus dem Club holen und tschüs bis übermorgen. Superunangenehm. Ich lass mich sehr von ihm runterziehen, obwohl er nach einer Stunde wieder verschwunden ist. Die Boxen müssen seine Sklaven für uns besorgen. Ying war als Einziger zum Schüleraustausch in Frankreich, und er meint, daran müssten wir uns gleich gewöhnen, das sei ein echter Franzose gewesen. (Sprachlich hat Ying aber auch kaum den Durchblick.)

Draußen ist es grün, Bäume stehen vor dem Fenster, der Club liegt an einer toten Bahnstrecke. Hier kommt nachher bestimmt niemand her. Unten im Keller sind wohl noch Übungsräume. Es gibt zwei Gerichte, Lasagne und eine Art Gulasch mit Rösti, sieht aus, als wäre das Essen gestern in der Schulkantine angeboten und dann hier rübergekarrt worden, aber nicht heute Mittag, sondern wirklich gestern, und so schmeckt's auch. Einer, mit dem Max gesprochen hat (nicht der Besitzer), läuft durchs Café, sieht uns rumwürgen, da läuft er lieber vorbei. Er lässt sich erst viel später wieder blicken, ist dann aber erstaunlich cool, gratuliert uns zu den Aufnahmen, die wir geschickt haben. Sie hätten das alle gleich abgenickt. Wir: «Alle?» Er: «Oui, à l'assemblée.» Was das sein soll, weiß keiner von uns so richtig, vielleicht so was wie ein Plenum.

Hier im Club tragen alle schwarze Klamotten, scheint mir. Die Techniker sowieso, einer von denen ist ziemlich süß und auch nett zu uns, aber er kann weder richtig Englisch noch Deutsch. Mich nervt es ein bisschen, dass sich alle immer zuerst an Max wenden, obwohl es bei uns keinen Chef gibt. Nur weil er jetzt Vollbart trägt.

Seit wir auf dieser Party auf dem Sofa gesessen und über unsere Lieblingsbands geredet haben, häng ich an Max, das merkt man wohl. Es war mal eine Zeitlang besser, aber jetzt nach den zwei gemeinsamen Tagen fühl ich mich wieder hingezogen zu ihm. Klar, es hat auch damit zu tun, dass Ying und Saskia zusammen sind, das macht es nicht leichter.

Witz des Tages (Saskia): «Frankreich ist ziemlich groß, oder?» «Wieso?» «Weil Gott anscheinend nicht in jede Küche gucken kann.»

**23.45 Uhr**
Das Konzert lief insgesamt runder als das in der Pfalz. Der Raum zwar ziemlich leer, aber die, die kamen, waren gut drauf. Zwei Mädels lächelten mich die ganze Zeit an, und nachher sagen sie, sie hätten uns im Radio gehört. Ich kichere ein bisschen mit ihnen, weil ich denke, es fällt ihnen vielleicht noch was zu den Liedern ein. Kommt aber nichts. Egal. Ich mochte *It was raining all night long* wieder supergern, eigentlich am liebsten, mehr noch als mein Solo *Fünfzehn* oder *Du kannst mir viel erzählen*.

**20. Juni, 01.40 Uhr**
Neben dem Club auf dem Parkplatz steht eine Birke, der Stamm teilt sich erst in drei Metern Höhe. Und da kommt plötzlich eine Katze rausgesprungen. Ich erschrecke fast zu Tode und muss das vor der Abfahrt noch aufschreiben: Kein Mensch kann da ohne Hilfsmittel hinauf, die Katze kann, sie hat sich alles von oben durchs Fenster angesehen, Eintritt frei, das Konzert und wie wir gekickert haben danach. Jetzt kann sie wieder abhauen. Das berührt mich irgendwie.

Wir fahren durch eine fremde Nacht und Stadt. Mir ist kalt, der Bus ausgekühlt, zwischen Fensterrahmen und Gardine manchmal ein Streifen Licht, orange. Viel mehr sieht man nicht. Wir kommen aus einem dunklen Clubgemäuer und fahren schon wieder runter in die Katakomben eines Hotels. Die Instrumente laden wir gar nicht erst aus, Ying klopft aufs Heck des Busses, «gut gemacht, Alter», dann die Lichter gemeinsam mit dem Schließmechanismus. Zupp, Klack. Mit der Türverriegelung wird auch das Konzert abgeschlossen. Klack. Schnapp. Ying macht noch mal auf und zu.

Ich denke an *Ein Tag, ein Tag, ein Tag, den ich mochte und jetzt nicht mehr mag*, das ist ein früher Song von uns, den wir nicht mehr spielen. Dann sind wir alle raus, Eisentür, ein gelb-schwarzer Klebestreifen warnt (wovor bloß?), Treppenhaus, Beton, hallende Schritte, Saunaduft, Glastür, Marmor, Messing, weinroter Teppich. Mir rauschen die Ohren. Drei Chipkarten im Fahrstuhl, vier Rechner unterm Arm, und jeder gähnt, um anzuzeigen, dass es ihm/ihr reicht, dass heute bestimmt nicht mehr ins Netz gegangen wird.

Woran ich mich dann aber nicht halte, und wie zur Strafe kommt ausgerechnet in dieser Nacht eine Mail von Johannes, mit dem ich im März mal zusammen war, ziemlich kurz nur, aber er ist mir danach noch lange nachgelaufen, bis zwei Wochen vor der Abfahrt. *You've got mail.* Durfte ich ihn ein einziges Mal in Berlin besuchen? Nein, das durfte die Kleine nicht. Aber dann mit dem Auto dastehen und glotzen, und sogar bei uns zu Hause, vor der Tür, bis ich das Haus verlasse. Wie ein Stalker war er plötzlich. So hab ich ihn auch gleich genannt; ich wollte, dass es hart klingt, und ich weiß noch, wie ich das Wort kaum aussprechen konnte, und jetzt, wo er sich doch wieder meldet, denke ich, es hat vielleicht mir mehr wehgetan als ihm.

In Berlin wär ich vielleicht mal auf andere Gedanken gekommen. Aber das wollte er nicht. Schrecklich, ich mach endlich meinen Haken hinters Abi, und Johannes, der wirklich weg war für mich, steht da vor der Haustür. Und genau so fühlt es sich jetzt wieder an, baff! *You've got mail.*

Er schreibt, er hat einen Sohn. Und es tut ihm leid («unendlich»), dass er mir das nicht früher erzählt hat. Zweimal lese ich das und fasse es nicht, gucke aus dem Fenster in die Nacht, beim dritten Mal werde ich richtig wütend. Und dann bin ich irgendwann so gelassen, dass mir seine Tour billig vorkommt (jeder ist irgendwie auf Tour): Ich hab ihn verletzt, jetzt bin ich weg, kann mich nicht wehren, da gibt er's mir aus der Ferne zurück. Kann sogar sein, er hat den Sohn bloß erfunden, um ihn mir reinzudrücken, ich meine, das muss ein Erwachsener schon sehen, dass einem solche Lügen wehtun. Eine Lüge ist es so oder so. Entweder vorher gewesen oder jetzt. Ich habe schon oft drüber nachgedacht, wie Schweigen und Lüge zusammenhängen, und ich finde, es gibt Kreuzungen. Wenn man einem anderen das eigene Kind verschweigt, ist das doch gelogen! Oder *ver*logen? Als Nächstes kommt wahrscheinlich: «Ach so, und mit der Mutter bin ich übrigens auch noch zusammen.»

Ich kann nicht einschlafen, finde Jungs und Männer grundsätzlich furchtbar, dann plötzlich wünsche ich mir Max ins Bett, aber nicht körperlich, nur der Wärme wegen. Und von dem ganzen Aufwiegen und Abwägen krieg ich die Krise. Johannes hängt über mir wie eine schwarze Wolke. Aber das reicht noch nicht, das ist ja noch nicht mein ganzes verdrehtes Leben, in meinem Leben steht ja außerdem die Balkontür offen, oder wenigstens nachts das Fenster auf, damit sie reinkommen kann. Ja, nein, das soll alles nicht in unser Bandblog. Die anderen wollen nicht, dass ich irgendwas über M. schreibe. Wie lange hab ich's jetzt eingehalten? Keine drei Tage. Ich hab aber gleich gesagt, ich schreibe, was mir in den Kopf kommt, und ich lösche nichts. Jetzt lenkt mich der Gedanke an M. ab, wobei: Natürlich hoffe ich, dass ich das auf der Tour im Griff habe, denn wenn es wiederkommt, dieses schwarz-pinke Paket aus Verstehen und Unverständnis, aus Selbstvorwürfen und Sorge, dann geht's mir schlecht, dann kann ich mich manchmal kaum noch bewegen. Im Bus, wenn ich nur durch die Scheibe gucke, wär's egal, da merkt es keiner, oder jetzt im Hotelzimmer. Aber dass es auf der Bühne passiert, davor hab ich Angst.

Jetzt kommen die Kopfschmerzen, und alles dreht sich, und ich denke erst recht an M., wie sie aus dem Krankenhaus getapert sein muss, ganz verwirrt. Wenn sie jetzt reinkommt und mein Gesicht sieht, so im weißen Lichtschein des Rechners, muss sie vor Furcht umfallen, so bleich fühlt es sich an. Ich hab auch geweint, vorhin beim Zähneputzen im Spiegel.

Ich dachte, loszufahren würde mich entlasten, einfach weil *sie* sich melden muss. Und ich hab ihr auch alle Tourdaten gesimst. Sie kann doch nach Frankreich trampen. Wird sie auch, wird sie schon. Ich würd grad einfach gern mit ihr darüber reden, wie ich mich verhalten soll.

Aber dann fiel mir auch ohne ihre Hilfe eine gute Antwort ein. Johannes und ich haben immer so Zahlenscherze gemacht wegen seines Jobs als Gutachter. Und ich schreibe ihm einen neuen (in Anspielung auf seinen eingestandenen Sohn): «Wer gut8et, kann immer noch alles ver7.»

## 10.20 Uhr

Alle fanden das Buffet im Hotel viel schlechter als bei Mama. Im Bus läuft, als ich meinen Rechner hochfahre, *Repetition kills you*, was Ying an den Gefangenenfilm gestern Nacht erinnert, wo Dustin Hoffman 'ne dicke Brille trägt, und der Blauäugige springt am Ende vom Felsen. Er wollte sich den Film noch ganz ansehen, aber sein Französisch reichte nicht aus. Außerdem hat Saskia schlappgemacht. «Die Schattenseiten des Doppelzimmers», sagt er. Sie boxt ihm auf den Oberarm. Sie sind das tollste Paar der Welt, nie würde ich was anderes sagen, aber versteh einer die Männer, Filme gucken um zwei Uhr – ich wär am liebsten umgefallen. Wenn nicht Johannes geschrieben hätte: «Ich vermisse dich, dein Lächeln.» Ist das nicht der berühmte Teufelskreis? Dass er damit das Gegenteil von Lächeln auslöst, wird ihm nicht klar sein. Es macht mir nur klar, dass jeder immer irgendwas vermisst.

**12.00 Uhr**
Wir skypen mit Manuel, machen erste Auswertungen. Er trägt seinen grauen Kapuzenpulli und sitzt zu Hause in seiner großen Landhausküche.

Max fasst die beiden Konzerte ziemlich überschwänglich zusammen, mir tut es gut, das so zu hören. Nur Saskia nervt rum: «Wir bräuchten vielleicht mal ein bisschen Zeit zum Shoppen, das ist alles.» Ying: «Oder für einen Spaziergang im Wald.» Manuel sagt streng, man kann am Anfang nicht alles haben. Ich hab das gute Gefühl, dass er weiß, wovon er redet. «Wer eure CD kauft», sagt er auch, «der findet richtig gut, was ihr auf der Bühne gezeigt habt. Zwei Konzerte, dreizehn CDs verkauft. Alle Achtung. Ihr müsst ja bedenken, dass sie nicht im Handel ist.»

Ich empfinde das als Bestätigung, aber ich weiß nicht, ob Manuel den Jungs die Enttäuschung ansieht. Sie haben sich wohl mehr erhofft. Wir lesen ihm den Artikel von *hördamarein.de/live* vor, eine gute Besprechung von unserem Konzert in Süddeutschland, wobei am Ende was ziemlich Abgehobenes steht: Man merkt, dass wir «noch nicht mit den Instrumenten verwachsen» sind und dass uns «die Bühnenluft noch nicht trägt».

«Kann Bühnenluft tragen, Manuel?»

«Ja, sicher. Aber wichtiger ist, dass da vorher von eurer guten Laune die Rede war. Das freut mich. Außerdem kann ich das zitieren.»

Damit muss ich mich erst noch anfreunden, also nicht mit der guten Laune, sondern dass über uns geschrieben wird. Und dass mich jeder zitieren kann, wo ich doch jetzt das Blog veröffentliche. Manuel hat uns davor gewarnt, die Kritiker würden weniger über unsere Texte schreiben als über unser Alter und wie wir so dastehen auf der Bühne und wirken. Auf Skype sagt Manuel am Ende noch, er wolle schon mal «an ein paar Hebeln ziehen in Nordspanien», er hätte da schon mal eine andere Band gebucht. «Da geht vielleicht was.»

**21. Juni, 11.45 Uhr**
Die französischen Croissants! Da ist so viel Butter dran, dass man bis zum Nachmittag fettige Hände hat. Die Tasten von meinem Laptop glänzen schon. Croissants und Kaffee, mal eine Orangina, mehr brauch ich eigentlich nicht. Bisschen Baguette mit Käse am Abend, Tomaten. Saskia lässt sich nichts anbieten, knackt nur auf ihren Karotten herum. Sie isst die Vitamine für uns andere mit, aber sie hat so eine doofe Ökoart manchmal, zieht einen damit auf. Zucker und Fett machen träge und nett, meint sie.

In der Nacht hat sie noch geglotzt, «da lief der *Amélie*-Film», und wir machen Witze, dass der bestimmt jede Nacht läuft in Frankreich und ob sie eher 'ne *Tatort*-Wiederholung erwartet hätte. Max meint, diese Fotos von Amélie, das müsste man nachmachen, rund um die Welt und dann Bandfotos vor den großen Sehenswürdigkeiten, die könnten die Fans von uns dann in ein Album kleben. «Das wär ein Plagiat.» «Man müsste es eher mit Anti-Sehenswürdigkeiten machen.» «Warum?» «Orte, die man nicht vergessen sollte oder so.» «Klingt nach Moral.» «Animal Museums vor berühmten Gefängnissen. Alcatraz. Oder da, wo die ganzen Terroristen eingesessen haben.» «Abgenudelt.» «Aber Gefängnisse nicht?» «Stimmt, das gibt's auch, dass dieunddie Company mit denundden Häftlingen ...» «... dasunddas auf die Bühne bringt.» «Und was haben wir davon, wenn man uns mit Terroristen in Verbindung bringt?» «Ärger ist Publicity.» «Och nöö.» «Dann sind wir die Ewiggestrigen, aber so sicher.» «Sind wir doch mit Folk sowieso.» «Das ist ja auch gut so.» «Leute, wir sind doch nicht die einzige Popband, die leise spielt.» «Äh, wie fandst ihn denn, Saskia?» «Wen?» «Amélie.» «Geht so.» «Ich verbinde mit Frankreich ja eher ... hier, wie heißt er ... Belmondo.» «Du bist wirklich zum Kotzen. – Was ist das, kotzen?» «Hä?» «Das war ein Zitat.» «Ich hab dir tausendmal gesagt, hör auf zu zitieren, das braucht niemand.» Zitate sind im Blog genauso verboten wie Ironie (die Spielregeln hab ich mit Max und Manuel vereinbart).

**14.20 Uhr**
Bienvenue à Auch. Es spricht sich Osch aus. Wir spielen hier am Abend auf dem erhöhten Platz zwischen zwei Platanenreihen. Als Bühne haben sie einen kleinen Pavillon aufgestellt, der sich gaaanz langsam dreht. Sonst ist da der Wochenmarkt und hintendran eine Boulebahn. Wir sollen als dritte von fünf Bands spielen, nach uns noch Reggae und eine Dub-Combo namens *Persiflage d'Amour*. Klingt, als wären es Deutsche. Vielleicht nur, weil ich sonst nie was verstehe.

Diese alten Franzosen gibt es ja wirklich! Nicht mit Baguette unterm Arm, aber mit Fluppe im Mund, kleine Leute, graue Stoffhosen, Furchen im Gesicht, sie stehen lieber an der Theke, als dass sie sich hinsetzen. «Das können doch nicht alles Bauern in Rente sein», flüstere ich. «Auch ein paar Automechaniker», sagt Max. In jedem Café hängen Rugbyfotos, außerdem wetten sie überall auf Pferde. Max schreibt die Pferdenamen auf, er will sie zu unserem ersten Song auf Französisch zusammensetzen. Sie ziehen das hier im Übrigen durch mit ihrer Quote, 40% französische Musik muss laufen, ich spreche jetzt vom Radio. Das meiste ist Reggae. Ist Gesetz, neue Talente werden unterstützt und aktuelle Aufnahmen. Wir reden darüber. Du hast halt hier im Autoradio wirklich weniger Giftmüll wie Britney Spears oder die ganzen sexistischen Rapper oder was meine Eltern so hören neben Klassik, diese Leute, die schon seit Jahrzehnten im Geld schwimmen, aber: Dass man jetzt bei der Musik immer denkt, wow, die Franzosen, eine echte Kulturnation, das kann man auch wieder nicht sagen. Ying übersetzt aus dem Stegreif ein Chanson im Café, der Text klingt genau nach dem, was wir alle ablehnen, dieses Ich-guck-auf-die-Welt-als-wär's-ein-Stillleben: Es ist grau, morgens, gibt keinen Honig, die Leute schleichen zur Arbeit, die Müllabfuhr kommt, ich sehe vom Fenster aus zu, Wind, eine alte Frau am Stock, sie ist so stolz etc. pp. – Geht gar nicht, finde ich, also nichts daran, außer dem Stolz vielleicht. Die Franzosen packen auch viel zu viel Hall auf ihre Popmusik. Ying meint, das sei schlimmer als in China (wo seine Mutter geboren ist).

**16.00 Uhr**
Erst dachte ich, hier in der Gascogne gibt es eine stabile Jamaica-Koalition. Aber Max meinte: «Bist du farbenblind?» Stimmt, das ist ja eigentlich eine Ampelkoalition. Ich musste erst ins Netz, um es zu kapieren. Die Wurzeln der Rastafari sind äthiopisch, deshalb liegt auf dem Wochenmarkt zwischen Obst und Gemüse so wahnsinnig viel

Rot-Gelb-Grünes herum, und überall ist Bob Marley drauf, auf Shirts und Kapuzenjacken und Schweißbändern und gehäkelten Mützen.

**17.05 Uhr**
Ich bin noch immer im Café, mich beschäftigt eine Mail von Manuel. Einen Infotext von mir hat er gekürzt, auch leicht verändert, und dann mailt er mir das Re: und schreibt die Änderungen nicht dazu. Aus «Animal Museums sprengt leise die Vitrinen und lässt die Tiere hinaus in die Nacht» hat er gemacht: «Animal Museums ruft die Tiere, nachts im Wald.» Wo ist denn das Museum geblieben? Dann wenigstens im gläsernen Wald, ja?

Ich erinnere mich, wie Saskia einmal meinte: «Wählt jetzt Manuel die Schrifttypen zu meinen Entwürfen aus?» Das war noch zu Hause. Es sagt mir bloß, dass man auf Grenzverschiebungen achten muss, damit wir die gewonnene Freiheit nicht gleich wieder verlieren. Manuel sagt, er wollte wie immer nur helfen. Ich glaube aber, er findet mich manchmal zu poetisch.

Saskia hatte damals ihren Entwurf durchgesetzt, sie ist beharrlicher als ich, das bewundere ich an ihr, auch wenn ich es in den letzten Wochen oft genug selbst zu spüren gekriegt hab, sie ist oft gereizt. Sas hat wirklich ihren eigenen Kopf, während sich in mir oft die Meinungen vermischen.

Die Jungs finden grundsätzlich alles, was Manuel macht, richtig, und wenn er was ändert, ist es ihnen scheißegal, aber Sas und ich, wir haben nun mal ein Interesse am Design der Band, an unserem Gesamtauftritt. Und wir sind hellhöriger, wenn die Kommunikation nicht klappt.

Dann kommt eine zweite Mail (immer noch Café), in der Manuel sein Großherzogtum ausspielt (das sagt Max immer für Großherzigkeit) à la: Ich rede euch nicht rein. Ihr seid die Band. Du hast das Sagen.

Das rührt mich, das ist eine echte Stärke von Manuel, dass er, so weit er auch manchmal vorprescht, kein Problem hat zurückzurudern und sich zu entschuldigen.

**23.30 Uhr**
May I proudly introduce: Stief! Er ist erst siebzehn, aber er trommelt bestimmt seit dem Kindergarten. Ying hat ihn aus Toulouse herbestellt. Stief ist ein Freund des Freundes, bei dem Ying mal zum Schüleraustausch war. Alle sagen: ein Supertalent. Wir hatten noch Zeit, mit ihm zu proben, direkt hier, in Auch, auf der Bühne. Eigentlich heißt er Stevie, weil sein leiblicher Vater Engländer ist, aber wir reden ihn nur einsilbig an, weil er nicht bei diesem leiblichen Vater aufgewachsen ist. Max ist drauf gekommen. Es klingt jetzt so: *Schtief*. Wie in Stiefkind. Er hat's nicht kapiert, wie denn auch.

Zuerst, beim Soundcheck, dachte ich: Bum bum bum. Dumpf, dumpfer, am dumpfesten. War nicht auszuhalten, diese Bassdrum, ich kriegte auch gleich Angstzustände von der Lautstärke, bin noch mal von der Bühne weg in ein Café. Aber seit dem Konzert wollen wir alle vier, dass Stief dazukommt. Er hat uns Ruhe gegeben, Halt, als wär da jetzt um unser Gebäude ein Gerüst, das man nicht sieht. Oder erst wenn man nah rangeht. Wir sind den ganzen Abend nur am Schwärmen. Außerdem kann er natürlich besser Französisch als wir alle zusammen, und Englisch auch. Max telefoniert mit Manuel, reicht den Hörer an Stief weiter, und obwohl der eigentlich noch drei andere Bandprojekte hat, ist am Ende ausgemacht, dass er mit uns weiterreist.

**23. Juni, 04.20 Uhr**

An diesem Abend (nach dem Konzert in Pau) hab ich einen Schwächeanfall, vielleicht leichtes Fieber, auf jeden Fall heftiges Kopfweh. Hoffentlich ist es nur die Hitze und die Aufregung. Ich habe Glück, dass Max so ein Gespür dafür hat, wann man mich in Ruhe lassen muss, er wirkt dann auch auf die anderen ein, gerade nach Konzerten. Der Saal in Pau war voll, wir waren nur die Vorband, ich trat rein wie in ein Nadelkissen, kleine, vorsichtige Schritte. Vielleicht hat Max schon aus dem Augenwinkel gesehen, dass ich mich tiefer verbeugt hab als sonst, wie um mich wegzuducken unter dem Applaus.

Ich hab ja keine Ausbildung, nicht atmen gelernt, und ich weiß auch, der Charme meiner Stimme liegt vor allem in der Zerbrechlichkeit. Aber so schlimm wie gestern Abend war es noch nie, ich hab beim Singen ganze Silben verschluckt. Eigentlich heißt es:

Durch den Baum fiel Sonnenlicht,
lag auf deinen Haaren,
als du sagtest: Warum nicht,
lass uns baden fahren.

Der See gab uns ein Zeichen:
Wir sollten uns entkleiden.
An den Ufern stand der Mob,
um uns zu beneiden.

Im Wasser unser kurzes Atmen:
schon wie ein Übernachten.
Wir sind hinein, hinausgeschwommen,
und wir lachten.

Das Lied heißt *Fünfzehn* und ist mein einziges Sololied im Programm. Es funktioniert nicht richtig, weil die Franzosen an Mofas denken, wenn sie Mob hören, und den Rest verstehen sie schon gar nicht. Aber mir geht es darum, wie ich den Ton abgesetzt habe, mittendrin, als hätte ich nicht genug eingeatmet, ich kam mir richtig hilflos vor. Mein Bühnenauftritt hat sich gewandelt, wandelt sich vielleicht weiter, es macht mir auch deshalb Angst, weil die anderen eher professioneller werden mit den Shows, finde ich. Zum ersten Mal hing ein Animal-Museums-Banner an der Bühne, wir haben es drucken lassen. Max hat schon ein oder zwei Ansagen einstudiert. Und Saskia ist abends so großartig, so reif schon, da halte ich nicht mit. Ich spüre, wie sie alle sich entwickeln, dabei sind, den nächsten Schritt zu tun, und es kommt mir vor, als wäre mein Schwächeln auch eine Reaktion darauf. Als würde ich ihnen irgendwie übelnehmen, dass sie alle so präsent sind und so sicher dastehen. Daher wohl auch die Kopfschmerzen. Heute war jedenfalls so ein Abend, an dem ich mich nur verkriechen wollte, aber gleich nach dem Konzert war jemand backstage und lobte mich, wo ich doch wusste, das ist Unsinn, ich war schlecht. Ich konnte es nicht genießen, nicht einmal hinnehmen, sondern musste lauthals dagegen an. Stief meinte auf dem Gang zu mir, das sei total unprofessionell, einem Fan zu widersprechen.

Ich weiß gerade nicht mal, wo ich bin. Eine Bar. Bin weggerannt mit dem Rechner in der Tasche. Weggerannt davor, die Begeisterung anderer teilen zu müssen.

**06.45 Uhr**
Ich irre durch die Stadt, wirklich, ich habe zwar einen Hotelschlüssel in der Tasche, aber da steht bloß eine Zahl drauf, und anrufen kann ich meine Leute um die Zeit nicht.

Also setze ich mich auf einen Hang, gucke nach Osten und tippe. Du musst eine Entscheidung treffen, schreibe ich. Warum lässt du dich davon ablenken? Da ist nämlich schon wieder eine Mail von Johannes: «Musst du dem Gut-8er unbedingt deine Reiß10e zeigen?», und auch noch einiges mehr über den komischen Job, dem er sich bei uns in der Schule «ausgesetzt fühlte». Mir war damals schon klar, dass er nicht genau kapierte, was von ihm verlangt wurde. Und was macht einer, der nicht weiß, was er eigentlich machen soll: Er verliebt sich ins erstbeste Mädchen. Hab ich danach manchmal gedacht. Ich weiß nicht, warum er jetzt wieder damit anfängt: «An mir gibt es wohl nichts zu 8en», jammert er. Er schreibt mir was von der Museumsinsel, dass Berlin gerade versucht, seine Mitte wiederzufinden. So wie er. Er müsse dafür wohl noch «mehr investieren». Ich habe keine Ahnung, was das bedeuten soll, er macht einen einsamen Eindruck. Irgendwie freu ich mich heute trotzdem, dass er schreibt, nur sein Vokabular nervt, und frech finde ich, dass er mir einen Liedtext schickt. Wir könnten ihn verwenden oder «für unsere Zwecke missbrauchen».

### 11.00 Uhr

«Jetzt geht's rüber nach España.»
 «Evivaaaa Espanja.»
 «La lala la la la la.»
 «Evivaaaa Espanja.»
 Mir geht's noch nicht besser. Dazu die Müdigkeit. Irgendwer muss die Laune dämpfen, dafür bin ich wohl zuständig. Klar ziehen sie mich auf: Wo ich plötzlich war, wann ich abgesprungen sei, bei wem ich übernachtet hätte. Sie denken bei Stief, so ein Quatsch. Ich musste Saskia anrufen, um we-

nigstens zum Frühstück ins Hotel zurückzufinden, Max anzurufen hab ich mich nicht getraut.

Ich hab keine Antworten, manchmal muss ich mitlachen, fühle mich aber eher wie eine Schlafwandlerin. Im GPS stehen die Zieldaten: 42° 45′ 4,6″ N, 0° 30′ 52,6″ W. Wir reden über die Entfernungen, die wir im Bus zurücklegen, und wie weit die Schule weg ist. Ich muss weinen, wegen des Auftritts gestern und weil ich gern besser singen könnte, und werde von den Freunden beunruhigend beruhigt, jedenfalls von den Jungs. Ich lege den Kopf an die Scheibe, die Kopfschmerzen auch. Wir halten an, weil das Kühlwasser am Siedepunkt ist. Max hüpft vor dem Bus herum, er hat sich die Hand an irgendeinem Verschluss verbrannt, flucht. Längere Pause.

**15.00 Uhr**
Keine Passkontrolle, keine Busdurchsuchung, die Grenze ist nur ein Schild. Wir fahren durch einen hell erleuchteten Tunnel, fast neun Kilometer. Dann wieder Tageslicht, spanisches, die absolute Blendung, und gleich hinter dem Tunnel liegt Canfranc Estación, die längste Bahnhofshalle, die ich je gesehen hab. Der Bahnhof hat kleine Dachgauben (musste ich nachgucken, das Wort), Hunderte von Fenstern, viele davon sind zerschlagen. Wie die alte Gärtnerei, die längst geschlossene, bei Manuel auf dem Dorf. Es ist leider sehr laut, weil gearbeitet wird und der Baustellenkrach von den Bergen ringsum widerhallt. Wir laufen an verrosteten Schienen entlang, alles stillgelegte Gleise, alte Waggons, Verladekräne. Der Bahnhof ist von den Pyrenäen umstellt.

Da hängt ein Plakat von uns, Animal Museums, eine Farbkopie, die der Veranstalter gemacht hat. Es ist unser altes Foto aus dem Neubaugebiet. Das Bild wirkt so was von gaga, wenn man bedenkt, dass hier mal Paris mit Madrid verbunden werden sollte. Ich überfliege den englischen Infotext im Schaukasten. Der Bahnhof: eine Vision und ihr Niedergang. Man musste die Züge umspuren, was umständliche Verladearbeit bedeutete, dann kam noch die Wirtschaftskrise, der spanische Bürgerkrieg. Das Ding war im Grunde von Beginn an Ruine, behauptet Stief, der uns gesteht, dass er mal Ingenieur werden will. «Kann eigentlich irgendwer Spanisch?» «Nö.» «Kein Wort.» «Na dann: Evivaaaa Espanja.» Zwischen den kleinen Hotelfensterchen stehen Ziersäulen. Aber wer soll hier eigentlich ins Hotel gehen, die Pyrenäenwanderer etwa? Max testet, ob er mit seiner kühlwasserverbrühten Hand noch schlagen und zupfen kann, denn es ist die rechte.

Im leeren Bahnhofsgebäude: Tauben. Milchiges Licht. Taubenschiss überall. «Hier kannst du nur ein Video drehen.» Ying hat die Kamera schon in der Hand und filmt. Heute Abend spielen wir ein Konzert hier drin, mit einer spanischen Band und einer französischen. Am Ende der Halle, oder wohl eher hinter der Halle, wird eine Lasershow aufgebaut. DJ-Pulte stehen schon da. Ich kann's nicht glauben oder zumindest nicht verkraften, merke ich. Mein Handy hat keinen Empfang, dabei muss ich Manuel anfunken, was das hier werden soll.

«Hier gehen ja Tausende rein.» «Lass uns bloß nicht nach dem Vorverkauf fragen.» «We're in no man's land.» «In Spanien sagt man wohl Pampa dazu.»

**18.55 Uhr**
Einer der Veranstalter fährt mit mir zu einem Bergsee. Wir haben das Sonnenlicht im Rücken. Nach dem Schwimmen schlafe ich eine Weile. Später sieht der See noch schöner aus, und die Berggipfel sind schärfer geworden. Oben

sind die Pyrenäen mit Gras überzogen, samtgrün. Hätte ich nicht gedacht. Es ist noch immer heiß, aber, ein Glück, auch windig.

Meine Haare sind beim Trocknen zu Strähnen verklebt, und als wir zurückkommen, sage ich: «Ich will heute nicht mit auf die Bühne.» Sofort denken die Jungs, der Spanier und ich hätten uns lieb gehabt. Oder dass der Typ wiederaufgetaucht ist, den ich ihrer Meinung nach gestern Nacht in Pau getroffen habe. Ich bin verdächtig, ich werde verdächtigt, und es ist nicht mehr nur spaßig gemeint, was mich runterzieht.

Was soll ich ihnen denn sagen, außer dass ich mit meinen Schwimmbewegungen orangefarbene und dunkelblaue Ringe auf den See hinausgeschoben hab? Soll ich sagen, dieser Ort ist gesegnet, der verträgt keine Musik, guckt euch diese Halle doch mal an. «Ich kann heute nicht», sage ich. «Ich finde, hier muss es still sein.» «Was redest du denn, die bauen doch hier den ganzen Tag. Wo ist denn hier Stille?»

Max sagt, ich solle mir ruhig eine Pause nehmen. Ying: «Wir spielen trotzdem.» Bevor ich antworten kann, sagt Max: «Das will sie auch gar nicht verhindern.» Ich nicke. So ist es.

## 22.00 Uhr

Die Wahrheit ist: Ich habe M. getroffen. Ich weiß nicht, wie sie am See auftauchen konnte, wie sie es geschafft hat, mir dahin zu folgen. Sie kann eigentlich nur im Kofferraum gewesen sein, oder sie verbringt ihre Tage hier oben in den Bergen.

Ich sitze vor der Halle in einem alten Eisenbahnwaggon und höre entfernt unsere Lieder, was ein seltsames Gefühl ist. Eher wie aus dem Radio als live. Die Berge verzerren alles. Aber M. habe ich gesehen, und niemand kann mir verbieten, es aufzuschreiben, nicht Max und nicht Saskia und nicht Manuel und nicht Johannes. Sie kam von der anderen Seite des Sees, ein kleiner Punkt, der auf mich zugesteuert ist. Wir sind ja manchmal schwimmen gewesen, früher, am Kanal. In unseren gemeinsamen Wochen. Sie war gern schwimmen, auf dem Rücken dahintreiben, das konnte sie gut, das Gesicht in die Sonne.

Ich hatte die Luftmatratze im Bus gelassen, die hätte ich ihr gern aufs Wasser gebracht. *All I learned was this, my friend: You gotta swim before you fly*. Saskia hat mir das vorgespielt, und die hat es von Manuel. Komisch, dass ich mir die Zeile gemerkt hab. Alles hängt mit dem Wasser zusammen. Mir fällt der Regen ein, nach dem wir uns kennengelernt haben, jedenfalls indirekt. Wie sie auf dem Rad nicht mehr vorankam, wie ich mich ihr gegenüber so dämlich verhalten habe auf der Fahrradtour, weil ich Max gefallen wollte. Dieses Halbstarke an mir damals, peinlich. Unser Lehrer hat uns danach nebeneinandergesetzt, eine Erziehungsmaßnahme, und zuerst musste ich darüber lachen und auch wieder spotten, aber dann hat es mir wirklich die Augen geöffnet. Man guckt ja plötzlich hinein in das Leben, nicht mehr bloß aus dem Fenster drauf wie in einem doofen Chanson. Die Stimme kommt einem näher, und ich habe ja dann kapiert, dass du so viel wolltest, aber nicht konntest. Dass du so viel Kraft hattest, M., aber die Übertragung hat irgendwie nicht funktioniert. Dann bist du plötzlich umgedreht. Ich hab gewunken, aber mitten auf dem See drehst du um und schwimmst wieder rüber, als wolltest du auch mal ausprobieren, wie das geht: auf jemanden zukommen. Ich hab eine Gänsehaut, ich erinnere mich: Wie wir Spaß hatten plötzlich, nebeneinander in der Schule, und dann machten wir Musik zu zweit und dann mit Max zu dritt, und dann kamst du nicht mehr zur Probe, weil du krank wurdest.

**24. Juni, 11.00 Uhr**
Max und Ying diskutieren über mich. Es ist brutal, das mit anzuhören, aber ich bin das Geißlein im Schrank (vor der Tür des Büros, mit Kaffeetasse). Ying meint, dass ich ein interessantes Bild abgäbe, eines, das die männlichen Fans begeistern könnte. Vielleicht will er mir damit sogar was Gutes tun, will Max die Augen für mich öffnen, aber er geht eindeutig zu weit. «Clarissa, das scheue Reh», höre ich, und: «Wenn sie jetzt mal Pause macht und eine Lücke aufreißt, dann ist das zwar schmerzhaft für die Fans, aber es gibt denen auch ein Rätsel auf. Weil auf den Plakaten doch überall diese schöne Frau ist. Wo ist sie jetzt, was ist mit ihr geschehen? Wenn Clarissa rumzickt, befördert das den Ruhm der Band eher, als dass es uns schadet.»

Max sagt nichts dazu. Ich weiß ja, dass Ying sich oft genug als verlängerter Arm von Manuel versteht, er kann Marketing denken wie eine Sprache. Er will, dass Animal Museums bekannter werden, dass die Internetseite in dieser Woche öfter besucht wird als in der vorigen, dass unsere Band irgendwann durchleuchtet wird, kritisiert und bewundert, all so was. Hier oben am stillgelegten Bahnhof, das ist für Ying nur der Anfang. Toulouse, Paris, London. Max sagt, er habe immerhin ein Interview mit einem Spanier geführt. Daran, dass er sich immer gleich rechtfertigt, an diesen Erfolgskommentaren merkt man, dass Max auch nicht ohne Druck unterwegs ist. Dann bringe ich ihnen den Kaffee rein und verschütte nur nichts, weil ich mich total zusammenreiße.

## 14.30 Uhr

Wir fallen noch ein wenig tiefer in Spanien ein. Kann man das sagen? Oder *nach* Spanien? Eine Bullenhitze. Das Wort schreibe ich nur, weil Max unbedingt nach Pamplona will, zum Stierkampf, aber wir haben abgelehnt. Mir tut der Hals weh vom Windzug, wir müssen aber mit offenen Fenstern fahren, es geht nicht anders. Ying fährt. Die Kühlwassergeschichte hat sich gerade wiederholt. Der Bus zwingt uns zu einem Halt in der Hitze. Ich dachte, der wäre ganz neu, sagt Max, und ob wir meinen Vater kontaktieren sollten. Ich wehre energisch ab. No parents, please! Gut wäre aber mal ein Baum mit Schatten drunter.

Wir hören Bob Dylan, die Platte mit den Zirkusleuten vorn drauf, lauter Zwerge, Gewichtheber, Feuerschlucker. Wir essen Bocadillos (Jambon), die sind noch aus dem Hotel am alten Bahnhof. Lustlos bin ich, und die Hitze trägt dazu bei. Saskia klimpert ein Pilgerlied, denn wir sind schon die ganze Zeit parallel zur Pilgerstraße nach Compostela unterwegs, ohne den Weg je gesucht zu haben. *El Camino de Santiago*. Hier in Spanien ist der Weg mit gelben Pfeilen gepflastert, wie für Halbblinde, die sich heilen lassen wollen. Manchmal kann man elf oder zwölf solcher gelben Pfeile sehen: am Waldrand, Straßengraben, auf der Straße, über die Straße, drüben wieder auf dem einzigen Weg, der parallel zur Straße weitergeht. Idiotensicher. Ich finde die ganze Pilgersache idiotisch. «Damit die Schäfchen bloß nicht vom rechten Weg abkommen», sagt Stief freundlicher.

## 17.45 Uhr

Die Zitadelle in Jaca wurde gegen die Franzosen gebaut, aber so ist das: Man baut sich was aus meterdickem Stein und ist superstolz drauf, und dann kommen die anderen und nehmen es einem weg. Ich hab jedenfalls gelesen, dass die Spanier ihre Festung später mühsam von Napoleon und seinen Truppen zurückerobern mussten. Man wird vielleicht erst richtig unabhängig, wenn man etwas einmal verloren hat und es sich dann wiederholt. Ich denke an M. und unseren Respekt voreinander, die Monate der Freundschaft und wie ich sie dann hab hängenlassen.

**19.20 Uhr**
Als wir nach der Besichtigung am Club ankommen, kriegen wir vom Veranstalter gleich ein Päckchen in die Hand gedrückt. Ganz krass, Manuel hat online Visitenkarten drucken und sie hierher schicken lassen. Es haben sich zwei Journalisten angemeldet, heißt es. Stief kehrt aus einem Antiquariat zurück, mit einer spanischen Ausgabe eines englischen Buchs. Er kennt das Original so gut, sagt er, dass er hiermit vielleicht Spanisch lernen kann.

Das ist jedenfalls das Letzte, was normal klingt, bevor die Scheiße aus heiterem Himmel herabgeregnet kommt. Ich fang mal vorne an: Manuel hatte uns einen Vordruck geschickt, und jetzt beim Skypen meint er, es dürfe nicht noch mal passieren wie in Auch, dass wir kein Frühstück im Hotel bekämen. Er empfindet es als seinen Job, uns «ein Umfeld zu garantieren, in dem wir gute Arbeit abliefern können». Ich hab noch gedacht, da könnte er eigentlich mal Johannes anrufen und ihn bitten, diese Mails zu unterlassen, denn die sind es unter anderem, die mich keine gute Arbeit abliefern lassen. Oder drei Grad weniger Hitze. Aber das war natürlich alles nicht gemeint. Er meinte das Catering. Wir haben diese Vordrucke mehr so im Scherz ausgefüllt, haben unabhängig voneinander aufgelistet, was wir am liebsten essen und trinken, vor dem Konzert und danach.

Diese Liste wird jetzt hier in Jaca zu einem Problem: Bei unserer Ankunft haben uns die Spanier mit Blicken beschossen, als würden sie uns lasern wollen. Es tat gleich weh, aber erst im Backstage kriegen wir mit, warum sie uns so komisch behandeln. Steht da doch in reinstem Deutsch: «Liebe Animal Museums, wenn ihr sichergehen wollt, dass wir den richtigen Wein gekauft haben, meldet euch bitte im Büro. Wir haben die Etiketten dort.»

Keiner versteht, was das soll. Bis sich rausstellt, dass nicht Manuel, sondern Ying unsere Listen zu einer vierseitigen Cateringliste addiert hat, und die hat er, ohne uns zu fragen, «tourbegleitend an alle nachfolgenden Veranstalter geschickt». Vier verschiedene Rotweine und drei Weißweine stehen drauf, dazu polnischer Wodka und dass Saskia vegan, ich an Dienstagen und Donnerstagen vegetarisch essen will, aber beide nicht nach 19.30 Uhr. «Mann, das war doch ein Scherz!» «Was steht da noch alles drauf?» «Ein Scheherz, Leute! Ich wollt mal sehen, ob das klappt», sagt Ying. «Luftgetrockneter Schinken und frisches Obst der Saison, aber auf keinen Fall Quarkriegel, überhaupt bitte eine Kabine ohne Werbung und Verpackungen.» «Das hast du denen geschickt?» «Kann ich doch nichts dafür, dass die das ernst nehmen!»

Die Veranstalter haben sich die Mühe gemacht, sämtliche Wein- und Bierflaschen in kaltes Wasser einzulegen, um die Etiketten abzulösen. Damit ist die Kabine tatsächlich werbefrei.

Wir lesen noch einmal den niederschmetternden Zettel auf dem Tisch. Ich bin die Erste, die es nicht mehr aushält. Raus aus der Kabine. Man hasst uns hier. Auf der allerersten Tour! Dabei sind wir doch ganz neu im Geschäft.

Ein Mädchen stolpert im Gang auf mich zu, ein ganz junges Mädchen, sie schluchzt, eine Aushilfe, eine Praktikantin, die man vorgeschickt hat, um uns zu beichten, dass erst *drei* Kästen Bier im Kühlschrank sind statt fünf, und auch dieses Bier sei erst vor einer halben Stunde angeliefert worden, also nicht ausreichend gekühlt. «Lo siento muchísimo», sagt das Mädchen. «Con el corazón en la mano», und schlägt die Hände vors Gesicht. Die ganz große Show, eine Riesenverarsche auf unsere Kosten, und egal wie man es dreht und wendet, es ist unsere eigene Schuld.

Ich gehe in der Altstadt auf und ab, bis sich zwei Straßen im V treffen und einen kleinen Platz bilden. Unter den Arkaden ein Café. Wie schon in Frankreich: kleine runde Tische aus gebürstetem Aluminium und dazu Baststühle. Manchmal sind es auch Holztische mit einer Glasplatte drauf. Ich könnte ewig so sitzen, und tatsächlich kehrt endlich ein bisschen Ruhe ein in meinem Kopf. Aber es ist schon ein Schock, dass Ying unser Ironieverbot offen ignoriert. Und ganz richtig von den Spaniern, das sofort abzustrafen.

Ein echtes Dumme-Jungs-Ding, nie wäre Manuel so was passiert. Ich hab schon oft gedacht, was machen wir nur ohne ihn? Das ist jetzt die Antwort: erst mal Dummheiten, Fehler. Tourmanagement, das lernt man nicht von einem Tag auf den anderen. Ich denke an Manuel als den begeisterten Zuhörer, der uns in der Fußgängerzone angesprochen hat («Aus euch kann was werden!»). Auch an seine Sehnsucht, sich mit uns Jüngeren zu verstehen, die ist ja groß. Er hat sich manchmal ganz schön an uns rangeworfen. Aber er will, dass wir alles als Gruppe lösen, jedenfalls hat er Ying nicht als Verantwortlichen installiert, so viel ist sicher.

Als ich von meinem Spaziergang wiederkomme, beratschlagen die anderen vier noch immer, ob wir spielen oder abfahren sollen. Ich sitze nur dabei, trage den Mehrheitsbeschluss: Wir werden noch einmal die offene Diskussion mit dem Veranstalter suchen. Wenn sie nicht mit uns reden, abfahren. Falls es eine Vertragsstrafe gibt, ist Ying haftbar. Den Vertrag hat keiner von uns unterschrieben. Auch Stief wird heftig gegen Ying. Ich hänge nur kreideweiß auf der Sofalehne; fühlt sich an, als hätte ich keine Wirbelsäule.

Die Veranstalter kommen rein, Ying redet von einem großen Missverständnis, aber er stammelt dabei ziemlich rum. Am Ende weiß keiner, warum als Ergebnis herauskommt, dass wir a) trotzdem unser Konzert spielen und b) nur die Hälfte der Gage bekommen. Klar ist: Danach wollen wir sofort losfahren, nicht hier übernachten. Wir haben eh keine Auftritte mehr in Spanien, können also zurück nach Frankreich.

### 23.40 Uhr
Man kann es sich nicht aussuchen: Es geschieht gleich die nächste Katastrophe. Ying schläft im Bus hinten, Stief liest, um sich abzulenken. Saskia ist nach dem Konzert ziemlich laut geworden, meinte, wir könnten uns nicht so hängenlassen, das sei eben der Unterschied zu Profis, die ziehen dann «erst recht voll durch und greifen sich die Fans ab, meinetwegen auch aus Wut», meinte sie. So habe ich sie, bei aller Entschlossenheit, selten reden hören, und weil ich glaube, dass sie mich allein mit alldem meint, sage ich: «Ich hatte einfach keine Energie», und sie schimpft noch kurz weiter, nickt dann und legt mir eine Hand auf den Kopf.

Ich brauche dringend Ruhe. Morgen ist Ruhetag.

Max tastet hinter seinem Sitz nach einer Flasche, findet sie und nimmt einen Schluck. Er ist der Fahrer, ich daneben, auf einer dunklen Straße in den Pyrenäen, die abwärtsführt. Wie die Scheinwerfer in den Serpentinen um die

Kurve greifen! Spooky. Manchmal nimmt Max die Hände vom Lenkrad und lässt die Scheibe herunter, setzt den Ellenbogen darauf. Einmal bewegt er die Scheibenwischer, um auf seine Müdigkeit aufmerksam zu machen. Es ist nicht so, dass er Anerkennung sucht, aber mal ein Wort, einen Blick. Darin ist er wie Manuel. Männliche und kindliche Gesten im Wechsel, auch mal ein Bein aufs Armaturenbrett. Irgendwie will Max ein Lächeln nach dem Sturm, will mich als Beifahrerin austesten, meine Geduld, was ja auch schon wieder kindlich ist. Ich kann diesen Kommunikationszwang nicht leiden, und dann noch nachts. Mir fehlt immer noch eine Menge Schlaf.

Ein Scheißgig war das, ein Scheißerlebnis vor allem. Keine Verbindung zwischen Kopf, Bauch, Herz und Händen. Max fängt an zu rauchen und schließt dabei demonstrativ das Fenster. Saskia wacht davon auf, raucht auch eine. Wir fahren durch ein Bergdorf, das aus ganzen drei Bauernhöfen besteht. Kein goldener Strohballen in Sicht, alles duckt sich ins Dunkel. Dann wieder allein mit der Sommernacht. Max nimmt den Gang raus, es ist wie Fahrradfahren, der Bus rollt die Berge hinab. Dann verengt sich die Straße hinter einer Baustelle. Eine kleine Ampel blinkt rot. Völlig lächerlich um diese Uhrzeit und bei diesen Koordinaten. Max lässt weiterrollen, und da kommt uns ausgerechnet hier das allererste Auto seit einer Stunde entgegen, ein hoher Geländewagen, der hält auf uns zu, bremst nicht, hat so einen wahnsinnigen Kühlergrill und blendet uns. Max will ausweichen, zieht den Bus nach rechts auf die abgesperrte Spur, bremst noch, aber es knackt, die Achse oder was weiß ich, der Bus steht bisschen schräg, vor der Felswand ist ein Graben, unser rechtes Vorderrad hängt vornüber.

Ich hab kurz aufgeschrien.

«Ey, das kann nicht sein.» «Der hätte uns weggeschoben.» «Der uns?» «Kommt, wir kriegen den Bus schon wieder auf die Straße.»

Alle Kräfte auf den rechten Kotflügel.

«Keine Chance.» «Wir sind aber hinter der Grenze, oder?» «Die Grenze ist oben.» «Und das heißt?» «Es geht seit einer halben Stunde bergab.» «Also Frankreich.» «Wo ist denn der nächste Ort bergabwärts?» «Arette. Hier. Vielleicht fünf Kilometer runter.»

Max sieht noch fertiger aus als ich wahrscheinlich. Ich sage ihm, er soll sich keine Sorgen machen und dass ich das mit meinem Vater kläre. «Gehen wir zurück zu den Höfen, an denen wir eben vorbeigekommen sind.» «Wieso nicht zelten?» «Wo willst du denn hier ein Zelt aufbauen, das geht links und rechts hoch, die Straße ist in den Stein gehauen.» «Lass uns hier im Bus schlafen.» «Der hätte uns echt umgefahren.» «Das war's mit der Tour.» «Sieht so aus.» «Gute Nacht.» «Mach mal Fenster zu.»

## 25. Juni, 16.00 Uhr

Stief hat von den Höfen aus telefoniert, aber es ist nichts zu machen, wir müssen noch eine Nacht bleiben, erst morgen kann unser Bus abgeschleppt werden nach Oloron. Wir verbringen den Ruhetag also an der Unfallstelle.

Ich steige mit Saskia den Berghang hinauf, bis wir einen schönen Blick haben. Wir essen Butterkekse. Ich erzähle ihr von Johannes, und sie sagt gleich: «Die darfst du doch nicht mehr lesen, die Mails.» Ich frage sie, ob sie jetzt noch zu ihrer Freundin spricht oder schon zum Mitglied der Band. «Solche Mails tun bestimmt beiden nicht gut.»

Sie versteht nicht, was ich an dem Typen gefunden habe. Der hätte mich damals nur abgelenkt. Ich lehne mich an sie, so sitzen wir bestimmt eine Stunde, ohne zu reden. Ich denke darüber nach, was Ablenkung bedeutet, und über den Ausdruck *Die Verflossenen*. Was das heißen soll, wenn einer und eine und etwas verflossen ist. Zerflossen wäre besser. Wie ein Flussdelta, wo sich die Ströme teilen, und man fährt da mit dem Boot oder auf dem Floß weiter und merkt: Das ist gar nicht der Arm, in dem die Liebe fließt. Das ist *zerflossen*. Oder ist das nur *abgelenkt*? Am Horizont schon das offene Meer.

«Wir müssen echt mal langsam ans Meer.» «Ich finde vor allem, du müsstest mal langsam auf die Beine kommen, Cla.» «Warum sagst du so was?» «Na, weil es dann mehr Spaß machen würde. Weil ich's auch nicht so toll finde, wenn ich immer dran denken muss, wie geht's ihr jetzt hiermit und damit, denkt sie schon wieder zurück, warum macht sie dies nicht und das.» «Ja, das versteh ich, Sas.»

### 26. Juni, 11.30 Uhr

Protokoll eines bösen Traums. Wir sind im Studio, Manuel als Produzent an den Reglern, und ich treffe den Ton nicht. Alle singen mir die Melodie vor, erst Max, dann Saskia, aber wenn die Aufnahme läuft und ich selber singen soll, ist da immer diese eine falsche Note. Sie lachen. Manuel seh ich nur durch die Glasscheibe, wie er drüben am Rechner sitzt, die Hände hinter dem Kopf verschränkt. Durchs Mikro fragt er, ob Saskia das machen soll, und ich trample mit den Füßen. Nein, nein, ich mache das. Und dann bin ich allein und singe immer noch, es nimmt schon keiner mehr auf. Immer wieder die falsche Note.

Wir lassen uns abschleppen, in eine Werkstatt nach Oloron. Ich bin froh über den ersten Kaffee auf französischem Boden, Croissants, Pain au chocolat, Stief übersetzt internationale Politik aus der Zeitung. Dann die bunten Panoramaseiten, wo es die schönen Kleider gibt an den erfolgreichen Frauen. Die Welt dreht sich weiter um alles und nichts. Es gibt viel Nichts, und mir kommt es gerade so vor: Wenn man dieses Nichts vergessen will, muss man auf Tour gehen, oder man muss traurig sein. Sich innerlich ausfüllen lassen von etwas, äußerlich in Bewegung bleiben. «Eindrücke sammeln, um Ausdruck zu schaffen», hat Manuel mal gesagt. Wir haben das Konzert für den Abend abgesagt, in St-Paul-lès-Dax. Da würden wir nicht mal rechtzeitig ankommen, wenn uns die Werkstatt einen neuen Motor einbaut. Unser nächstes Konzert ist nun erst in ein paar Tagen.

**16.00 Uhr**
Der Bus ist tot. Sie müssten eine neue Achse samt Radaufhängung bestellen, und das Getriebe sei auch marode. Ying macht irgendeinen Spruch über meinen knauserigen Vater, der uns die letzte Mühle angedreht hat. «Soll ich jetzt die Verantwortung übernehmen für ihn?» Ich bin natürlich gleich auf hundertachtzig. Jemand in der Werkstatt, ein Amerikaner, bekommt mit, dass es etwas lauter zugeht, hat Mitleid und verspricht, noch mal zu telefonieren.

Der hohe Turm von Sainte-Marie ragt ins Himmelsblau. Ich besichtige die Kirche, fühle mich aber wohler am Fluss. Die vielen Bergquellen sind hier schon zu einem ansehnlichen Wasser zusammengelaufen, von Oloron strömt es nordwestlich gen Atlantik. Ich wünsche mir ein Zimmer mit Flussblick, einen Erker oder Turm, dann würde ich hierbleiben. Als wir uns um fünfzehn Uhr wiedertreffen, hat Stief aus der Werkstatt einen Anruf gekriegt, sich eine Adresse aufgeschrieben. Wir sollen morgen hinkommen, unser Zeug könnten wir in den Bus des Amerikaners umladen und zu Freunden von ihm fahren, aufs Land, ein paar Kilometer weiter. Als Gegenleistung sollen wir ein Konzert spielen, vor irgendwelchem Chorgesang (Stief hat es auch nicht richtig verstanden).

**23.30 Uhr**
Wir schlafen auf dem Campingplatz in Arrete, sind mit einem Leihwagen von der Werkstatt zurückgefahren, haben nur die Zelte mitgenommen. Festliches Abendbrot, Suppe, Milchreis und Früchte (Mango Erdbeeren). Ying und Saskia zaubern die beiden warmen Mahlzeiten auf ihrem kleinen Spirituskocher.

**27. Juni, 21.00 Uhr**
Als Gastgeber und Veranstalter fungiert Michel, der aber Jean-Mi genannt werden will. Er hat uns am Dorfbrunnen in Empfang genommen, stand da mit strubbeligen Haaren und einer gärtnermäßigen Latzhose. Solche Kommunetypen findet man eben nur auf dem Land, dachte ich, in unserer Kleinstadt zu Hause kenne ich keinen einzigen. Jean-Mi hat uns von der romanischen Dorfkapelle vorgeschwärmt, in der das Konzert stattfinden soll, und er hat recht, es ist ein Rundbau mit phantastischer Akustik, man kann darin gegen eine Wand singen, und es fließt dem anderen über die Kuppeldecke drüben direkt ins Ohr. Wir stehen in der Mitte, spielen fünf Lieder, vor allem die ruhigen, Stief nur mit den Händen, ganz ohne Drumsticks. Der Klang ist gigantisch, und die Leute gucken so freundlich, dass es mich erleichtert.

Von dem, was dann passiert ist, muss ich ein bisschen ausführlicher erzählen. Nach dem Konzert fahren wir rüber zu Michel, und es stellt sich heraus, dass er ein Château bewohnt, aus dem 17. Jahrhundert, wie er sagt. Erst als wir die Hügelkuppe erreichen, wird das Anwesen sichtbar, riesige Ländereien, zwei Weinberge und viel Getreide, ein großes Feld nur mit Sonnenblumen (die blühen jetzt hier überall). Die Fassade des Schlosses ist imposant, zwei Stockwerke aus hellem Stein, oben in der Mitte ist ein geschmiedetes Wappen in ein Balkongeländer eingesetzt. Direkt darunter liegt das Portal, um die Flügeltür herum fünf kleine Rundbögen, die zeigen, dass der letzte Anstrich lang zurückliegt: Moos sitzt in den Fugen, und schwarze Punkte durchlöchern das Gemäuer. Jean-Mi meint, da hat überall mal Wein gerankt, und ich bin gleich hin und weg, mach mir erste Notizen. Die Veranda hinter dem Schloss ist überdacht von einer schweren Holzkonstruktion, auf der Ziegel liegen. Wir nehmen darunter Platz, an einer langen Tafel, es gibt Gemüseeintopf: Kartoffeln, Zucchini und Auberginen, mit einer faden Soße, man muss mindestens einen halben Teelöffel Salz in die Schale rühren.

Ich sitze mit Blick aufs Haus, Max mir gegenüber. Ziemlich komisch wirkt ein asiatisches Pärchen. Beide tragen identische gelb-rote Ponchos und sind unser Blickfang, jedenfalls bis die Hunde dazukommen. Unser Gastgeber hat fünf Hunde, die total aufgeregt und verschiedenartig zwischen uns herumtollen. Man ahnt, sie werden den ganzen Abend lang im Mittelpunkt stehn. Wir lernen bald alle kennen – vom sabbernden Pyrenäenhund, der groß ist wie ein stehendes Kind, über einen schwarzen Boxer, eine empfindliche Spanielhündin und eine unansehnliche Promenadenmischung bis hinunter zum niedlichen Golden-Retriever-Welpen, der fortwährend in einem Wassereimer planscht, weil er noch dabei ist, sein Spiegelbild kennenzulernen.

Manchmal dreht er sich erschrocken um, obwohl er selbst gefurzt hat. Identitätskrisen, denke ich.

Wann immer die Spanielhündin vorbeikommt, sagt Jean-Mi: «*C'est Claire*», und umgreift von unten die Schnauze der Hündin. Ich erfahre, dass er Claire letztes Jahr auf der Straße gefunden hat, angefahren, nicht weit von hier, und sie hat es ihm gedankt, indem sie kurz nach der Rettung fünf Welpen geworfen hat, die er allesamt loswerden musste, weil er keine weiteren Hunde brauchen konnte. Er macht das tolle *C'est la vie*-Gesicht, das nur die Franzosen draufhaben.

Michel hat immer Gäste, es ist ein sogenannter wwoofing-Hof, erklärt uns Alexej, man kann hier essen und übernachten, wenn man ein paar Stunden täglich auf dem Gut mitarbeitet. Alexej ist nach dem Essen aus dem Haus gekommen, ein gebürtiger Ukrainer mit dröhnender Stimme. Wir trinken Rotwein aus einer großen Karaffe, und ich dreh mich nach den beiden Asiaten in den Ponchos um, die vor der Veranda ein weißes Getränk (Milch?) aus einem hohen Steinkrug in irgendwelche Schüsseln gießen. Warum machen sie das? Hinter ihnen das Himmelsblau ist nicht einfach dunkler – über der Kuppe des benachbarten Hügels, der etwa zehn Kilometer entfernt liegt, steht eine tiefgraue Wand.

Jean-Mi ruft: «Un cadeau divin.»

Er hebt das Glas und prostet uns zu.

Jetzt fahren erste Windböen unter das Dach der Veranda. Der Himmel zuckt hell auf. Wir setzen uns in Position, um das Schauspiel zu betrachten: Über dem Hügel eine fast schwarze Säule, die ebenso gut aus einem Talfeuer aufsteigender Rauch sein könnte. Die Pyrenäen dahinter sind nicht mehr zu sehen. Alexej stellt ein Stativ auf und schaut durch die Kamera. Michels Freundin kommt mit einer Kanne aus dem Haus, grüßt in alle Richtungen. Sie lobt unser Konzert und gießt Espresso ein.

Sie erzählt dann in langsamem Französisch, wie das bei ihnen auf dem Hof so geht. Sechs Wochen durchläuft man die Stationen, um später auf alle Tätigkeiten vorbereitet zu sein. Garten, Gemüse, Getreideernte, wie man Traktor oder Drescher fährt. Ich hab sofort Lust drauf, es zu lernen. Ein bisschen schäme ich mich, weil ich Michel wegen seines Aussehens gleich als Hippie abgestempelt hatte. Die Frau heißt Julie, sie ist mindestens zehn Jahre älter als er, trägt überall gleich mehrere Kettchen, um den Hals, an den Handgelenken und auch an den Fesseln. Sie legt mir eine Hand auf die Schulter und sagt, der Weizen sei noch ganz blau, grün, violett, wie bei van Gogh, sagt sie, der Weizen macht noch keinen guten Eindruck. Dann wendet sie sich allen zu: Wie sehr sie sich freuen, dass wir den Weg zu ihnen gefunden haben! Max flüstert mir zu, dass sie mindestens bekifft ist.

Der Himmel grollt, die Tiere werden unruhig, der Pyrenäenhund zum Beispiel dreht sich ständig um die eigene Achse, der Boxer bellt, aus dem Tal kommt ein Kläffen zurück, was ihn zu einer neuerlichen Antwort reizt usw. Wir Menschen sitzen einfach auf der Lichtseite der Veranda, in die Wetterfront vertieft. Ich seh einen der Asiaten, den Mann, draußen am Hang, gleich danach die Frau vom Kiesweg her zurückkommen. Sie holt eine Schüssel mit dem weißen Zeug ab, vielleicht bringen sie irgendwelchen ängstlichen Tieren einen Beruhigungsdrink.

«Es ist Kumis», sagt Alexej. «Sie sind Tengristen.» Mehr sagt er nicht. Wir gucken das später nach. Am lautesten hört man die vier Pappeln, die hinter der Weide stehen, Rascheln kommt auch aus einer Menge Sträucher.

Der Himmel ist jetzt einer von den gemalten, ein durchlässiges Grau, in das bläuliche Fäden gewoben sind. Der Wind nimmt sich zurück, und eine leuchtende Hand mit fünf und mehr Fingern streckt sich über dem Hügel aus, aber nicht auf die Erde weisend, sondern horizontal. Das ist der erste einer Vielzahl von Blitzen, wie ich sie noch nie gesehen hab: Blitze auf der kompletten Breitwand des Himmels.

Michel sagt so was wie: «Die Pyrenäen, da kommt es manchmal halt mächtig herüber.» Dann verlieren sich unsere Sprachen auf der Terrasse in einem Raunen. Ich starre abwechselnd in die Blitze und auf die Ponchos der Asiaten, die durch den Garten wehen wie Petticoats. Was die beiden auch anstellen mit ihren Milchschüsseln, ihre Performance ist getimt, sie kehren unter die Veranda zurück, als die ersten Regentropfen fallen. Dann ein krachender Donner, viel näher, viel lauter. Julie hat das benutzte Geschirr ins Schloss getragen, sie hätte aber lieber mit den Gläsern anfangen sollen, von denen krachen jetzt bei der ersten starken Böe mindestens drei zu Boden. Der Wind hat schon die Zipfel der weißen Tischdecke gepackt, wischt Teelichter zu Boden, Feuerzeuge, auch den Plastikaschenbecher. Eine leere Weinflasche zerspringt. Was wir zu fassen kriegen, bringen wir ins Haus. Die Tengristen tragen gemeinsam den vorhin geleerten Tonkrug, versperren dadurch den Hunden den Weg nach drinnen, und dann will auch ein gekipptes Fenster geschlossen werden, schlägt wütend gegen den Rahmen. Ich schmiege mich an jemanden, der hinter mir steht, die Arme von hinten über meine legt, es ist Jean-Mi, mir ist kalt. Alle anderen versuchen, sich nützlich zu machen. Saskia holt Handfeger und Schaufel, um die Scherben aufzukehren, sie ist immer so tüchtig, hält nie inne, aber auch die Scherben, selbst die größeren unter ihnen, wirbeln nur so über die Fliesen. Ein greller Blitz. Max hat gerade einen Kassettenrecorder in den Händen, da flackern die Glühbirnen auf der Veranda kurz auf, dann ist der Strom weg, auch im Haus. Alle Gestalten werden zu Schemen. Der süße Welpe läuft bis zu den Pappeln, kommt zurück, springt herum. Das Fenster schlägt zu und zu und zu. Der Boxer bellt. Der Sturm drückt den Regen unters Dach, Alexej verschiebt deshalb den Standort seines Stativs, knipst aber weiter. Blitzfinger, Donnerpauken, auch Blitze hinter Wolken, weit entfernt, sie beleuchten den Himmelsraum, er wirkt wirklich sehr geräumig. Und dann stehst du plötzlich da, ich laufe raus in den Regen, es regnet gar nicht so stark, nur diese Blitze immerzu, und du sagst nichts, läufst an mir vorüber in deiner Motorradjacke, vor zur Straße. Der Strom im ganzen Dorf ist ausgefallen, dafür sieht man, wie sich die Stromleitungen entladen. «Das sieht doch toll aus», sagst du, «als fielen dort im Tal Leuchtkugeln von den Drähten.» Nach der kurzen Panik und der längeren Hektik des Aufräumens stehen nur wir beide, du und ich, vor dem Haus, versunken in dieses Schauspiel. Ob wir nicht einen Regentanz aufführen sollen, fragst du. Ich bin vollkommen durchnässt und fühle mich so dünn. Das Gewitter hält an, unverminderte große Terz, du tanzt, aber ich stehe da wie angewurzelt, bis du mich in die Arme nimmst: «Erst dieses Konzert! Und jetzt das. Ihr seid Glücksboten! Könige und Prinzessinnen! Wie habt ihr das gemacht?»

Du bist außer dir vor Freude, M.

«Fünf Wochen hat es hier unten nicht geregnet.»

Ich muss plötzlich lachen. Das wusste ich nicht. Woher weißt du es denn? Ich lache, wie eine Fee lacht oder eine

Gönnerin, die heute spendet und sich damit das Recht erkauft, morgen wieder zu verschwinden. Dabei bist du es, die mir wieder entlaufen wird. Ich frage dich, wo du gesteckt hast, woher du Michel kennst. «Woher kennst du überhaupt Michel?» Ich frage nach deinen Kopfschmerzen, auch nach meinen, ob du mir helfen kannst bei der Entscheidung, aber du drehst dich nur im Kreis, ziehst deine Jacke am Kragen mit beiden Händen nach oben, baust ein Regendach daraus. «Die Tabletten helfen doch sowieso nicht», rufst du aus deiner Welt herüber, hinter dir die Entladungen, die Leuchtkugeln, du tanzt auf der Zufahrt zum Schloss, aber abwärts, auf der Abfahrt vom Schloss also, und dann, mit einem Donnergrollen, hat dich der Straßenrand verschluckt, dahinter fällt das Land ab, du gehst da hinein oder fällst, ich kann dich nicht mehr sehen.

### 28. Juni, 13.00 Uhr

Wer hat gesagt, dass wir ihr Hippietum nicht begreifen? Irgendwie war mir schon beim Gewitter klargeworden, dass unsere beiden Gastgeber sich nach Abwechslung sehnen. Und was ist passiert: Max hat die Nacht mit Julie verbracht. Jetzt strahlt er und redet irgendwas vom Land der Kommunen und Kondome.

Zuvor hatte Jean-Mi mich angebaggert, ziemlich penetrant, betrunken auch, aber er ließ sich dann abwimmeln. Trotzdem hat Julie das als Freifahrtschein genommen und ist dann mit Max verschwunden. In diesem Er-hat-doch-angefangen-Ton erzählt sie es mir, als wir morgens zusammen das Anwesen erkunden, wir stapfen schwer atmend die Terrassen des Weinbergs hinauf. Oben stehen Zedern und Pinien. Aus der Mauer, mit der die oberste Weinterrasse befestigt ist, schlüpft eine Eidechse, verschwindet wieder.

Weiter rechts noch eine. Oder dieselbe. Also, wenn das dieselbe Eidechse war, wie Julie meint, dann nimmt sie ihren Parcours zwischen Untergrund und Öffentlichkeit in einem ganz schön beeindruckenden Tempo.

Es wird sicher ein heißer Tag. Schon jetzt knackt das Holz, als hätten wir uns den Regen gestern nur eingebildet. Julie sagt, Abkühlung und Feuchtigkeit wären viel wichtiger als das Gewitter gestern. Zu Max und ihr sage ich nichts. Wir kommen nach dem Spaziergang wieder auf den inneren Pfad der Anlage, einen hellen Kiesweg. Hier stehen exakt beschnittene Büsche, Pik, Kreuz, Herz und Karo aus Buchsbaum, und neben den Spielfarben auch eine Sammlung mannshoher Pilze, alle in Buchsbaum. Sieht zuerst lustig aus, aber eigentlich ist mir das alles zu präzise, zu gewollt.

Die Werkstatt meldet drei bis vier Wochen Lieferzeit für die Radachse! Wir müssen aber weiter. Michel und Julie haben einen alten Pferdehänger im Schuppen, mit dem sie selbst oft über Land fahren, sie haben einen Bock davorgeschweißt. Wir sehen uns das lustige Gefährt gemeinsam an.

Dann steht Julie mit dem Nachbarn und zwei Pferden da. Noch so ein Hippie, dünn, Vollbart, Mütze, Cordhose, sogar mit Hosenträgern – fehlt nur der Grashalm im Mundwinkel! Die Pferde sind Haflinger, erklärt er, nicht ganz reinrassige, sie sind in Österreich aufgewachsen und wohl erst seit ein paar Jahren bei ihm. Wir müssen ja nach Norden, weg von den Pyrenäen, es wird trotzdem eine Berg-und-Tal-Fahrt werden. Er meint aber, wir sollen uns keine Sorgen machen, die packen das, freuen sich über Bewegung, das sind kräftige, geduldige Tiere, sie hätten noch ein anderes Lastpferd in den Genen.

Wir nicken, ich bin früher mal geritten, hab aber von Pferderassen keine Ahnung. Wir laden alle Instrumente und Verstärker hintendrauf, Max' Gitarren-Amp ist schwer, aber er will ihn natürlich nicht auf dem Hof zurücklassen. Es sind hundertzehn Kilometer bis zum nächsten Auftritt.

Wir leihen uns Wagen und Pferde für vier Wochen aus. Julie will mitkommen, sie sagt nicht, dass es wegen Max ist, sondern weil sie gestern Abend ein bisschen Percussion zu Max' Gitarre gespielt hat, und es stimmt, schon da kam die Idee auf. Ich mag sie, aber eifersüchtig bin ich doch und denke, ich müsste Max noch mal sagen, dass ich bisher mit niemandem was hatte auf der Tour. Wahrscheinlich haben Julie und Michel eine schwerwiegende Krise.

Am Ende steigt auch Alexej auf den Wagen, nachdem er lange mit Michel verhandelt hat, und es sah dabei aus, als kämpfe Michel mehr um Alexej als um seine Freundin. Weil er den Ukrainer hier als Erntehelfer braucht. Aber er verliert. Wir fahren zu siebt vom Hof, ich gucke zurück aufs Château, bis wir über den ersten Hügel sind.

**15.30 Uhr**
Michel hat uns gute Landkarten mitgegeben und ein halbes Käserad. Manuel ist total verblüfft, als er von den Neuigkeiten hört, er meint, wir bräuchten doch wohl einen neuen Bus, was wir denn mit 2 PS wollten? Er greift sich an die Stirn, dann friert das Bild ein, als würde er die Hand nicht wieder losbekommen. Ich muss darüber lachen. Alle haben gute Laune. Einfach so übers Land gondeln ist doch supercool. Max sagt, jetzt könne Manuel mal zeigen, was er draufhat: «Für eine Pferdewagenband Konzerte organisieren, da zeigt sich der wahre Manager.» Aber die Verbindung in die Heimat ist abgerissen.

Überall stehen Schilder rum: «Proprieté privée.» – «Attention! Chasse!» Alexej singt ein altes Lied von der Straße, mit starkem Akzent: *Rock me mama, like a wagon wheel. Rock me mama, any way you feel. Hey, mama, rock me.* Der Wagen ruckelt dazu über die Baumwurzeln. Wir sind Alexej, Max O'Reilly, Julie, Stief, Saskia, Ying und ich. Der Ukrainer zeigt seine Fotos rum, aber sie sind nichts gegen die Blitze selbst. Ich schreibe lang am Eintrag über das Gewitter, versuche mich an den Ablauf zu erinnern. Ich kann mit niemandem darüber sprechen, was geschehen ist. Vorhin hab ich dazu angesetzt, Julie gegenüber, aber ich kenne sie zu wenig. Du im Regen, erschienen, verschwunden, in deiner Lederjacke mit den vielen Nähten auf der Schulter, aber ohne das weiße Tuch. Diese Jacke hast du nicht mal bei unseren Auftritten ausgezogen. Und weil ich die Augen geschlossen hab und nach oben in die Blätter der Bäume gerichtet, weil immerzu Sonne, Schatten, Sonne, Schatten durcheinanderflackern, durchzuckt mich die alte Discoatmosphäre. Zuerst waren wir da nur tanzen, aber du meintest: «Bevor uns jemand was Derbes in die Drinks wirft, sollten wir was aus unserer gemeinsamen Zeit machen, oder?» Das war ein krasser Gedanke damals, ich konnte danach den ganzen Abend nicht mehr sprechen, weil ich wirklich glaubte, dass so was jederzeit passieren kann, irgendeine Droge, und dass es deshalb auch schon passiert war, was natürlich nicht stimmte.

Damals hat sich Manuel zum ersten Mal eingeschaltet. Er hat mit dem neuen Besitzer vom Fool's Garden gesprochen, der uns eigentlich zu jung fand, aber einige Tresenkräfte erinnerten sich noch an die Talentschmiede, die es viele Jahre vorher im Fool's gegeben hatte. Damals waren viele junge Leute aufgetreten, und das wollte Manuel wieder aufleben lassen. Er setzte sich durch, aber wir waren erst mal eine

Ausnahme. An drei Dienstagen hintereinander, wo halt die Älteren eh nicht in die Disco gehen, stand ich mit dir oben hinter dem DJ-Pult im Fool's. Nur der Gesang war live und ein paar Akkorde auf dem Keyboard, aber was da normalerweise an Musik lief, war viel fetter und lauter, wir hatten gar nicht die richtigen Sounds am Start. Wir fanden's trotzdem cool, aber ich weiß noch, Ying und Saskia wollten damit nichts zu tun haben, die gingen schon während des zweiten Liedes, und Max, dem ich damals imponieren wollte, ich war superaufgeregt, Max jedenfalls war gar nicht erst gekommen. Er hielt uns damals für Küken, glaub ich, erst auf der Party sind wir uns nähergekommen, das war später, da hätte ich ihn fast geküsst.

Nach dem Auftritt hast du Tränen gelacht, M., und du meintest, du hättest es total versaut. Na ja, meinte ich, jede von uns ungefähr zu fünfzig Prozent. Nein, du hast drauf bestanden: «Ich bin schuld. Ich hab dich doch dazu überredet. Und jetzt trägst du hier so hautenge Sachen, und wir wippen, singen, werden angegafft. Denen kommt das Sperma ja schon aus den Augen. Das geht doch gar nicht, die Genickstarre von den paar Jungs da vorn.»

Ich lachte mit, aber so richtig einig waren wir uns nicht, du hast ja mitgekriegt, wie sehr ich auf Max hingefiebert hatte. Trotzdem, erinnerst du dich, M., wir haben uns auch deshalb gefunden in dem Jahr, weil es da begann, um Sex und aufreißen zu gehen um uns herum, auch im Fool's wurde am Wochenende abgeschleppt, da konnte man nur staunen. Das war nicht unsere Welt.

An dem Abend standen wir noch vor der Disco im Regen, total geschüttet hat es. Du hast den Kopf in den Nacken gelegt und den Mund weit aufgemacht, bis du genug Regenwasser beisammenhattest, und dann hast du zum ersten Mal in meiner Gegenwart eine Tablette eingeschmissen. Ich dachte zuerst an deinen komischen Spruch, also dass du dir drinnen irgendwas gekauft hättest, da lief ja immer einer rum und vertickte Pillen. Aber es war vom Arzt, verschreibungspflichtig, an das Wort erinnere ich mich noch in fünfzig Jahren. Und ich solle froh sein, so was nicht nehmen zu müssen, sagtest du. Aber verbieten war auch nicht dein Ding, also hab ich, ohne zu ahnen, was ich machte, im Regen vor dem Fool's eine von deinen Tabletten genommen.

Heute würde ich sagen, es ist nicht viel passiert. Aber eben doch so viel, dass ich mir Vorstellungen davon machte, wie es dir ging, M. Eine Stunde lang war meine linke Gesichtshälfte taub. Zumindest fühlte ich mich bedröhnt, phlegmatisch, wie du das nanntest, wenn du über dich selbst gesprochen hast.

Schatten und Licht, grün und blau, das nervöse Flackern wandert aus dem Waldhimmel in meinen Kopf. Dafür sitzt du jetzt mit auf dem Wagen und schläfst. Du kannst so gut singen, eigenwillig, ich hab mir die Aufnahmen von uns immer wieder angehört, weil ich eines der Stücke auch mit der Band gern spielen würde. Nur schade, dass wir's in der Disco nicht so pulsieren spürten, dass wir zu lasche Körper hatten und nicht genug Energie. Es fehlte uns dieses *Put your hands in the air*. Du konntest nicht vorn stehen, und ich auch nicht. Nach den drei Dienstagen hatten wir keine weiteren Auftritte, nur Manuel sagte damals, wir sollten das Duo auf keinen Fall aufgeben, aber vielleicht nur, weil er vor der Diskothek nicht dumm dastehen wollte.

Dann kam die Party mit Max, und danach haben wir zu dritt ganz andere Musik gemacht. Ich weiß noch, du hast gesagt, das entspräche dir viel mehr, das sei leichter für dich und dass dir die Musik entgegenkommt. Einige der Songs, die wir zu dritt geschrieben haben, spielen wir immer noch. Deshalb ist es ja so wichtig, dass du endlich zugestiegen bist.

### 29. Juni, 17.25 Uhr

Ying und Stief haben Zeitungen besorgt, lesen laut daraus vor. Nach jedem gelesenen Artikel öffne ich die Augen, sehe hinauf in die sommergrünen Bäume, und manchmal greifen wir uns Mirabellen im Vorbeifahren, Früchte gibt es mehr als genug. In den Kronen ist sogar schon mal eine Feige reif. Von den Feldern weht trockener Kornduft herüber, manchmal der säuerliche Geruch von Mais. Ein Kanal, an dem wir entlangfahren, ist am anderen Ufer kilometerlang gesäumt von Bäumen. Die Bildersuche sagt, es sind Erlen. Ich starre auf das Spiegelbild unseres Musiktrecks im Wasser.

Max und Julie haben wieder rumgeknutscht. Saskia hat sich neben mich gesetzt und mir eine Szene gemacht, warum ich nichts sage, nicht einschreite, ob ich noch was von Max will etc. Für sie gibt es nur Plus und Minus, ich kann ihr meine Gefühle nicht erklären, ihr immer nur sagen, so einfach ist es nicht, ich will jetzt nicht von einem Tag auf den anderen mit Max zusammen sein, ich will das reifen lassen. Saskia baut immer gleich so viel Druck auf, sie braucht bloß zwei, drei Sätze dafür. Dabei müsste eigentlich sie mal ihre bedingungslose Haltung zu Ying überprüfen, sie hat gar nicht erst angesetzt, ihn zu kritisieren für die Cateringgeschichte. Aber ich lass es lieber, bin ja froh, dass niemand nachtragend ist.

Als wir noch am Rumdiskutieren sind, ruft Manuel an, er will wissen, ob wir ein weiteres Konzert ausfallen lassen müssen. Noch vor der Antwort bricht das Netz wieder zusammen. Wir haben ihn provoziert mit unserer Schrittgeschwindigkeit, und Manuel sehnt sich nach dem hochgereckten Daumen, der ihn als Ideengeber und als tüchtigen Menschen preist. Ich kann weder Saskia noch ihn begreifen, ich bin einfach gar nicht so drauf, dass ich ihren Ehrgeiz teilen kann, dass ich irgendwas, was ich weiß, immer gleich anwenden will. Ich bin mehr fürs Treibenlassen.

Später skypen wir noch mal aus einem Café. Manuel sagt, er habe viele Freunde in Frankreich, und falls es mal einem von uns nicht gutgeht, kann er oder sie ja dort absteigen. «Meinst du mich», frage ich, «nur weil ich mal nicht mitgespielt hab?» Er hebt die Hände. «Ich sag gar nichts mehr, Kinder.» Saskia hat sich im Übrigen durchgesetzt (mit den Stimmen der Neumitglieder ist es sogar eine Zweidrittelmehrheit): Ihre Flyer dürfen nicht mehr verändert werden. Sie freut sich. Ich kann die Zustimmung nicht als Sieg verbuchen, das konnte ich noch nie. Für mich bleibt auch in der Einigung der Moment bestehen, in dem man sich uneins war. Das ist so eins meiner Probleme.

**30. Juni, 12.30 Uhr**
Ich habe mich auf einen Feldstein gesetzt und ein Lied geschrieben, es ist aber noch nicht fertig.

> Heute Nacht hab ich ein Netz
> über meinen Kopf gespannt,
> hab die Menschen aufgerufen,
> die ich unersetzlich fand,
> und sie hörten, kamen, nahmen
> mir die Fäden aus der Hand.

Heute Nacht hab ich ein Netz
für die Menschen aufgespannt,
die mich lehrten oder lenkten,
die Lebendigen und Toten:
Sie begannen schöne Sätze
ineinander zu verknoten.

Und mein Leben hing zusammen
wie am allerersten Tag.
Unser Leben hing zusammen
wie am allerersten Tag.

Alle Freunde warn gekommen.
Doch dann kamen die hinzu,
die mein Leben auch bestimmten,
die mir jede Seelenruh
verboten ...

(mal sehen, ob ich's noch weiterschreibe)

### 14.50 Uhr

Zu der Sache mit Manuel noch: Ich glaube, er wird passiver, er hat kapiert, dass wir nichts böse meinen, sondern er sich mal zurücklehnen soll. Er hat uns oft angespornt, Tipps gegeben. Ich nehme ihm aber nicht ab, dass er was gegen unser Umsatteln von Bus auf Pferd hat. So wie ich ihn kenne, wäre er einfach gern dabei.

Oben schieben sich weiterhin die weiße Wolkenplatte, die blaue Himmelsplatte und die grüne Blätterplatte übereinander. Wir liegen im Wagen, die Pferde ziehen uns voran. Ich denke im Wir. Unsere Musik. Aber auch im Sinne von: eine Welt aus vielen Welten. Ich denke an Hüllen, Kapseln, an das Öffnen von Dosen, an das Zurückziehen unter Kapuzen, abends.

Wir gönnen den Pferden eine Pause. Für mich heißt das linke Pferd P und das rechte S. Alexej hat Würfelzucker für sie dabei, sie sind ganz wild drauf, das ist ja nun das wahre Klischee. Ich finde die Pferde ganz schön schnell und vor allem ausdauernd. Wenn man bedenkt, wie viel Kraft sie aufwenden, wird einem ganz schwummrig.

Die Zeitung schreibt über Bienen, über das Bienensterben. Julie fasst es zusammen: Es ist nicht rätselhaft, sondern wird durch ein Insektengift verursacht. Die Menschen haben sich bei den Bienen abgeguckt, wie man bestäubt, denke ich, jetzt wenden sie die Technik mit Sämaschinen gegen die Urheber an.

Wir fahren durch ein Wäldchen, Spaziergänger grüßen uns, manchmal mit erhobenem Stock. Dann, dahinter, die Ränder einer Ortschaft. Ein Kreisel, drum herum fette Einkaufshallen. Wir reden noch mal über die fehlenden Etiketten, über diese dumme Cateringgeschichte. Kurz danach ist der Bus kaputtgegangen. Eine Strafe, ganz klar. Julie glaubt an solche Zeichen, sie raucht aber auch pausenlos ihr Zeug.

Es wird wieder ländlich, hinter hohem Gras taucht eine Windmühle auf, die nur noch drei Flügel hat. Wir versuchen, alles wahrzunehmen, was geht, was kommt, was geht. Die Tasten sind blank mittlerweile, buttrig von unseren Croissanthänden. Kleine Vorgärten trennen die Häuser von der Straße. Wir halten an: Wir sind da. Irgendwo hier sind wir da. Wir setzen uns auf eine Bank unter Bäumen.

«Uns ist mit nichts zu dienen», sagen wir. «Das heißt, dass man sich um uns nicht kümmern muss.» «Dass man sich um uns keine Sorgen zu machen braucht.»

Wir kichern. Wir haben die Augen geschlossen, die

Sonne ist zwischen den Wolken hervorgebrochen. Wir haben beide Beine auf den Boden gesetzt und unsere Arme zu den Seiten ausgestreckt, dass sie bis zu den Händen auf der obersten Planke der Bank aufliegen. Wir nehmen das gesamte Möbel ein. Wer jetzt kommt, kann bestimmt nicht umhin, sich an uns zu schmiegen, schließlich haben wir alles zurückgegeben, was uns mal gehörte.

Es geht wieder los. Es geht jetzt und hier neu los. Wir denken an unsere Eltern, komisch. Hier auf der Bank, wie wäre das, eine Gemeinschaft zu dritt, unter ständigem Wechsel der Mittelposition. Ohne Rollenverteilung, einfach die Generationen auflösen. Kindwerden ist kein Rückfall. Die Kraft, die einen zum Erwachsenen macht, ist keine Überhöhung. Ein Mann und wir und ein Kind. Oder eine Frau und wir und ein Freund. Egal. Das sagen wir.

**16.55 Uhr**
Ying hat einen Sender gebaut und einem der Pferde an die Mähne geklemmt. Man kann auf unserer Webseite jetzt GPS-gesteuert unseren Aufenthaltsort erfahren. Jeder kann diese Tour live verfolgen – Ying fragt, ob wir wollen, dass Leute zur Band hinzustoßen. Ja, das wollen wir. Er soll das veröffentlichen, und auch dazuschreiben, dass wir uns gern vergrößern. *In people we trust.* Auf dem Wagen ist noch Platz.

**19.10 Uhr**
Wir sind gut durch die Wälder gekommen, haben abends Zeit für eine längere Probe, und zwar an einem leerstehenden Haus im Wald, das draußen sogar einen Stromanschluss hat. Alle Fensterläden sind geschlossen. Wir spielen mit den Verstärkern auf der Veranda, sitzen auf Plastikgartenmöbeln. Max macht auf einem der Liegestühle plötzlich

den Abgang nach hinten und tut so, als sei das der gewollte Auftakt für ein Gitarrensolo gewesen.

Wir knacken die Kellertür und kochen oben (mit dem Wein von unten). Die Möbel sind teilweise abgedeckt, Stief nimmt eines der Laken und hängt es über die Vitrine mit den Jagdgewehren.

## 1. Juli, 17.30 Uhr

Heute ist mal wieder Auftrittstag, wir spielen in einem wuchtigen, dreigeschossigen Altbau, der *Auberge* heißt. An der Fassade hängen mächtige Balkone, die von komischen Figuren gehalten werden. Julie erkennt Atlas und Minerva. Es gibt eine Menge Dekor aus der Zeit des *Art nouveau* (nie gehört), sagt sie, gläserne Ohren und Augen.

Draußen kleben Plakate für ein Jazzfestival in Marciac, von dem hat Manuel mal erzählt. Drinnen erinnert der Speisesaal an irgendwas anderes, vielleicht eine Bibliothek, ein Lesesaal (sagt Alexej): Der Raum hat die Höhe von zwei Etagen, wird gesäumt von zwei durchgängigen Galerien mit Regalen. An jeder Seite eine Treppe. Es sind aber keine Bücher in den Regalen, nur schmale Matratzen, die aussehen wie diese länglichen schmalen Polster von Küchenbänken. Ein roter Schlafsack lappt aus der dunklen Tiefe über den Bettrand, «wie die Zunge von den Rolling Stones» (Max).

Also ein Schlafsaal, ein beeindruckend großer.

Hinter der Herberge gibt es einen Stall, Julie geht gleich los, um die Pferde zu versorgen. Wir kriegen Gemüsesuppe und jeder ein Stück Obst. Die Herbergsmutter, ein dickes, tantenartiges Wesen, drückt uns die Hände und spricht mit Max über den Vertrag, aber nur kurz. Dann sagt sie, wir seien ja für den Herbst noch gar nicht gerüstet, und sie holt ein Blatt hervor und kreuzt darauf *parka*, *pantalon* und *chaussures* an. Es ist ein Bezugsschein, wir sollen uns am nächsten Tag in der Kleiderkammer des Nachbardorfs mit dem Nötigsten eindecken. Wir gucken uns an. Sind wir jetzt obdachlos?

Alle sind hungrig, nehmen Nachschlag bei der Suppe. Julie erzählt, dass im Stall gealterte, alternde Pferde stehen. Die Auberge ist auch ein Gnadenhof. In den Kojen auf den Galerien schlafen ein paar alte Leute, die ich erst nach und nach sehe.

## 2. Juli, 12.40 Uhr

Wir haben bloß eine Stunde gespielt, das erste Mal in dieser Besetzung, es hat Spaß gemacht, obwohl das Konzert eigentlich schnell verpufft ist, ohne Zugabe, sie sind hier keine Konzerte gewohnt. Ein paar behinderte Menschen waren da, einer hat immer versucht, rhythmisch in die Hände zu klatschen. Die Herbergsmutter ging rum, hat ihre Leute aufgemuntert und Äpfel verteilt. Ob sie es war, die uns eingeladen hat, bleibt ungewiss.

Wir gehen früh los, unter einer Eisenbahnbrücke hindurch, über die Felder, um die auf unserem Zettel angekreuzten Kleider abzuholen. Auf dem Weg, der länger ist als erwartet, beginnt es zu regnen, wir kommen ganz durchnässt in der Kleiderkammer an. Die alte Frau, die den Fundus betreut, trägt eine Kittelschürze, sie wohnt glücklicherweise im gleichen Haus, denn es stellt sich heraus, dass Donnerstag ist, da hat die Kammer eigentlich geschlossen. Der Wochentag ist das einzige Wort, das in den ersten Minuten zwischen uns fällt. Hosen, Hemden und sogar Unterwäsche müssen wir zum Trocknen vor den Kamin hängen, wir stöbern splitternackt in der muffigen Kleiderkammer herum. Mir fällt deshalb dein Klamottenhaufen ein, M., das ganze ungewaschene Zeug in deiner Wohnung, wie eine kleine Müllhalde sah das aus, und alles wirklich durchgeschwitzt und zerkifft. Du hattest da Kleidermotten. Auch Mehlmotten. Einmal hab ich deine Teppiche ausgeklopft auf dem Hof, als du einkaufen warst, ich kam mir vor wie meine eigene Mutter, das ging nicht. Ich schließe die Augen, um nur noch den Geruch zu haben, und sehe mich im Schneidersitz hocken, wir spielen *Vier gewinnt* (eigentlich nur wegen des Sounds, den die Plastiktaler machen) und am Rechner *Guild Wars*, ich immer mit dem Heilmönch, du mit dem Elementarmagier, der hatte eine super Wasserfertigkeit, so wie du selbst. Wir hatten einen gemeinsamen Account und sind oft mit einer Gruppe aus Leipzig auf Mission gegangen, ich hab dazu Kuchen mitgebracht, wir tranken Unmengen von Früchtetee. Das war die einfachste Zeit, die schönste Zeit, in der wir auch ein paar Liedtexte geschrieben haben, selbst wenn's nur ein paar Monate ging, ich hab einmal bei dir übernachtet, weil du einfach weggesackt bist und ich mir Sorgen machte, aber du hast dann sogar ein bisschen geschnarcht. Ich hab nur zur Decke geguckt, mich unwohl gefühlt, weil immer irgendwo ein komischer Geruch herkam. Das müsste man mal untersuchen, Gerüche und Stille und warum sich die Nase bei Licht nicht so daran stört wie nachts, aber die Düfte gehen jetzt alle durcheinander, denn wir werden aus der Kleiderkammer in eine Küche geführt, die voller Dunst ist. Wir sollen nacheinander in den Topf schauen, eine riesige Fleischbrühe, das ist selbst für die ganze Gruppe noch viel zu viel. Ich sehe unsere Gastgeberin in ihrer Kittelschürze lächeln, eine bestimmt nicht wohlhabende Frau, aber dieser rührende Überfluss. Sie stellt einen Teller mit Speckschwarten und Rippchen auf den Tisch. Das ist ihre Einladung zum Brunch.

Ich guck an mir runter: schwarze Schlaghose aus festem Stoff, Seemannsgarn, weiß-gelbes T-Shirt mit Sonnenstrahlen drauf. Wir bleiben zwei Stunden da, auf der Küchenbank und den Stühlen, alle sieben, in dieser fettigen Atmosphäre. Danach fühlen sich die Kleider eingetragen an, aber mein Hals juckt, fast alle ziehen die eigenen getrockneten Klamotten wieder an und packen die anderen ein: Hemden, Hosen, eine Wolldecke, zwei Paar Schuhe sind dabei, dazu eine Geige mit Bogen, aber ohne Saiten, die unsere Gastgeberin aus einem Nachbarhaus herbeigetragen hat, und ein großer Rucksack, in dem wir alles verstauen. Als wir losgehen, ist es fast schon Mittag, die Nachbarin, der die Geige gehört, kommt auch mit. Sie heißt Fabienne und ist siebzehn. Auf der spiegelblank geregneten Straße kommt uns die Familie der Fundusfrau entgegen, sie hat davon geredet, vom Sohn, dessen Ehefrau, zwei Kindern, einem Hund. Im vollbesetzten Volvo auf dem Weg zur Fleischbrühe. Die frische Luft nach dem Regen, der Himmel verdoppelt sich in der Straße, ich schreibe innerlich an einem Regenlied.

**14.30 Uhr**
Johannes rührt mich fast so wie die Kittelschürzenfrau mit seiner Hilflosigkeit. Er hat mir wieder gemailt, will mich jetzt doch nach Berlin einladen. Da kommt er aber früh drauf. Stopp! Gleich umdrehen, eine der Blogregeln lautet ja: Keine Ironie. Johannes schreibt sogar, dass er weiß, dass ich völlig woanders bin, auch in Gedanken. Saskia meint, es sei das Beste, nicht mehr zu reagieren. Denn wenn einer erst vor dem Haus auf dich gewartet hat, wenn er nach jeder Abfuhr wieder Müll produziert (sorry, dummes Wortspiel), dann fasst er bestimmt jede noch so klare Antwort falsch auf. Schreib ich «Es ist vorbei», zum fünften Mal oder so, denkt er nur, ich hab mich wieder mit seiner Mail beschäftigt. Was auch stimmt. Also lieber kein Zeichen senden.

Dieses Mal schickt er gleich drei Liedtexte. Eines der Lieder hat er mir gewidmet, aber es ist zielgenau dasjenige, was ich am wenigsten verstehe. Von einem Loch ist da die Rede, wo man alles reinschmeißt, die Liebe und sein ganzes Leben, aber nicht, um zu vergessen, sondern weil es uns da «überdauert». Es liest sich so, als würde Johannes der Nachwelt erklären wollen, wie man liebt. Mal ehrlich: Wenn er was Besonderes wäre in Sachen Liebe, müsste er sich dann nicht mal von mir lösen? Solange er mir schreibt, ist seine Liebe doch egoistisch, oder seh ich das falsch?

Eines der anderen beiden Lieder, die er schickt, ist ein Cover von *Blowin' in the Wind*, schreibt Johannes. Bei Johannes geht der Refrain:

Das weiß ich nicht,
das weiß nur die Statistik,
und die Statistik hab ich grade nicht zur Hand.

Er hatte es die ganze Zeit mit Zahlen und Listen. Ich finde das Lied ganz gut, aber mein Gefühl ist auch, ich muss mich davor schützen. Wenn ich alles immer hinnehme, also wenn ich zu viel an mich ranlasse, falle ich irgendwann auseinander, zerbreche in tausend Stücke, kein Witz.

Das einzig Gute an den Kopfschmerzen ist, dass sie mir zeigen: Jetzt wird es gerade zu viel.

### 15.20 Uhr
Pietro, ein Freund von den beiden Asiaten, die bei Michel auf dem Hof herumturnten, saß in der Auberge, als wir von der Kleiderspende zurückkamen. Super Name, oder? Pietro. Sie haben ihm von uns erzählt, vorgeschwärmt wohl eher, denn er redet zuerst komisches Zeug, hält uns für No-

maden. So wie M. mich gepriesen hat, als wir den ersten Regen brachten. Pietro sagt, auch für die beiden Asiaten war das anscheinend ein Wunder. Wir und der Regen. Er klingt ziemlich zauberhaft, wie eine *Guild-Wars*-Gestalt. Er sagt, die Tengristen bezeichnen Blitze als «Haare des Himmels», was ich supercool finde. Pietro spielt Geige wie Fabienne. Er trägt außerdem einen prall aufgeblasenen Gummiring um die Hüfte und will ans Meer. Zwei Geigen an einem Tag! Wir fahren zu neunt von der Auberge ab.

**22.15 Uhr**
Abends halten wir an einem Gasthof, im Keller ist eine Kegelbahn, wie zu Hause. Saskias Eltern sind sogar in einem Verein, Betriebssport, sie kommt aus so einer Familie. «Jeder versucht eben, sein Leben in die geregelte Bahn zu bringen», sagt sie, und es klingt arrogant. Ich finde, Kegeln macht Laune. Vor allem das Zugucken, diese gedämpfte Geselligkeit. Oder wenn man dann dasteht mit einer Kugel vor diesem Korridor aus Gummi, Holz und Licht. Das Holz ist frisch gebohnert, die Kugeln flutschen nur so.

Am besten wurde es, als wir ein Mannschaftsspiel machten, das Alexej vorgeschlagen hat. Es geht darum, alle nur möglichen Punktzahlen von eins bis neun zu kegeln, also neben den großen Würfen auch möglichst niedrige, schlechte zu machen. Wer auf die Bahn geht, kriegt von seiner Mannschaft wilde Anfeuerungsgesten zugeworfen, man dreht sich um und sieht sie hinter der Glasscheibe herumfuchteln. Es war so zum Lachen. Weil, eigentlich meinten sie ja: Hopp, sei ein Loser, wirf schlecht!

Am Ende haben wir noch auf der Kegelbahn geprobt und ein kleines Video gedreht, mit Weitwinkel lassen sich super Effekte erzielen. Anscheinend lustig: «I drink your milkshake.» Ying macht permanent die Schlussszene aus dem Öl-Film nach, den ich leider nicht kenne (ist schon ein paar Jahre alt).

### 3. Juli, 13.30 Uhr
Es ist wieder richtig heiß heute. Wir kreuzen den Fluss Lot, fangen an, Fäden zu spinnen, das liegt vor allem an Alexej, der viel weiß, und auch an Manuels Einflüssen aus der Zeit vor der Tour. Max redet viel mit Alexej, von Julie hat er sich dadurch wieder gelöst.

Wir sind eine reitwandernde Folkkapelle, mit jedem im Wald geschossenen Foto, mit jedem Interview, das Max und Alexej geben, verfestigt sich unser Gebilde. Der Ukrainer erklärt uns, was alles hinter uns steht, was wir so abbilden, Bänkelsang, das Lied vom *Wild Rover*, es ist ein bisschen wie mit Manuel, wenn er uns was beibrachte. Julie erzählt die Geschichte von Wilhelm dem Neunten, der hier in der Nähe gelebt hat vor fast tausend Jahren, er hat auf dem Pferd gedichtet und sogar im Schlaf, und er war der erste Troubadour überhaupt.

Wir haben zwei Konzerte in Nordfrankreich abgemacht, noch im Juli, ein drittes war von Anfang an geplant – laut Manuel ist es der Höhepunkt, nicht nur gut bezahlt, sondern auch berühmt: das Folkfestival in La Châtre. Er hat uns vor der Reise davon vorgeschwärmt, weil er selbst schon mal dort war, sie verkaufen alte Instrumente, Lauten, Dudelsäcke, sogar Drehleiern. Manuel meldet sich aber jetzt schon seit Tagen nicht mehr.

Stattdessen hängt Alexej am Telefon, spricht mit Michel. Er muss jetzt entscheiden, ob er zum Château zurückfährt oder weitermacht mit uns. Beim nächsten Halt verteilt Max in einem Radiosender und einer Zeitungsredaktion unsere

Visitenkarten. Er meint, sie hätten auch alle nach La Châtre gefragt, was wir von dem Festival erwarten und so. Animal Museums haben ein paar Fans, Fotografen kommen häufiger auf uns zu, seit wir im Netz bekannt geben, wo wir uns aufhalten. Sie machen Fotos von unserem Pferdewagen, ist ja klar. Die Sache wächst über uns hinaus: Was ein Service für die Anhänger sein sollte, damit sie virtuell unserer Route folgen können, hat auch seine B-Seite. Davon muss ich erzählen. Plötzlich brach nämlich einer durch das Geäst und spielte Gitarre vor unserem Wagen, nachmittags so gegen vier. Ein Pferd (P) ist total unruhig geworden. Der Mann hatte getrunken, er wollte auch zu unserer Band gehören, uns aber partout nichts vorsingen, wobei es dann vielleicht auch lächerlich geworden wäre, wie im Fernsehcasting. Als wir ihn ablehnten, hat er uns wüst verflucht und noch bis zur nächsten Lichtung verfolgt. Ying hat gleich über den «Fehler im System» geredet, aber Max brachte Ruhe rein, vor unliebsamen Überraschungen sei man nie geschützt, das habe mit dem GPS-System nichts zu tun, und Alexej meinte ungefähr dasselbe mit: «Das einzig Gleichbleibende ist die Veränderung.»

Heute Abend wollen wir uns mal wieder einfach auf einen Marktplatz stellen, da wo die Kneipe ist und die Post, für den Hut spielen.

Spruch des Tages (Max zum Journalisten): «Wir sind eine Popband, die Folk spielt.» Bin gespannt, ob das morgen online auftaucht.

**23.30 Uhr**
Knapp vierzig Euro haben wir verdient in einer Stunde. Die Leute sehen anscheinend ein, dass viele Mäuler zu stopfen sind, sehen den Pferdewagen und dass wir versuchen, von

der Musik zu leben. Wir fahren vorbei an Walnussplantagen und Maisfeldern, nah am Fluss (nicht mehr Lot, sondern Dordogne), immer wieder an Pappelhainen, in denen die Bäume in Reih und Glied gepflanzt sind, was keiner versteht. Die großen hellgrünen Blätter, die aus dem Boden kommen: Tabak. Julie holt sich welche vom Feld, die schon vertrocknet sind, zerbröselt sie, streckt das mit handelsüblichem Tabak, dreht Zigaretten für alle. Julie erzählt auch, dass man bei der Walnussernte im Herbst ganz dunkelbraune Finger kriegt. Sie haben am Château viele Nussbäume.

Auf dem Campingplatz später stehen auch welche. Ich bin die Erste an der Badestelle, aber die Dordogne ist überall enttäuschend flach, auch hier, man kann nur drin sitzen, höchstens Kajak fahren. Ich spreche mit zwei Französinnen, die Hand in Hand ans Wasser kommen. Es sind Schwestern, die eine ist blind und heißt Joanna, sie setzt sich zu mir in den Fluss. Vierzig Kilometer östlich soll ein Wallfahrtsort sein, ein hoher Felsen mit einer Kapelle.

Und dann senkt sich der Himmel über uns. Max, Julie und Alexej sitzen auf den Steinen und musizieren, Gitarre, Flöte, Akkordeon. Sie singen ohne Text, nur Harmonien. Joanna sagt, sie liebt Musik, und ich höre sie leise mitsummen, viel talentierter als ich, manchmal trifft sie einen Ton, der den Akkord total verändert, sie hört es selbst, spürt es und lächelt. Mücken sammeln sich in der Abendsonne über dem Wasser, wir schälen Orangen für einen Obstsalat. Mathilde (die Sehende) gießt heißes Wasser über Eisenkraut. Während der Tee zieht, betet sie laut.

Ich spreche das erste Mal eine Einladung aus. Ob sie nicht mit uns kommen wollen. Zuerst müssen wir nach Rocamadour, sagt Mathilde. Sie versuchen es jedes Jahr mit der

Wallfahrt. Mit der Heilung, denke ich. Und ich muss an die Wegweiser nach Lourdes denken und den Pilgerweg, auf dem wir mit dem Bus unterwegs waren.

Später zeigt mir Mathilde noch das Wohnmobil. Im Innenraum hat die blinde Joanna den weißen Lack mit Messern (oder Fingernägeln?) abgekratzt, die Wände sind wie eine Höhle vollkommen bekritzelt, mit Strichen so dünn wie Nadeln. Man sieht Sterne, Pfeile, Sonnen, Spiralen, erkennt aber nicht, ob Joanna die Spiralen von innen nach außen gezeichnet hat oder andersherum. Ins Labyrinth rein, aus dem Labyrinth raus.

Ich guck noch im Netz, wohin sie fahren werden. Bis zu einem Hospital, von dort führt ein Pfad auf die Höhe von Rocamadour. Der Ort, die Burg, die Kapelle – alles sieht aus wie von einem Maler übereinandergesetzt, ein in den steilen Stein gehauenes Kunstwerk. Das große Plateau, auf dem wir seit gestern unterwegs sind, diese felsige, trockene Ebene, die aus Kalk sein soll und bestimmt mehr Schafe trägt als Menschen, fällt an der Stelle fast senkrecht ins Tal. Tolle Bilder gibt es von Rocamadour, sehenswert, denke ich, und erschrecke. Ich wünsche Joanna, dass sie wieder sehen kann.

### 4. Juli, 13.25 Uhr

Den ganzen Morgen Postkarten geschrieben. Es ist sehr, sehr heiß hier, habe ich das eigentlich mal gesagt? Wir halten unsere Schirmmützen in den Fluss und stülpen sie dann mit Schwung auf den Kopf, dass das Wasser nur so runterläuft. Alle freuen sich aufs Meer. Die Landschaft südlich von uns ist traumhaft schön. Grün, hügelig, Weinreben in endlosen Reihen.

Julie wollte uns ein Weingut zeigen, aber außer Alexej hat um diese Uhrzeit keiner Lust auf süßen Weißwein. Schließlich nippt doch jeder mal dran, auch ich. Monbazillac heißt das Schloss, die Pferde mussten sich ganz schön hinaufkämpfen, dafür haben sie mit uns einen tollen Blick auf die Weinberge.

**18.40 Uhr**
Am Stadtrand von Bordeaux hat Fabienne ihre Geige neu bespannen lassen. Wir zahlen es vom Bandkonto, das heißt, mein Vater bezahlt es, und das fühlt sich völlig richtig an, die Instrumente müssen in Ordnung sein. Die Innenstadt sieht reich aus, meint Stief später, sie erinnert ihn an München, aber da war außer ihm noch niemand. Hier fallen wir zum ersten Mal richtig auf, tausend Augen glotzen uns an, als kämen wir mit der Postkutsche aus einem fernen Jahrhundert.

Wir haben für ein «pittoreskes Tanzvergnügen» zugesagt, die Anfrage kam auf unserer Webseite, eine Feier am Atlantik, übermorgen.

Nach dem Essen in Bordeaux zieht sich die Kaffeepause in die Länge. Alle sind schlapp von der Hitze, erst als es kühler wird, fahren wir nach Sonnenstand aus der Stadt raus, Kurs Nordwesten. Ich habe wieder elende Kopfschmerzen, obwohl es mir viel besser ging zuletzt. Ich versuche sie zu ignorieren, indem ich an einem Lied schreibe. Es macht vor allem Spaß, weil das Gewitter und die Regenstimmung schon so weit zurückliegen, wie versunken. Ich denke an den blanken Asphalt, wie schön es war, als sich alles spiegelte, und dass trotzdem jedes Hemd in einer halben Stunde trocknet, wenn man im Hochsommer unterwegs ist unter freiem Himmel, ohne Dach.

Wir rinnen von den Hügeln,
rieseln runter mit dem Wasser
in die Stadt.

Wir sind glücklich, dass der Abstieg
uns zum Fluss führt, wo es noch
den Himmel hat,

der uns erhellt
und mit uns grollt.
Wir haben die Pfützen
nicht gewollt.

Aber jetzt sind wir mehr
als vorher,
jetzt sind wir mehr
als nachher,
jetzt sind wir hier,
am Abend
nach dem Regen.

Wir verstehen, dass der Fluss
sich wund gestoßen hat am Himmel,
denn er schwillt.

Dass die Uferwege nach den Blitzen
blank sein müssen, passt
genau ins Bild.

Gegen die Nacht, die mich noch immer
um den Schlaf bringt, steht ein
kleines blaues Loch

über mir, die gar nichts
festzuhalten braucht, es entschwindet
mir ja doch.

Aber jetzt sind wir mehr
als vorher,
jetzt sind wir mehr
als nachher,
jetzt sind wir hier,
am Abend
nach dem Regen.

Ich gebe es Saskia zu lesen, und wir kriegen gleich wieder Stress. Sie hat immer was an mir auszusetzen oder an dem, was ich mache. Dieses Mal ist es ganz behämmert, sie fragt, wieso ich über den Regen schreibe und nicht über die Sonne, wieso immer über das, was nicht da ist, wieso ich das Leben nicht akzeptieren kann und so weiter und so fort. Ich sage, dass sie Unsinn redet, gebe ihr meinen Rechner, damit sie nachliest, was ich in den letzten Tagen geschrieben habe. Das allermeiste, was mir durch den Kopf geht, hat mit der Sonne zu tun, die über uns steht, und mit meinen Schatten. Ich würde auch lieber mehr über unsere Konzerte schreiben, aber so viele gibt es davon ja nun auch wieder nicht.

Saskia wiederholt immer nur einen Satz: dass sie nicht mehr weiß, woran sie mit mir ist. Das gewinnt in der Wiederholung nicht unbedingt an Originalität, und irgendwann, weil wir uns gegenübersitzen, stellen wir die Schuhsohlen aneinander und drücken fest zu, dann mache ich die Augen zu und den Mund auf, lasse den Fahrtwind in meinen Kopf.

## 20.15 Uhr

Wir schlagen unser Lager auf einem verwaisten Anwesen auf. Es gibt hier viele davon, die Leute sind nicht im Sommerurlaub, Ying hat das rausgefunden, es sind sogenannte Hedgefonds-Grundstücke. Nur ein paar Geckos laufen diagonal über die Wände, ansonsten steht das Haus leer, seit es den Eigentümern unterm Hintern weggezogen worden ist. Ying meint, die Leute hätten ihr Geld falsch angelegt, könnten die Kredite wohl nicht mehr abbezahlen. Er hat eine Webadresse gefunden, wo diese Häuser angezeigt werden. Manche sind nicht mal fertig geworden, Baustellen, Rohbauten. Den Rest erledigt das GPS, unser Weltauge.

Wir müssen den Sender ausschalten und auch aufpassen, dass man uns nicht kommen sieht, nicht beobachtet, klar. Ying meint, man kann auf der Webseite sogar nachgucken, wer die Neueigentümer des Hauses sind, in diesem Fall eine kalifornische Bank. Es ist ein ziemlich schrecklicher Neubau, und Max sagt, wenn wir zehn Pferde hätten, er würde hier nicht einziehen, worüber ich sehr lachen muss, weil die Logik hinkt.

Manuel erzählen wir lieber nichts von der Sache. Wir melden uns gar nicht mehr bei ihm. Am Anfang hat er mein Blog online sogar noch zwei- oder dreimal kommentiert, eher ein Fan als ein Manager, aber er hat damit aufgehört. Am Rande des Grundstücks schichten wir ein Lagerfeuer auf. Es ist niemand in Sichtweite, gut möglich, dass dieses Haus sein Leben als Wohnstatt schon hinter sich hat. Max schreibt ein Lied darüber und nennt es *Ruinen bauen* (auch diese Riesenbahnhofshalle kommt darin vor).

Wohl ist mir hier nicht. Aber wir können zu neunt mit zwei Pferden jetzt im Sommer auch nicht mal eben so auf jeden Campingplatz – die meisten sind voll belegt.

Unter Fichten finden wir Salz im Sand. Salz auch ein bisschen auf der Zunge. Spruch des Abends (Ying am Feuer): «Wenn jemand kommt und Ärger macht, zeigen wir ihm unseren Schulabschluss. Aber hochkant!»

### 5. Juli, 14.30 Uhr
Endlich am Atlantik. Mit jedem Kilometer wirkte unser Haufen Herbstklamotten aus dem Kleiderfundus hinten auf dem Wagen absurder. Alle ziehen sich aus, noch im Laufen, wir laufen nackt ins Meer. Es gibt Restaurants und Geschrei aus Großzelten, wir essen Pommes, streiten uns um einen Sonnenschirm. Später wollen wir an der Küste weiter nach Norden, in Richtung des Seebads, wo wir auf der Feier spielen.

Die Füße eingraben, in tiefe kühle Schichten. Im Sand zu gehen macht größere Mühe, als ich dachte. Die Pferde haben wir an der Promenade angepflockt. Ich denke an das Pilgerlied von Max und Saskia, es geht auch an der Küste zu Ende, allerdings in Nordwestspanien, am Ende der Erde *(Finisterre)*. Ich frage Max, ob ich das Lied im Tourblog zitieren darf, und er ist ungewöhnlich doof zu mir, ob ich ihn nicht mal *einen* Tag mit meiner Schreiberei in Ruhe lassen könnte, er liege doch hier gerade so schön in der Sonne etc.

Wir haben aufgehört zu lesen, jedenfalls keine Zeitungen mehr, seit Julie gesagt hat, mit Zeitungen und Papiergeld fühlt sie sich so ausgestopft. Wir baden und blicken aufs Meer, lange tun wir das und spielen Musik dabei. Eine Gitarrensaite reißt (Saskia). Was nicht sehr lange gedauert hat: Fabienne und Stief, die beiden Ruhigsten unter uns, sind ein Paar.

## 17.40 Uhr

Wir fuhren parallel zum Strand, ein Stück hinter der Küstenlinie. Die Landschaft hat sich unter unseren Gedanken verändert, und einmal sah man, wie sich die Küste weit über das Meer erhob. Wir auf einem Felsen in der Sonne. Unten das Wellenorchester. Jede Gischt ein Tusch. Heute sind wir neun Freunde, morgen werden wir zehn sein oder zwölf. Die Wolken sind so schnell, Licht auf unserer Haut, der Sommer, Helligkeit, und alles dreht sich.

Im Fernglas dreht es sich auch. Da drüben vor unserer Küste, das ist die *Île mystérieuse*, eine Insel, die es auf den Karten noch gar nicht gibt. Sie ist nach einem Orkan aufgetaucht und wächst. Der Mann mit den Ferngläsern bietet Ausfahrten an mit dem Motorboot. Es dauert vielleicht fünf Minuten, vorbei an Fabienne und Stief, die um eine Luftmatratze streiten, das Boot hat es schwer gegen den Wind. Kein Baum steht auf der Insel, kaum Sträucher. Und dann liegst du da plötzlich, am Uferkamm, mit feuerroten Haaren und Sonnenbrille, auf deiner Lederjacke, neben dir im Sand ein Tablettenröhrchen, du hast noch nicht mal ein Handtuch dabei.

Es ging nicht mehr, sagst du.

Ich lass mich neben dich fallen. Du nimmst Sand und buddelst mich langsam ein. Sagst dabei, was du an meiner Stelle tun würdest, das hast du vorher nie gemacht, Wort für Wort suchst du, es liege dir am Herzen, dass ich rein bleibe. So nennst du es, rein. Wenn ich meine Entscheidung nicht zurücknehme, hätte ich keine Ruhe mein Leben lang, keine Seelenruh, dann wird es sein wie bei dir mit dem Johanniskraut, und später mit den Tabletten, sagst du, die hättest du viel zu lange geheim gehalten, und irgendwann ist es gar nicht mehr wahr, und dann kann man es nicht glauben und will es ohne Tabletten schaffen, man setzt sie ab, und der Rückschlag wirft einen um. Ob ich mich daran erinnere? Und ob! Das warst nicht mehr du selbst, das waren nur noch deine Rezeptoren, die verrückt spielten.

Ich weine schon die ganze Zeit. Dein roter Haarschopf im Atlantik. Du bist schwimmen gegangen. Ich sehe dich in Manuels Haus auf der Küchenbank, den Blick auf die Fliesen gesenkt, den Mund halb geöffnet, unansprechbar, ohne Mut.

Du solltest zurückfahren, wenn's am schönsten ist. Also tu es jetzt. Hast du das eben gesagt? Ich schüttele den Kopf, weil ich doch glücklich bin hier draußen am Meer mit meinen Freunden. Wenn ich zurückgehe und alles noch mal mache, den ganzen BioQuaNa-Zirkus noch mal, wie soll das gehen? Du musst mitkommen und dableiben! Ich lasse dich unsere Aufnahmen hören, zuerst die neueren von Animal Museums, danach unsere alte Aufnahme aus der Diskothek, nur wir beide, aber nichts tut sich in deinem Gesicht, und wie du mir die Ohrenstöpsel zurückgibst und nickst, als erinnertest du dich zwar, aber nur ganz schwach. Ein Seufzen. Die Sonnenbrille aufgesetzt. Ich weiß nicht, ob du mich ansiehst oder an mir vorbei auf die Spaziergänger, es werden jetzt immer mehr auf der Insel. Wie lange liegen wir hier schon? Du fällst zur Seite, krümmst dich zusammen, wie ein Hund. Ist das der Rückschlag?

**6. Juli, 02.50 Uhr**
Die ganze Gegend ist voller Trauben und Feigen, aber ich sitze auf der Insel fest, sie ist kaum größer als eine Sandbank. Mit ein wenig Graubrot und einer Dose Melasse, das ist mein Proviant für die Nacht, in der Tasche steckt nur mein Laptop. Das Licht auf dem Wasser spricht zu mir, aus Gold und Rot und Orange ist Lila, Silber und Schwarz geworden. Meinem Gefühl nach schwankt die Insel.

Die anderen sind wahrscheinlich längst auf dem nächsten Campingplatz, und bestimmt gibt es wieder begeisterte Leute, die sich um die Pferde scharten, wenn auch natürlich keine Ställe, nur Stellplätze. Ich wäre mit Julie im Zelt und könnte so wenig einschlafen wie hier, also liefe ich draußen im Dunkel herum, ich sähe auf dem ganzen Areal ganze drei Laternen leuchten, auch an den Waschhäusern wäre kaum Licht. So stelle ich mir die letzte Nacht vor mit euch. Mit euch noch und schon allein. Ich geh hinüber zu P und S und streichele ihnen die Hälse und Mähnen, ich setze mich an eine verwaiste Feuerstelle, die noch nach der Asche vom vorigen Abend riecht. Auch ohne Feuer ist mir warm genug. Aus einigen Zelten hört man Stimmen, und ich finde es plötzlich komisch, dass niemand mehr draußen ist, dass keiner herauskommt zu mir.

M. hat recht, das Wir wird zerfallen, ob jetzt oder erst in zwei Wochen, egal. Mein Sitzplatz an der Feuerstelle ist ein Baumstamm, ich weiß nicht, wer ihn hierher getragen hat. Und ich klappe den Laptop auf, surfe herum, Nachrichten, Naturkatastrophen. Eine Mail von Saskia, «Wo bist du denn jetzt schon wieder???», ich kann nicht antworten, spüre zum ersten Mal, dass ich weg bin, und weil M. sich zusammengekrümmt hat hinter einer Düne, die so klein ist, dass sie keinen Windschutz bietet, und weil außerdem schon wieder eine Mail von Johannes gekommen ist (gestern), weine ich und bekomme Kopfweh. Johannes, mein Verehrer! Er hat ein weiteres Lied geschrieben und fragt (zum dritten Mal), ob wir mal eines davon vertonen wollten. Erst stöhne ich in mich hinein, aber er hat es nicht für mich geschrieben, eher in Gedanken an seine eigene Schulzeit, die ihn seit dem Gutachterjob «regelrecht verfolgt». Er klingt mir immer ein bisschen zu dramatisch, aber ich weiß, das ist nur eine leichte Verschiebung, und wenn ich verliebt wäre, ich fänd bestimmt alles genau richtig so, wie er es sagt. Das Lied gefällt mir ~~aber~~ ohne Wenn und Aber. Ich merke nur, wie es mich hierher stößt, nach Südfrankreich, auf diese Insel, an diese Feuerstelle, auf meinem Baumstamm sitze ich, und gleichzeitig zieht mich das Lied fort, fängt mich ein, holt mich zurück. Wir werden es sicher nicht mit der Band spielen, warum auch.

Das war meine Schule.
Ich geh durch meine Schule.
Von hier gingen die Wege
ins Überall hinaus.

Was hängenblieb, war etwas,
worüber man nichts wusste.
Der Stoff sind tausend Stoffe,
die jeder anders weiterträumte.

Ein Hoch den Unterschieden,
die neue Zeiten öffnen,
und Dank all den Verfickten,
die anders tickten, immer schon.

Ein Hoch den Intervallen,
ein Hoch den Dissonanzen.
Wer anders ist, soll tanzen,
die Arme in der Luft!

Ein Hoch den Horizonten,
und Gott sei Dank Hormone,
es gibt nur eine Jugend
aus zu wenig und zu viel.

Wo ist Claudia Finke?
Was macht Nicola Rauter?
Seid alle heiß und glücklich,
wo immer ihr auch schürft.

Und niemand soll dem andern
in irgendetwas gleichen.
Es gibt kein besseres Zeichen
als Unverständnis pur,
wenn man sich trifft nach all den Jahren.

**09.30 Uhr**
Ich habe gedacht, dass ich's schaffe. Und wenn ich's nicht schaffe, dachte ich, halt ich es wenigstens aus. Ich spüre, von Johannes loszukommen, das ist die eine Sache, denn anscheinend kann man sein Herz zumachen oder es nehmen und damit wegrennen, bis es woanders schlägt. Aber die Seele, da hat sie recht, das ist, wo die Zukunft sitzt und mit der Angst und der Hoffnung Karten spielt.

Ich wache auf, weil ich Stimmen höre. Mir ist, als bauten Julie und die anderen das Zelt ab, in dem ich noch liege, aber ich hab gar kein Zelt, und das sind andere Menschen, die ersten Ankömmlinge des Tages auf meiner Insel. Es ist noch dunkel, ich tunke das Brot in die tiefbraune Melasse. Eben, kurz vor dem Aufwachen, hatte ich wieder den Traum von der Studioaufnahme. Dass ich den Ton nicht treffe. Er ging dieses Mal noch weiter. Erst kommt Saskia mit ans Mikro, und wir singen zu zweit, damit ich den Fehler höre. Und ich versteh auch, dass was falsch ist, aber ich kann es einfach nicht ändern. Und dann sagt Manuel hinter der Glasscheibe: «Wir können das nachbearbeiten. Lass mal jetzt.»

Die Haare hängen lassen, damit der Sand herausrieselt.

Mein kühles Gesicht befühlen. Ich würde die Haare gern waschen, meine schönen dunklen Haare, die nicht mehr schwarz sind und um die mich alle beneiden, will mich eincremen, auf der Strandpromenade dort drüben entlanggehen wie früher im Urlaub mit den Eltern. Ich möchte in den Spiegel sehen, endlich einmal wieder, wie lang liegt das letzte Hotel zurück. Denke an den Campingplatz, wo die anderen sind, mich vermissen, auf mich warten (hoffentlich, ängstlich). Ich weiß nicht, kann man das hier eigentlich noch Bandblog nennen?

**17.00 Uhr**
Am Vormittag war Ebbe und ich im Leuchtturm. Der Weg zum Eingang bemoost und glitschig, aber der Turm eine überwältigende Altersschönheit aus der Nähe. Er ist der älteste in ganz Frankreich, steht da schon über vierhundert Jahre. Wir haben auf dem Weg viele Kirchen angeguckt, auch in Bordeaux, weil Julie die romanischen Kirchen und die Portale so mag, aber dieser Turm hier haut mich um. Hoch ist er, und umfangreich! In einem Raum liegt das gleiche Fliesenmuster wie bei Manuel zu Hause in der Küche, nur wahrscheinlich echter Marmor, immer ein kleines schwarzes gekipptes Quadrat zwischen den hellen Kacheln.

Ich bekomme irgendwann Angst vor dem Turm, weil ich ihn mit niemandem teilen kann, obwohl so viele Menschen um mich herum sind, und weil ich an einen Körper denken muss, der keine Angst kennt. Hier bin ich, sagt der Turm. *You built your tower strong and tall, don't you see, it's gotta fall some day.* Da merkt man erst, dass so ein Lied eben an uns Menschen gerichtet ist. Dieser Turm fällt nicht um.

Um drei Uhr nachmittags bei einer Pause stieß ich wieder zu ihnen, mit einem Überlandbus, ich hab an einer Straßenkreuzung auf sie gewartet, hatte ihre Koordinaten aus dem Netz. Ich hab kein Wort über M. gesagt und kein Wort über die Schule, hab einfach meinen Entschluss angekündigt und mein weniges zu packen angefangen. Max und Ying und Julie nahmen mich in die Arme, küssten mich, redeten mir zu. Nur Saskia: «Und dafür der ganze Stress? Dafür, dass du jetzt aufgibst, wo wir unsere Ruhe haben?»

Sie war sauer, natürlich, weil jetzt hochkam, wie sie mir geholfen hat und dass mir nicht zu helfen ist.

Max hat mir versprochen, dass er den Bus abholt und mit neuer Vorderachse zurückfahren wird, aber frühestens Mitte August. Ich hab ihm gesagt, dass Julie viel besser singen kann als ich, das hab ich ja gehört, und Max hat seinen Arm um meinen Nacken gelegt, mich in den Schwitzkasten genommen. «Darum geht es nicht, dass dich hier jemand ersetzt, das weißt du.» Er hat mir den Kopf gestrubbelt, dass die Haare jetzt noch elektrisiert sind.

**19.40 Uhr**
Ich bin froh, sie alle noch einmal gesehen zu haben, denn jetzt, wo ich dies schreibe, sitz ich schon im Schnellzug nach Paris. Alle haben sich erschrocken, als ich ihnen gesagt habe, dass ich es jetzt nicht mehr lassen kann, sondern tun muss. Und Manuel? Lasst mal, den kontaktier ich selbst.

Das westliche Frankreich weht am Fenster vorbei. Warum geht alles immer so schnell, nicht mal den Abschied gönnt einem König Tempo, der alles beherrscht. Ich kann mit der Schnelligkeit nichts mehr anfangen, mein Rhythmus ist ein anderer geworden, der Bildertakt, in dem wir uns erschlossen haben, was wir nicht kannten. Das war schön, das war doch das Schönste, wie die Landschaften Platz hatten und dann Platz machten füreinander. Sie gingen langsam ineinander über, die Hochebene, die Hügel, die Weinberge und dann die Wälder vor der Küste. Zuerst hat man die Steigungen auf dem Pferdewagen kaum wahrgenommen, wir sind hinaufgefahren, mühelos auf Höhenzüge, um dann kilometerweit auf ihrem Kamm entlangzurollen, das war noch in der Gascogne, und dann wurden die Anstiege immer länger, gar nicht mal steiler, dafür die Kuppen so schmal, dass es sofort wieder runterging. Ich schließe die Augen und spanne die Ohren auf: das Flüstern der Sonnenblumen, wogendes Gras und Getreide. In der Nase Pinienduft.

**7. Juli, 07.50 Uhr**
Keine Übernachtung in Paris. Oder doch. Ich muss davon schreiben: Ich saß in der hintersten Ecke einer Bar am Rechner, wollte nichts sehen von der Stadt, schon am Montparnasse war es zu voll. Ich musste nur zum Bahnhof Paris-Nord wechseln, hab auf einen Nachtzug gehofft, aber es ging erst um sechs Uhr weiter Richtung Köln. In der Métro wurde ich so durchgeschüttelt, dass ich Halt suchen musste, und mir fiel gleich wieder diese deutsche Verbkonstruktion ein: sich festhalten an. So was lässt sich ja andauernd finden und bilden. An wem? Hier kommen sie doch her, die ganzen grauen Großstadtwörter. *Flaneur, trottoir, en passant*. Ich hätte Französisch nicht so früh abwählen sollen. Franz, hat man immer gesagt, als wär die Sprache ein Freund.

Ich trank in der Bar ein viel zu starkes Bier, belgisch, ich sehnte mich nach einem Nachtzug, sechs Pritschen, alle belegt, ich ganz oben unter dem Dach, unten Schweiß und Bierdosen und Gerede, von dem ich alles verstehe, aber stattdessen hing ich hinter einem Spielautomaten in der Ecke, damit der Wirt mich nicht sah, nicht dauernd neue

Bestellungen forderte, damit er mich vergaß. Ich trug mein Portemonnaie unter der Jeans (bisschen eklig, weil ich mich tagelang nicht gewaschen hatte), den Kopf auf dem Laptop, der in einen Pulli eingeschlagen war (und noch meine Schlafdecke drum). Aber schlafen? Ging nicht. In der Bar lief französischer Pop, und auf meinen Ohren Gegenmusik. *And when you get blue / And you've lost all your dreams / There's nothing like a campfire / And a can of beans.*

Apfeltaschen, eine Boulangerie auf der Reise, daran dachte ich, todmüde. Jemand begann zu labern. Als hätte das noch gefehlt. Der Spielautomat dingelte. Ich schrieb und fiel wieder auf die Seite, und als ich aufwachte (Handywecker), war der Laden dunkel, alles still und die Glastür abgeschlossen. Es war keiner mehr da! Ich fand das ungefähr eine Minute lang unglaublich, dann bekam ich Panik. Alle Gläser waren abgewaschen, alle Stühle hochgestellt, sogar die Stühle direkt neben mir, genau da, wo ich geschlafen hatte.

Ich werf also meinen Rucksack aus dem Klofenster, danach die Schlafdecke, dann mich, wie in einem Film. Um fünf Uhr früh. Später im Zug, in meinem Abteil, erzählt einer, dass sein Vater den Spruch *Nicht hinauslehnen* früher immer abgekratzt hat, bis nur noch *Nicht hin s eh en* dastand. Und ich bin wirklich rausgekrabbelt aus der Bar und in den Hof gesprungen, ohne richtig hinzusehen, wo ich lande. Der Hof war zur Straße hin mit einem Eisentor verschlossen, ich hab eine halbe Ewigkeit nach dem Summer suchen müssen.

Ich will nicht hinhören, was die Leute im Abteil erzählen. Manuel hat mir all diese Musik gegeben oder Max, aber der hat auch vieles von Manuel, vielleicht werd ich das mein ganzes Leben hören, diese alten Kamellen. *You were always there.* Manuel hat gesagt, wir bauen der Erinnerung vor, indem wir ein Musikstück aufmerksam und mehrfach hören, indem wir also das, was wir gernhaben, wiederholen. Weil es sich dann einkerbt in uns. Und am Ende, wenn abgerechnet wird (das sind jetzt seine Worte), gibt es nur noch Fotos und Melodien, mit denen wir uns ausdrücken können, ganz am Ende fehlt uns sogar die Sprache, und wir werden nicht mehr von Glück reden, sondern summen, wir werden im Schaukelstuhl auf der *old porch* sitzen und versuchen zu erfassen, was gewesen ist. Manchmal musste man Manuel auslachen, um ihn aus seiner Altersweisheit rauszuholen, damit er merkte, dass wir erst achtzehn oder neunzehn sind und dass er gerade nicht in unserem Zeitalter unterwegs ist.

**10.45 Uhr**
Ich werde schreiben. Schreiben ragt in die Zukunft, das gefällt mir daran. Ich fahr gerade an einem Fluss entlang, irgendwo in Belgien, es ist längst wieder hell. Alles reift, die Obstbäume tragen, und ich suche mir einen aus, der M. ist, mit gebogenen Ästen. *Fruit tree, fruit tree / Open your eyes to another year. / They'll all know / That you were here when you're gone.* Dieses Lied über den Nachruhm klingt, als wäre es für uns gemacht. Es jetzt erst zu wissen, wo sie weg ist. Dass sie da war. Dass du so nicht wiederkommst. Aber anders. Das ist mein Gefühl. Ich seh im Netz den roten Punkt, die Band auf dem Weg nach La Rochelle. Es ist Wahnsinn, diesen Sommer abzubrechen. Mir fallen immer wieder die Augen zu. Ein Bahnsteig rauscht vorüber, ich seh meine Eltern am Bahnhof stehen, obwohl ich ihnen nicht Bescheid gegeben hab.

An die Musik bin ich herangeführt worden, an meinen

Heimatort, auf den ich zurase, nicht. Ich weiß nur: die Bomben. Aber ich weiß nicht, wer sich die ganzen Gebäude danach ausgedacht hat – eigentlich geht überhaupt nur die Muschelbühne, und auch die erst seit einem Jahr, weil sie die Wache im Park gestrichen haben (kein Geld). Hinten kann man sprayen und vorn abhängen, aber auch nur abends, nachts, wenn keiner da ist. Es ist schön, dass sie zu mir gestoßen ist, damit ich jetzt nicht allein bin, und sie hat recht, auch wenn es jetzt wehtut: Ich muss die Band und die Pferde, die gelben, gelben Sonnenblumenfelder und die hohen grünen Feigen zurücklassen. Hat M. mal frische Feigen vom Baum gegessen? Man muss aufpassen, wenn man sie abreißt, der weiße Saft juckt an den Händen, und von den Walnüssen werden die Hände braun, ich hab eine aufgebrochen, weil ich Julie nicht glauben wollte, die Nüsse sind ja noch lange nicht reif.

Guck mal, M., meine Hände.

Nein, das will nicht gehen. Ich habe sie mitgeteilt, aber teilen will sie niemand mit mir. Erst dachte ich, sie sei eine Katze, auf der Insel dachte ich, ein Hund. Aber ein Apfelbaum ist sie auch nicht. M. öffnet die Augen, sieht mich an. Sie sitzt mir gegenüber und hat jetzt Flügel, wie dieser Engel mit der Laute. Sie kommt und geht. Mit Lederjacke und Sonnenbrille, gestern hat sie ausgesehen wie eine Strandschönheit aus einer Motorradgang, oder wie eine Terroristin. Ich schreibe alles auf und eine Frage: Was werde ich da machen, allein in der Muschelbühne, my Melli, Melissabeth, Meretlein?

## 8. Juli, 23.40 Uhr

Ausgeschlafen, geduscht, von Mama bekocht, von Mama ausgefragt worden, geweint, noch nichts zugeben können.

Ein Tag unter ihrer Obhut, und schon weiß ich wieder, dass ich meine Mutter liebe. Und ich will, dass mein Vater weniger arbeitet. Beides ist wie angeboren, als hätte ich es mein ganzes Leben schon gefühlt, und so ist es wohl auch. Wie sie da im Garten rummacht mit ihren gelben Handschuhen, jeden Tag allein mit den Blumen und Büschen. Sie hat auch Freundinnen, beim Tennis und so, das meine ich nicht.

Ich bin natürlich am Mittag nicht abgeholt worden; vom Bahnhof bis nach Hause hab ich ungefähr fünfzig Minuten gebraucht, normal sind zwanzig, aber ich hab mich auf jede Bank gesetzt, die am Weg stand. Und immer die Zeilen von Johannes im Ohr: *Das war meine Schule / Ich geh durch meine Schule / Von hier gingen die Wege / Ins Überall hinaus.*

Das Lied macht mich fast wahnsinnig, die Kopfschmerzen kommen zurück, die Bücher liegen auf einem Haufen, das Studienbuch auf dem Schreibtisch. Vor ein paar Wochen habe ich schon einmal so dagesessen. Die Prüfung bei Manuel in vierfacher Wertung (= 32 Punkte) und dazu die dreizehn Punkte aus dem Kurs (Abschlusshalbjahr) haben mich gerettet. Auch ein dummes Mädchen, das in Mathe bloß vier Points hat, braucht dafür keinen Taschenrechner.

**9. Juli**
Ein Tag ohne Uhrzeit, an dem ich von der Küche ins Zimmer vor den Rechner laufe und wieder zurück. Mama versucht, mich in Ruhe zu lassen, aber es gelingt ihr nicht. Ich lass mir von ihr die Haare schneiden, zum Bubikopf, sie mag es eigentlich nicht so kurz, ist aber ehrgeizig mit der Schere. Wir gehen zusammen einkaufen, mittendrin breche ich ab und laufe über den Parkplatz davon. Sie vermutet

Liebeskummer, ich hab ihr vor Urzeiten mal von Max vorgeschwärmt. Weil sie von den kurzen Beziehungen der letzten beiden Jahre nichts weiß, denkt sie wahrscheinlich, es gehe immer noch um ihn. Ich hab sie nie mit meiner Unsicherheit belästigen wollen. Manchmal weiß ich nicht mal, ob ich ein Weibchen bin, beim Musikmachen oder Computerspielen spür ich es kaum noch, ich hab viel dazu gelesen, der halben Frauenwelt geht es so, scheint mir.

Wir haben nie darüber gesprochen, aber bestimmt hat Mama aus dem Küchenfenster geschaut, als ich Johannes morgens angefaucht hab, weil er mir da in seinem Auto auflauerte wie ein Geisteskranker. In mich verliebt zu sein ist doch völlig absurd. Mein Kopf und mein Körper sind eine träge Masse, die manchmal blubbert, und ich kann nicht immer tun, was ich vorher zugesagt habe, das ist bei mir anders eingerichtet. Das hab ich angerichtet.

Am Abend guck ich in der Garage nach meinem Fahrrad, und als ich es aufpumpe und der Druck im Reifen steigt, spür ich einen solchen Überdruss, dass ich einen Muskelkrampf kriege im Arm, und das Handgelenk fühlt sich an wie gebrochen, und dann geht die Luft auch noch wieder raus durch dieses beschissene Ventil. Ich veröffentliche das hier nicht mehr, schon seit Paris ist das nur noch für mich; ein Nichts von Tagebuch.

Mir fehlt der Wind auf der Zeltplane. Mein Vater geht extra auf den Dachboden und findet ein ganz einfaches, ein Zelt, das man im Handumdrehen aufbauen kann. Schwups, und es steht. Ein Kinderzelt wohl. Werbegeschenk, sagt er, und weil er ein praktischer Mensch ist, macht er sich keine Sorgen um mich, sondern freut sich, dass das Ding mal Verwendung findet. Ich stelle es im Garten auf, schlafe drin.

## 10. Juli, 19.00 Uhr

Der Wind kommt erst am Morgen, leichter Gegenwind nur, aber ich bin schon vom Fahrradfahren überfordert, muss zweimal absteigen. Als ich vor Manuel stehe, fehlen mir die Worte. Und er tut so, als sei nichts gewesen, kein Abi, keine Reise, keine Rede davon, ob er unsere Tour verfolgt hat. Die Tür zu seinem Büro ist zu, als hätte er mit uns abgeschlossen. Vielleicht war ihm mein Blog zu frei. Oder er fühlt sich angegriffen wegen der Rolle, die ich ihm gegeben habe. Aber ich musste ihn ausblenden. Auch darüber will ich mit ihm reden, über unsere Eigenständigkeit, wie gut das geklappt hat, sogar mit neun Leuten, und ob er geglaubt hätte, dass so etwas ohne ihn zusammenhält.

Aber das alles sage ich nicht, werde sofort eingebunden: Die Werkbänke hat er aus der Schule geholt, und als ich die schweren Dinger nur sehe, denke ich, das ist der Anfang vom Ende. Oder das Ende vom Lied. Denn die Werkbänke standen in dem Kellerraum, wo wir immer geprobt haben, er hat da manchmal an Instrumenten gebaut, eher rumgetüftelt, nicht sehr ehrgeizig. Manuel sagt, er sei kaum noch dort gewesen, brauche den Raum nicht mehr. Zum Tragen holt er jemanden aus dem Dorf hinzu, der den lustigen Namen Singer hat und einen munteren, ein bisschen angriffslustigen Blick. Einen Blick, um den man ihn nur beneiden kann, weil man die Ausgeglichenheit, wenn nicht sogar ein Lebensglück darin sieht. Jedenfalls kann ich das alles nicht gut ab, gleich die ersten Minuten nicht, weil ich mich freue, Manuel zu sehen, und auch begrüßt werden will, und weil ich mir was vorgenommen hab: Ich wollte mich mit ihm hinsetzen, an seinen Küchentisch, und eine klare Ansage machen. Aber er hatte noch nicht mal gefrühstückt, da war gar kein Platz für mich, deswegen bin ich raus.

«Sie hat ihr Abi gemacht, aber leider schlechter als nötig.» Wie kann er das bringen? Er hat uns doch oft genug gesagt, dass Musik nicht nur Gefühl ist, sondern eine Menge mit Mathematik zu tun hat – wieso kann er dann nicht eins und eins zusammenzählen.

### 11. Juli, 18.45 Uhr

Ich weiß jetzt auch, was es heißt, dass einem die Decke auf den Kopf fällt. Sie fällt nicht runter, sondern senkt sich ganz langsam, wie eine Schrottpresse, und dann, pffft, wenn du die Augen aufmachst, fährt sie schnell wieder hoch. Hältst du durch, hat er am Bahnhof gefragt. Und, was ist, Clarissa, hältst du durch, oder brichst du ab auf halbem Weg?

Ich höre schon zum dritten Mal die Aufnahmen von unserem Konzert in der Auberge. Ying hat alles mitgeschnitten, weil er später nachvollziehen will, ob wir im Lauf der Tour besser geworden sind. Er hat mir ein paar MP3s geschickt. Die Abmischung ist nicht gut, basslastig (Ying spielt nun mal Bass), aber was man hört: Ich hab mit meinem furchtbaren Traum nicht so falschgelegen, denn ich treffe tatsächlich einige Töne nicht, man hört es besonders, wenn Max die Hauptstimme singt und ich irgendwann einsteige.

In dieser Straße hat fast jede Familie einen Pool. Ich schwimme immer hin und her. Es ist erfrischend, und im nächsten Moment denke ich: Ein Sarg mit Wasser drin. Weil ich gerade noch im Meer war. Mama hat gestern versucht, hell und leicht zu kochen, heute kocht sie gar nicht. Es gibt Cornflakes mit Honig, später Gemüse mit Kräuterdips, dann Obstsalat mit Ananas, Mango, Erdbeeren und Johannisbeeren. Sie fragt, wie es unserem Lehrer geht, und ich erzähle ihr, dass ich einen Job machen könnte auf dem Dorf, bei einem Nachbarn von Manuel, der seinen Hof restauriert. Meine Mutter findet es noch immer nicht gut, dass ich meinen Lehrer duze, auch wenn er jetzt nicht mehr mein Lehrer ist. Ich merke, wie ich rot werde, was die schrecklichste aller möglichen Reaktionen ist. Weil Mama vielleicht was Falsches denkt. Sie denkt immer was Falsches. Ich frage, ob sie mir zugehört hat, sage, dass ich ernsthaft darüber nachdenke zu jobben, auch wenn es handwerklich ist. «Musst du nicht», sagt sie.

Am Abend nehme ich den Zweitschlüssel aus der Schublade, es ist Zufall, dass ich ihn hier habe, früher lag er bei Ying. Ich fahre zur Schule. Es gibt keinen guten Grund, nur Fahrrad fahren im Sommer, das ist der Grund, und mal zu gucken, ob die Werkstatt wirklich leer ist. Wenn da immer noch die halbfertige Laute liegt, nehm ich sie mit und hau sie kaputt, in der Konzertmuschel hau ich sie an die Wand und trete drauf, bis alles zersplittert ist. Ich merke, wie sich der Schulweg eingefressen hat in meine Arme und Beine, jede Kurve ahnt mein Körper voraus.

Es steht kein einziges Auto auf dem Parkplatz, der Fahrradschuppen ist abgeschlossen, die Schule sowieso. Auch für den Haupteingang hab ich einen Schlüssel, aber ich benutze ihn nicht, zieh ihn nicht einmal aus der Tasche, weil ich zuerst checken muss, ob die Kamera hier am Nordeingang wieder geht. Und tatsächlich, leider. Sie haben die Kamera ausgetauscht, das heißt, sie hat mich schon erfasst. Letztes Mal haben wir sie mit einem dicken Vorschlaghammer von der Wand gehauen, anders geht es nicht, denn keine einzige Schraube ist sichtbar.

Ich hab noch ein Schüsselchen Obstsalat dabei, setz mich in die Sonne, in die Kamera, ich tu so, als sei ich zufällig vorbeigekommen, um hier zu picknicken, mitten in den Sommerferien, wo wahrscheinlich keine einzige Schülerin überhaupt in diesem Kaff ist, das ja nicht mal eine Badeanstalt hat. Was will ich hier, was wollte ich da vorhin an der Schule, und wie hält man durch?

**12. Juli, 21.40 Uhr**
Die alten Herren sind mir suspekter denn je: Singer wollte gleich Ingo genannt werden. Er ist Opernsänger gewesen, stellt sich am Telefon vor, als hätte ich nach einem Steckbrief gefragt, zwar nicht großkotzig, aber ich frage mich schon: Muss man immer gleich Vertrauen erwecken? So viel würd ich nicht mal im Netz von mir preisgeben, schon gar nicht beim ersten Kontakt. Er hat was von meinem Vater, beiden suppt der berufliche Erfolg aus jeder Pore. Ich schätze jedenfalls, dass er sehr viel Geld gemacht hat, sonst könnte er es sich ja wohl kaum leisten, den Milchhof auszubauen. Nicht, dass ich das schlimm finde. Kapitalismuskritik ist eher Manuels Ding, da fasste man sich im Unterricht manchmal an den Kopf. Ich kann mir nicht vorstellen, dass die beiden sich schon lange kennen. Aber vielleicht will Manuel mal jemandem eine Chance geben, obwohl der mehr gerissen hat im Leben als er selbst.

Eins ist auch klar, Manuel ist mein Wohltäter. Es gibt keinen anderen Lehrer, der so viel Gutes für mich getan hat. Ein paar von ihnen waren kompetent, andere haben es immerhin nicht ausgenutzt, dass man nicht klarkam mit ihnen. Aber nur Manuel hat etwas von uns kapiert. Oder er hat diejenigen hinzugerufen, die etwas von uns kapiert haben. Ich schreibe wieder von uns, nicht von mir. Denn darum geht es ja. Dass Musik uns als Gruppe geformt hat. Wer vereinsamt, ist zu mächtig geworden, hat Manuel mal gesagt. Man will zu einem Ganzen gehören und muss sich darin behaupten, immerzu muss man das, so hab ich jedenfalls gelernt, Musik zu hören, sogar Sonaten und Sinfonien. Diese ewige Wiederkehr von Stimmen, immerzu Abstoßung, Anziehung. Ich und Wir und wieder Ich. So geht das im Leben und auch in der Musik. Deshalb ist Manuel der Wohltäter und sein Kopf ein Füllhorn, aus dem er andauernd was ausgegossen hat, in Musik und in Englisch genauso. Die coolen alten Musicals, *Singin' in the rain*, und dann das gruselige *Clockwork Orange* oder *Wer hat Angst vor Virginia Woolf*. Wie die da spielen! Und *Peter Pan* oder *Der Wind in den Weiden*. Die ganzen Gedichte, das wunderbare von Goethe, was ich im letzten Winter in Manuels Haus mit Max vertont habe, dieses mit dem «Stirb und werde!» am Ende. Oder Mrs. Ogmore-Pritchard mit ihren Pyjamas, wo war das noch, zum Totlachen. Ich glaube, es war nichts dabei, was nicht älter war als ich, also zwanzig Jahre mindestens, vieles noch viel älter. Sein Output, der unser Input war, einfach endlos.

In seinem Backhaus läuft alles zusammen. Wenn Manuel mein Wohltäter ist, dann ist das Backhaus seine größte Wohltat. Die Plattensammlung und die Filme, vieles sogar noch auf großen Videobändern, das Backhaus ist wie ein Magnet, es zieht mich an, und morgen muss ich mir bestimmt sagen, nein, du bist zum Arbeiten hier, du biegst nicht ab, heute keine Musik, fahr am Waldrand entlang in Richtung Dorfende, zu Ingo Singer.

**13. Juli, 07.00 Uhr**
Ich bin um fünf mit meinem Vater aufgestanden, damit ich ihn überhaupt mal sehe. Wir haben aber nur beide mit unseren Toasts gekracht, uns angesehen. Er hat mich gefragt, ob ich ihm was sagen will. Ja, schon. Aber nicht, dass du

mich dann enterbst und mein Brüderchen kriegt alles. – Das hab ich nicht gesagt, bloß den Kopf hab ich geschüttelt und in den Toast gebissen.

Jetzt sitze ich auf einer Bank am Kanal. Ein Handtuch hab ich dabei. Das Licht ist einfach nur schön, und wenn man den Kanal entlangsieht, kann man schon den Dorfrand erkennen. Irgendwo dahinter, hinter dreihundert dicken Baumstämmen, ist der Friedhof, auf dem Manuels Frau liegt.

Obwohl ich nicht schwimmen war, kann ich vor Zittern kaum schreiben. So kühl war es in Frankreich morgens nicht. Ich merke, ich bin noch immer enttäuscht, dass niemand das Blog weiterschreiben will. Ich hab's zuerst Max angeboten, dann Ying, weil der die meiste Zeit am Rechner verbringt, hab ihnen gesagt, dass ich die Texte überarbeiten könnte, sie bräuchten mir nur Notizen zu schicken. Aber sie wollten nicht. Max meint, Text allein sei öde, er hat mehr Lust auf Podcasts jetzt, Videoschnipsel seien lebendiger, die würden denselben Sinn erfüllen und dabei auch die Persönlichkeit des Einzelnen zeigen. «Die Leute können nicht mehr ohne Bilder.» Ich weiß, dass er recht hat, aber das mitleidige Gesicht dazu hätte er sich sparen können. Ich glaube, sie sind noch immer am Meer, in La Rochelle.

**18.55 Uhr**
Ich hab sie nicht kommen sehen, nur das Wasser schwappt ein bisschen, als sie an Land steigt. «War heute nicht der Tag der Wahrheit», fragt M. und rubbelt sich die weißblonden Haare mit meinem Handtuch ab. Ist das der rot-weiße Badeanzug vom letzten Jahr? Wir waren ja oft hier.

Nein, ich hab das große Gespräch bislang nicht geführt, nur stellvertretend.

Wie meinst du das?

Ich habe es simuliert, mit Singer, weil der sich so interessiert zeigte, mehr an mir interessiert als an meiner Arbeitskraft. Schon am Telefon hab ich gespürt, dass seine Selbstsicherheit vorgeschoben ist (ein Schrank vor der Tür). Er hat ganz panisch in die leere Schüssel gestarrt, mit der ich vom Kirschensammeln zurückgekommen bin. Singer sagt, er sei vor den Opernleuten geflohen, er habe im Leben genug unverbindliche Leute um sich gehabt. Das kennen wir doch, das Muster, Manuel ist auch ein bisschen so. Freier Unterricht, «assoziativ», aber wehe, man lässt sich dabei hängen und denkt an nichts.

Ich hab Singer sagen müssen, dass ich etwas Eingewöhnungszeit brauche und morgen ganz bestimmt richtig zu arbeiten anfange. Er hat gebohrt (in der Wurzel, die Johannes schon freigelegt hatte), da hab ich ihm von meinem Abi-Beschiss erzählt, plötzlich, einfach so, um mal zu spüren, wie das ankommt. Singer hat ganz schön geschluckt.

Hat Manuel M. auch gefragt, ob sie durchhält? Er denkt wohl, das hier draußen ist sein Hoheitsgebiet, hier kann er so tun, als sei er unangreifbar, hier, wo die Luft nicht bleischwer ist wie in der Schule, wo er einen Hund hat und ein Riesenhaus und Hunderte von Schallplatten, für jede Lage eine. Er meint wohl, hier ist er gewappnet, weil er alles kennt und gewohnt ist (gewohnt von Wohnung). Und dann macht er einen Kuchen! Wirklich, sie haben da vorhin Kaffeeklatsch gemacht, die Männer, und da erwartet er noch, dass ich mich dazusetze, dass wir da zu dritt sitzen!

Ich hab dich was gefragt, M. Ob du das verstehst.

Ich denk mir, jedenfalls dachte ich vorhin, er hat vielleicht doch abgeschlossen. Deshalb hat er auch die Werkbänke abgeholt. Aber das wäre falsch. Jetzt aufzugeben.

Und dann noch meinetwegen! Ich dachte das zum ersten Mal. Dass er meinetwegen den Laden dichtmacht. Nicht auszuhalten, der Gedanke. Ich hab ihn vorhin beobachtet, hier unten am Wasser. Er kam aus dem Wald und war mit dem Hund schwimmen. Ich konnte nichts erkennen an ihm, rein gar nichts, er ist gekrault und hat auf dem Rücken gelegen, Wasser in die Luft gespuckt wie ein Wal. Seelenruhig. Und da konnte ich nicht mehr, M., da bin ich durch den Wald und hab ihm unseren Zettel auf den Tisch geknallt. Doch, das ist unser Zettel, M. Es steht drauf, dass ich jetzt mit meinem Vater sprechen muss, weil ich atmen will, weil ich nicht mehr weiterweiß. Und genau so ist es ja auch.

**23.35 Uhr**
Ich lese in dem Buch, das ich aus Manuels Küche habe mitgehen lassen. Immer wenn ich etwas nicht kapiere, wenn ich die Sprache zu hochgestochen finde, zu anstrengend, schreibe ich es ab und brüte dabei über jedem einzelnen Wort. Aber das ist mir heute zu anstrengend. Es ist ein wissenschaftliches Buch, so viel kann ich sagen, es handelt von Ich und Wir. In einem Kapitel werden Bücher besprochen, nicht ganze Romane, nur einzelne Szenen oder Episoden. Von Kapitän Nemo ist da die Rede als einer Figur, der das Wir verlorenging und die sich ein neues Wir suchen musste. Eine andere Stelle habe ich dann doch abgeschrieben, weil ich den Eindruck habe, ich werde mal irgendwann drüber nachdenken. Da geht es um einen Dichter, der einen armen, zurückgezogen lebenden Maler unterstützt, indem er ihm Lebensmittel bringt. Und der dankt ihm nie dafür. Und dann lässt der Dichter ein Buch von sich bei dem Maler zurück. Aber der Maler liest das Buch nicht, fasst es gar

nicht an. Als der Dichter merkt, dass sein Werk nur daliegt und Staub ansetzt, geht er und kommt wochenlang nicht wieder; er kauft auch kein Essen mehr ein für den armen Mann. Er lässt ihn fast draufgehen, nur weil der sein Buch nicht liest.

Ich weiß nicht genau, was die Moral ist, aber das ging mir nah. Wie der Mensch so tickt, wie schnell man beleidigt und verletzt ist. Ich denke dabei an Manuel, als hätten wir ihn auch so sitzenlassen. Unsere Nahrung war ja das Gespräch, der Austausch, die Musik. Und ich hab das Gefühl, ich hätte ihm etwas entzogen, und er entzieht es mir jetzt auch.

**14. Juli, 02.05 Uhr**
Singers Unbeholfenheit, mit der er nachgefragt hat. Wie es jetzt weitergeht. Er glaubt mir nicht, vielleicht habe ich mich falsch ausgedrückt, zu vorsichtig. Gibt jedenfalls zu denken, wenn erwachsene Menschen einem indirekt vermitteln, so schlimm ist es nun auch wieder nicht.

Es kommen jetzt Einzelbilder, die Erinnerung an diese Demo zum Beispiel, vor einem Jahr, auf dem Marktplatz. M. und ich haben ein Transparent gemalt und hielten es in die Luft. Auf dem Plakat stand: *Mehr Musik – weniger Noten.* Manuel war auch da, er meinte noch, das sei seine erste Demo seit fünfundzwanzig Jahren, und er hat von sich und seiner Frau erzählt, wie hart sie mal drauf gewesen sind.

**06.40 Uhr**
Ich denke daran, aufs Dach zu steigen, an ihrem Kreuz zu sitzen. Noch einmal, schon wieder, immer noch. Ob es gut sein wird. Oder ob ich gerade dabei bin kaputtzugehen. Fast die ganze Nacht war ich wach, hab auf den Gar-

ten geguckt. Ich habe zwei Mails an Saskia geschrieben. Ich will sie da nicht mit hineinreißen, klar. Wir sind ein Dreieck, schrieb sie zurück, das wisse sie schon lange, und sie könne nur «abwarten und Urlaub von mir nehmen». Zum Heulen. Sas hat mir die Arbeit geschrieben. Ich hab sie abgegeben. Manuel hat sie weitergereicht. Und wenn ich jetzt in dieser Minute hochliefe zu meinem Vater und ihm von dem Mist erzählte, würde ich automatisch eine weitere Person mitreißen. Sogar beide? Nein, Saskia nicht, oder? Sie sagt nichts, friert nicht. M. sitzt da im Garten, am Pool. Erst hat sie mich überzeugt, hierher zurückzukommen, jetzt achtet sie darauf, dass eine Glasscheibe zwischen uns ist.

**13.20 Uhr**
Mittagspause im Kirschbaum. Statt auf die Leiter zu steigen, hat Singer mich auf die Schultern genommen, ich bin ja ziemlich leicht, und ich hab den Ruß mit einem Besenstiel aus einem Deckenloch geklopft, seitlich versetzt, damit uns nicht alles auf den Kopf rieselt. Er sagt, er weiß noch gar nicht, was aus dem Haus werden soll. Den Satz fand ich so toll, dass ich mich ein bisschen verknallt hab in ihn. Dass man etwas so Riesiges kauft ohne Ziel. Er sagt, er hat geerbt und dazu ja auch gutes Geld verdient, zu den Auftritten kamen noch die Plattenaufnahmen. Er hat mir CDs gezeigt, aber ich durfte sie nicht einlegen. Er will seine alten Gesänge nicht mehr hören.

**15. Juli, 16.20 Uhr**
Links unten geht das Grundstück in die alte Gärtnerei über, da steht kein Zaun mehr, und es braucht auch keinen, denn die Glashäuser sind fast völlig zerlegt, die kleinen einzelnen

Scheiben zerschlagen. Wenn man hineingeht und lang drin stehen bleibt, kann man trotz der kaputten Fenster noch die feuchte Wärme spüren, dieses schwüle Treibhausklima. Kann sein, dass ich mir das einbilde. Alles klebt.

Als ich das Handy anschalte, hab ich einen Anruf von Manuel auf der Mailbox. Er will mit mir sprechen, er ist gestern früh mit dem Fahrrad gestürzt, als er zu mir wollte. Ich soll mir keine Sorgen machen, aber er liegt im Krankenhaus, Station 3, Zimmer 18. Ich hör mir seine Nachricht mehrfach an, sie ist schwer zu kapieren – wie im Labor, wo wir die Abiklausur schreiben sollten, auch da hab ich bestimmt fünfzehn Mal die Aufnahme des Streichquartetts gehört, bis ich Teile schon mitsummen konnte. Aber ich sollte sie ja analysieren. Wenn nur diese körperliche Schwäche nicht gewesen wäre! Irgendwann hab ich die Aufsicht gefragt, ob ich mir das runterladen und mitnehmen kann nach draußen, wegen der Inspiration, es war ja ein MP3, und sie ließen mich. Der Gangsitzer hat sich notiert, wann ich wegging, und dann war ich eine gefühlte Stunde auf dem Dach. M. hat mir immer nur «Viel Spaß» ins Ohr geflüstert und «Haut doch alle ab» und «Schick mir mal 'ne Postkarte». Es war so grässlich, schon bei den anderen beiden Abiklausuren genau dasselbe. «Weißt du noch, wie du dich benommen hast in England, Clarissa?» und «Danach hätte es schön werden können, aber nur langsam schön, und du wolltest ja schneller schön, oder warum sollte ich die Tabletten absetzen. Nur weil du selbst mal eine probiert hast?» und «Wirf mir nicht vor, dass ich zurückkomme, ich hab hier niemanden» und «Das ist ein Geisterhaus bei Manuel, ehrlich, ich hab seine Frau reden hören» und «Natürlich passe ich dich ab auf der Tour, oder warum glaubst du, bin ich wieder aufgestanden und weggelaufen aus dem

Krankenhaus – etwa damit ich dich dann nicht finde, etwa damit ich dich dann nicht frage, warum du so nett warst und dann wieder so bescheuert?»

**23.00 Uhr**
Ich höre jetzt mehr Autos und einen Zug in der Ferne, die Leute sind länger auf den Beinen. Es wird nicht schwarz in diesen Sommernächten. Ich hocke am Pool, die Knie umklammert. Wie ich damals geheult hab auf dem Weg zum Bahnhof, weil Saskia da schon angefangen hat, mir Vorwürfe zu machen, im Sinne von «Ausgerechnet du, die am besten schreiben kann von uns allen», und dieser ganze Mist, den sie sich hätte sparen können, aber sie hat nicht mehr damit aufgehört seitdem. Weil sie sich ausgenutzt fühlte, weil ich nicht mal die Kraft hatte, mich anständig zu bedanken. Das ist wieder diese Geschichte, die ich gerade gelesen habe von dem Dichter und dem Maler. Niemand kann ohne Dank auskommen. Hab ich mich bei M. bedankt, dafür, dass sie mir geholfen hat, den Zettel zu schreiben? Hoffentlich. Am Nachmittag sind wir zu Manuel rausgefahren und haben ihm meine Klausurblätter irgendwo in den Stapel geschoben, die Blätter mit dem Schulstempel, die ich in der Schule nicht beschrieben hatte. Er hat Gemüse gekocht und genickt. Wir haben zusammen gegessen, und dann auf dem Weg zum Bahnhof Saskias Schimpfen, und das war's.

**16. Juli, 12.00 Uhr**
Das Zimmer, in dem sie gelegen hat und aus dem sie verschwunden ist. Max und ich mit dem Akkordeon vor dem Bauch, durch die Gänge seh ich uns laufen, und die Fragen vom Oberarzt hör ich, mit seinem Kugelschreiber oben in

der Kitteltasche, den er nicht ein einziges Mal herausgeholt hat (wie ich beim Abi). Weil ich überhaupt nichts Interessantes sagen konnte, nichts, was er nicht schon wusste. Der Arzt, wie er weitermachte, irgendjemanden operierte, wie er schon gar nicht mehr an M. dachte.

Es ist ein anderes Krankenhaus, es ist unser kleines, örtliches mit den wenigen Stationen. Ich habe angeklopft, bin eingetreten. Das Erste, was ich höre, sind zwei Jungs, die am Fenster sitzen, hinter dem anderen Bett, einer sagt: «Lass uns mal ins Lager zurück, da verschwenden wir keine Getränke.» Sie daddeln auf einem Gameboy. Manuel steht auf, mit Krücken kann er ganz gut gehen, er sagt, die Jungs sind jetzt schon zum dritten Mal da und immer am Spielen. Sie gehen mit ihrer Figur durch die Welt, sie laufen, klettern, hamstern, erhöhen, nehmen an – und dann legen sie wieder ab, was sie haben, sie nehmen ab, verschwenden sich, scheitern, fallen und verlieren. Diese Figuren sind ein Organismus, sagt Manuel, der pulsiert, der sich ausdehnt und zusammenzieht. «Verstehst du, Clarissa? Zwei Welten, aber nur ein Vokabular.»

Keine Ahnung, wovon er redete. Oder es war ganz leicht zu verstehen. Weil eben nichts nur gespielt ist und sich alles verdoppelt.

Er wollte dann mit mir runter in die Cafeteria, und ich konnte nicht mal mit ihm in den Fahrstuhl steigen, konnte ihn nicht richtig angucken, nichts. Weil ich so aufgeregt war. Ich hab die Treppen genommen. Unten sind wir nebeneinander über den breiten Gang, viel zu breit eigentlich für dieses Krankenhaus. Er gab mir Geld, ich hab ihm Kaffee und mir eine Limo geholt.

Ich saß mit Manuel in der Cafeteria. Und nur damit ich keinen Rückzieher mehr machen konnte, sagte ich, dass ich schon mit meinem Vater gesprochen hätte. Seine Reaktion? Passiv, hinnehmend. Womit ich nicht meine, dass er schwach aussah. Er hat sich auch nicht auf sein Bein rausgeredet, im Gegenteil, er wollte schon vorher oben im dritten Stock mit mir den Gang auf und ab gehen, um die Durchblutung zu fördern.

«Ich hab mir so was schon gedacht», sagte Manuel dann.

Vor ein paar Tagen hat er gefragt, ob ich durchhalten würde, aber nicht, was es seiner Meinung nach durchzuhalten gab. Und jetzt sagte er eben, er hätte sich so was gedacht. Wieder fehlte der zweite Teil, fehlte ein Halbsatz.

Immerhin merkte er nicht, dass ich log.

Ich habe ihm das Wechselgeld nicht zurückgegeben. Da steht die lange Glasvitrine mit den Kuchen und Salaten, in der Küche dahinter wird gebraten, man hört das Pfannenfett spritzen. Mir wird übel, und plötzlich rieche ich alles, es strömt aus den Wänden des Gebäudes in die Mitte des Raumes. Mull und Schweiß und Eiter und Blut und Mund und Schlaf und Fett und Zucker und Scheiße. Und der Qualm aus dem Raucherzimmer am anderen Ende des Flures. Vor der Fensterfront liegt der Parkplatz. Ich gehöre hier nicht her. Ich habe gelogen und betrogen. Strafrunde, das fühle ich, das sagt mir die Luft, die klimatisierte, ekelhafte Luft in dieser Cafeteria im Krankenhaus, in dem ich übrigens geboren wurde.

Und hier sitze ich jetzt, allein zwischen Bademänteln, kein Sonnenstrahl fällt auf den Parkplatz, allein mit meinen acht Punkten zu viel und seinem «Ich wollte dir nur helfen, Clarissa» und meinem «Und ich will dich nicht da reinziehen», und dann noch mit seinem «Ich hab die Verantwortung getragen, und ich trage sie weiterhin. Aber die Ehrenrunde wirst du wohl machen müssen». Manuel ist ein Kapitän, der langsam zugrunde geht, dessen Boot auf Grund läuft, und ich bin schuld. Aber ich weiß nicht, ob ich ausgestiegen bin aus dem Boot oder nicht, nur dass ich ihm nicht helfen kann, wie er mir geholfen hat.

Ich stehe auf und gehe auf den Ausgang zu, über das matte Licht auf dem Linoleum, und weil da überall Spuren von den Gummireifen der Betten auf dem Boden sind und vor der Drehtür nach draußen drei unbenutzte Rollstühle herumstehen, merke ich, dass ich gesund bin. Ich kann atmen, ich musste bloß aufstehen. Ich kann fortfahren, in den Wald, zum See oder nach Hause. Das ist eine Menge, eine Lebensmenge. Fortfahren auf einem Fahrrad mit Lenker und Griffen, ich wende mich vom Krankenhaus nach Süden, große Bäume, die schattigen Villen mit den Pools, am Haus meiner Eltern vorbei, und dann kommt am Ende der Straße noch eines, wo sich der Stacheldraht auf der Mauer spannt wie Notenlinien, aber nur vier übereinander.

Ich fahre in den Wald hinein, euch entgegen. Alles wird gut, seid dankbar, ich bin auch dankbar, jedem von euch. Meine Reise führt mich jetzt zum Kalkbruch. Geht auch schwimmen, bitte! Ich will, dass das Orchester Wellen spielt, die uns alle umspülen. Ich habe die Kopfhörer auf, ich liege am Ufer und höre dieses Lied, das uns aufnimmt, die Wolken sind so schnell, Licht auf unserer Haut, das Strophenthema, Freunde, kein ewiger Loop, jetzt geht die zweite Strophe los und dann der Refrain: Alles ändert sich und dreht sich, ändert sich und dreht sich, es gibt keine Wiederholung, aber es gibt uns, M., Max, Saskia, Manuel, Johannes, Stief, Fabienne, Julie, Michel, Joanna, Mathilde, Alexej, Pietro, alle liegen auf dem Felsen, in der Sonne. Wir sehen uns.